마살라

# 마살라

서성란 장편소설

산지니

# 차례

1부

# 1

그 남자를 처음 만난 곳은 시바 카페였다.

어쩌면, 처음이 아니었을지도 모른다.


『마살라』는 시바 카페에서 남자를 만났다는 건조하고 담담한 서술로 시작되었다. 첫 문장을 읽는 순간 망설이고 머뭇거리며 힘겹게 키보드를 두드리는 이설의 모습이 떠올랐고 세상에 나오지 않은 미완의 소설이 나를 더 이상 좁은 방에 조용히 틀어박혀 지내지 못하게 할 거라고 지레짐작했다. 이설이 얼마나 오랜 기간 동안 이 소설에 매달렸는지 왜 미완으로 남았는지 알 수 없었다. 알아야 할 까닭이 없었다. 나는 창작자가 아니었다.

작가가 집필 기간 동안 무엇을 먹고 어떤 자세로 앉아 키보드를 두드렸을지 독자는 상상하지 않는다. 문장을 쓰다 손을 놓고 골똘히 생각에 잠기거나 흐느끼거나 욕설을 내뱉는 작가의 모습을 떠올리려고 애쓰지 않는다.

머릿속을 꽉 채운 이설의 모습을 털어내고 나는 이어지는 문장을 집중해서 읽었다. 한 명의 의심 없는 독자가 되어 소설을 읽어야 했다. 완성되지 않은 불완전한 소설이지만 그렇게 할 수밖에 없었다.

\*

안개 너머로 흔들리며 걷는 사람들을 따라 걸음을 떼었다. 낡은 구두를 신은 두 발이 검은 이끼로 뒤덮인 보도블록 위에서 춤을 추듯 휘청거렸다. 물속에 잠긴 양 먹먹한 귓속은 정체를 알 수 없는 소리로 시끄러웠다. 두 손바닥으로 안개를 밀어내고 뜨문뜨문 불을 밝힌 상점 거리를 허정거리며 걸어갔다. 편의점 옆으로 날이 저물면 칸델라르 등을 밝히는 노점이 눈에 띄지 않았다. 금요일 저녁마다 인디 밴드 공연을 보려는 사람들로 북적거리던 공원은 차가운 안개에 깊숙이 잠겼다.

익숙한 거리가 낯선 저녁이었다. 코와 입으로 축축하고 차가운 공기를 마시고 내쉴 때마다 희미하게 향신료 냄새가 났다. 이설은 소음과 먼지와 향신료 냄새가 강렬한 거리를 떠돌았다. 나는 이 도시에서 추방당한 작가 이설의 미완성 소설을 가지고 있었다. 어떻게 내 손에 들어오게 됐는지 모르지만 미완성 소설을 읽은 사람이 나 혼자뿐임은 확실했다.

어깨에 배낭을 짊어진 여자가 안개를 뚫고 발을 내디뎠다.

흔들리며 걷던 사람들이 보이지 않고 여자의 모습은 미궁 같은 어둠 저편으로 사라졌다. 나는 뺨으로 흘러내린 머리카락을 쓸어 올리고 여자가 걸어간 안개 자욱한 길을 눈으로 더듬었다. 어둠에 잠긴 길은 다가갈 수 없는 세계처럼, 글자가 지워진 문장처럼, 시간이 부재하는 공간처럼 공중에 떠 있었다. 그 길 너머에 있다고 확신할 수 없지만 추방당한 작가를 만나려면 유배지로 걸어 들어가야 했다. 나는 가혹한 형벌을 받고 있는 작가를 변호해야 할 책임이 있다.

Shiva Cafe

흰색 정사각형 아크릴 간판이 허공을 가로질러 높이 걸린 카페 앞에서 걸음을 멈췄다. 카페 유리창 안쪽으로 두꺼운 커튼이 장막처럼 드리워졌다. 출입문에 손을 얹자 문이 열렸다. 테이블 몇 개와 바 주변으로 스툴이 놓인 어두운 실내는 낮고 느린 라가* 선율이 흘렀다. 바 안쪽에서 마른 행주로 유리잔의 물기를 닦고 있던 꽁지머리 사내가 나를 힐긋 쳐다보면서 고갯짓으로 인사했다. 손님은 스툴에 앉은 남자 한 사람뿐이었다.

나는 빈 스툴 두 개를 사이에 두고 갈색 면바지와 고동색 재킷을 입은 남자와 나란히 앉았다. 실내는 따듯하고 음악 소리

---

* 라가: 인도 명상 음악

11

는 크지도 작지도 않았다. 여러 번 들어 귀에 익은 음악이었다. 맥주를 주문하자 꽁지머리 사내는 버드와이저 한 병과 팝콘 바구니를 가져다주고 반복적인 선율에 맞춰 어깨를 흔들면서 유리잔의 물기를 닦았다.

"라가 음악 좋아하십니까?"

남자가 내 쪽으로 고개를 돌리고 불쑥 물었다. 나는 버드와 이저 병을 손에 쥐고 남자를 슬쩍 쳐다보았다.

재킷 안에 검은색 라운드 셔츠를 입은 남자의 목에 걸린 엄지손가락만 한 붉은 코끼리가 시선을 잡아 끌었다. 갈색 가죽 끈에 매달린 코끼리는 번쩍번쩍 빛나는 황금 왕관을 머리에 썼다. 코끼리 머리를 한 사람이고 사람 몸을 가진 코끼리 머리였다. 양반다리를 한 그것은 팔이 네 개였다.

나는 남자가 묻는 말에 대꾸하지 않고 코끼리 머리를 가진 가네샤를 바라보았다. 가네샤는 시바 신과 파르바티 신 사이에서 태어난 지혜와 학문의 신이었다. 우스꽝스럽게 튀어나온 뱃살 위로 염주를 늘어뜨린 가네샤는 3억 3천만의 힌두 신 중하나였다.

나는 여행자의 신이기도 한 가네샤를 좋아하는 사람을 알고 있었다.

"시작과 끝이 없는 뫼비우스 띠 같은 선율이라고 할까요."

남자가 말했다. 나는 언젠가 똑같은 말을 들은 기억이 났다.

남자는 빙그레 웃으면서 나를 빤히 쳐다보았다. 거침없는 시선에 당황해 고개를 돌렸지만 남자는 아랑곳하지 않고 수다스럽게 떠들었다. 나는 남자가 이제 곧 가네샤 이야기를 꺼낼 거라고 짐작했다. 엄니를 뽑아 글쓰기를 한 가네샤 이야기를 늘어놓으면서 나를 유혹할 거라 예상했다.

남자를 경계하거나 단호하게 자리를 박차고 나가지 않은 까닭은 귀에 익은 음악 때문이었다. 뫼비우스 띠처럼 안과 밖의 구분이 모호한 라가 선율 탓이었다. 나는 이미 스스로를 제어할 힘을 잃었다.

나와 남자 사이에 놓인 빈 스툴 두 개가 어디론가 사라졌다. 나는 남자와 지나치게 가까이 앉아 있었다. 어느 틈엔가 남자가 따라주는 술을 마셨다. 꽁지머리 사내는 어깨를 흔들면서 유리잔의 물기를 닦았다. 바 테이블 위에 빈 맥주병이 늘어갔다.

실내는 텅 빈 객석처럼 썰렁했다. 손님은 나와 남자 둘뿐이었다.

"델리로 가는 기차를 탔습니다. 3등칸 열차는 입석 승객으로 만원이었습니다. 기차가 세 시간을 연착했는데……."

꽁지머리 사내가 웃음 띤 얼굴로 나와 남자를 힐긋거렸다. 나는 사내가 말끔하게 닦아 놓은 유리잔 개수를 눈으로 헤아리면서 인도인 승객들로 꽉 찬 3등칸 열차를 타고 델리로 향하는 이설과 진을 좇았다.

꽁지머리 사내는 바 안쪽에 놓인 의자에 팔짱을 끼고 앉아 빙글빙글 웃으며 남자의 말을 듣고 있었다. 나는 남자가 권하는 대로 잠자코 마셨다. 취기가 오르자 남자의 목소리가 불분명하게 들렸다. 고개를 돌려 남자의 입 모양을 살폈지만 제대로 알아들을 수 없었다.

어느 순간 남자의 목소리는 들리지 않았다. 느리고 반복적인 비나의 지속음과 함께 꽁지머리 사내가 눈앞에서 사라졌다.

더블 침대에서 눈을 떴다. 가네샤를 목에 건 남자가 내 옆에 누워 있었다. 창가에 두꺼운 커튼이 드리워진 낯설지 않은 방이었다.

둥근 테이블이 침대 머리맡에 놓인 방은 널찍하고 아늑했다. 이불장에 네 귀를 맞춰 반듯하게 개킨 극세사 차렵이불이 차곡차곡 쌓여 있고 타일 벽과 바닥, 천장까지 반질반질 말끔한 욕실이 딸린 방이었다. 욕실 수건걸이에 걸리고 수납장을 채운 흰색 타월은 장마철에도 눅눅하지 않았다. 테이블을 더듬어 확인하지 않아도 유리를 끼운 사진틀에 담겨 웃는 남자의 미소를 선명하게 기억했다.

나는 벌떡 일어나 바닥에 아무렇게나 널려 있는 옷가지를 집었다. 남자와 함께 보낸 밤은 지워졌다. 귓가에 비나 선율이 들리고 빙글거리며 웃는 꽁지머리 사내의 얼굴이 눈앞에서 어른거렸다.

"커피 마시겠습니까?"

남자가 이불을 걷고 일어나 앉으면서 물었다.

나는 그냥 가겠다고 대답하고 서둘러 옷을 꿰어 입었다. 여자가 들이닥치기 전에 남자의 집에서 나가야 했다. 조롱하는 여자의 시선을 견딜 수 없었다.

"전화하겠습니다."

나는 방을 나가려다 말고 무춤 멈춰 섰다.

남자가 내 전화번호를 알고 있어도 이상하지 않았다. 내가 그의 집을 기억하고 있듯 그도 날 잊었을 리 없었다.

나는 거실을 지나 자전거 두 대가 세워져 있는 현관 쪽으로 걸어갔다. 문을 열고 밖으로 나가려다 말고 뒤돌아서서 34평 남짓한 집 구석진 자리를 바라보았다. 동굴처럼 어두운 침실 맞은편 방은 문이 굳게 닫혔다.

나는 남자가 따라 나올까 두려워서 서둘러 현관문을 열고 밖으로 뛰어나갔다.


남자를 다시 만나고 싶지 않았다.


전화가 걸려왔을 때 나는 남자의 집 현관 앞에 서 있었다.

남자는 휴대전화를 귀에 대고 현관문을 열었다. 나는 거실로 들어가면서 스커트를 벗고 블라우스 단추를 풀었다. 맨몸에 실크 가운을 걸친 남자의 몸이 촉촉했다. 나는 키스하기 전에 부드럽고 단단한 남자의 가슴을 눈으로 어루만지고 냄새를 맡았다. 샤워 코롱 향기가 풍기는 목과 어깨를 차례차례 혀로 핥고 깨물었다. 남자는 내가 충분히 보고 냄새 맡고 만질 수 있도록 기다렸다. 나는 카펫이 깔린 바닥에 무릎을 꿇고 앉아 독

15

을 품은 뱀의 머리를 손바닥으로 어루만졌다. 등 뒤로 뜨거운 불빛이 쏟아졌다. 북 소리가 들리고 마살라 냄새가 날렸다. 나는 차근차근 남자의 몸을 먹어 치우고 사납게 날뛰는 뱀의 기세에 놀라 몸을 비틀면서 고통에 찬 신음을 내질렀다. 남자가 네 개의 팔로 나를 안았다. 나는 고개를 들어 헝클어진 남자의 머리에 입을 맞추었다.

이튿날 저녁에도 남자의 집으로 달려갔다. 나는 남자와 함께 먹고 마시지 않았다. 격정적인 밤을 보내도 배가 고프거나 목이 마르지 않았다. 나는 거리낌 없이 욕망과 쾌락의 무질서 속으로 빠져들었다. 금기와 의무는 존재하지 않았다. 남자는 강요하거나 요구할 수 없었다. 아찔한 쾌락에 왼쪽 귓속을 꽉 채운 시끄러운 매미 울음소리와 날카로운 통증을 시나브로 잊었다. 저녁마다 남자의 집으로 갔다. 어두운 길을 걸어 옥탑방으로 돌아갈 때면 달콤한 쾌락에 속수무책으로 빠져 귀머거리가 될까 두려웠지만 낯설고 익숙한 남자의 몸을 거부하기 어려웠다.

"이설."

남자가 내 몸을 끌어안고 소설가 이설의 이름을 불렀다. 나는 단호하게 남자의 몸에서 떨어져 거실 바닥에 널려 있는 스커트와 블라우스를 집었다. 남자의 눈을 응시하면서 스커트를 입고 블라우스 단추를 채웠다. 남자는 내가 이설을 찾고 있는 줄 알고 있었다. 나를 유혹한 까닭은 이설 때문이었다.

이설이 사라진 뒤 나는 그녀가 마지막으로 지면에 발표한 단편소설을 찾아 읽었다. 3인칭 작가시점으로 서술되는 소설 「소설가의 아내」는 편집증을 앓는 아내를 견디지 못하고 인도로 달아난 무명 소설가 M의 이야기였다. 이설이 떠난 곳도 흙먼지와 소음으로 숨이 막히는 인도였다. 내가 이설에 대해 아는 전부였다.

나는 남자를 만나러 가지 않겠다고 다짐했다. 이설의 소설을 덮고 이 도시를 떠나야 했다. 남자의 목적은 내가 가진 이설의 소설이었다. 아직 세상에 공개되지 않은 소설, 영원히 미완으로 남을지 모르는 이설의 소설을 남자에게 순순히 넘겨줄 수 없었다.

그 남자를 처음 만난 곳은 시바 카페였다.
어쩌면, 처음이 아니었을지도 모른다.

늦은 저녁, 그녀는 노트북 가방을 들고 상가 거리를 걸었다. 구립 도서관을 나와 방으로 돌아가는 길이었다. 날씨가 쌀쌀하고 배가 고파 그녀는 따뜻한 국물이 있는 음식이 먹고 싶었다. 그녀는 행인의 발길이 뜸한 길을 걷다가 허공에 걸린 흰색 아크릴 간판을 보고 멈춰 섰다.

Shiva Cafe

흰색 아크릴 간판 아래로 카페는 창에 두꺼운 커튼을 드리웠다. 따뜻한 음식을 먹기 적당한 곳이 아닐지도 모른다고 미심쩍어하면서 그녀는 에멜무지로 출입문을 열었다.

U자 모양 바에 갈색 재킷을 걸친 남자가 혼자 앉아 맥주를 마셨다. 그녀는 음악이 흐르는 실내를 두리번거리지 않고 곧장 바로 걸어가 무거운 노트북 가방을 바닥에 내려놓고 스툴에 앉았다. 마른 행주로 유리잔의 물기를 닦는 꽁지머리 사내에게 기네스 맥주 한 병을 주문하자 갈색 재킷을 입은 남자가 고개를 돌리고 그녀를 빤히 쳐다보았다.

꽁지머리 사내는 그녀에게 기네스 한 병을 가져다주고 실내에 흐르는 경쾌한 인도 음악에 맞춰 어깨를 흔들면서 다시 유리잔을 닦았다. 손님은 갈색 재킷을 입은 남자와 그녀 둘뿐이었다.

글 쓰는 분인가요?

갈색 재킷을 입은 남자가 그녀의 노트북 가방을 눈으로 가리키면서 불쑥 물었다.

네. 소설을 써요.

경쾌하고 빠른 음악이 흐르고 조명이 어두운 카페는 글을 쓰기 적당한 장소가 아니었다. 비가 새고 곰팡이가 열꽃처럼 번진, 온종일 볕이 들지 않는 세 평 남짓한 반지하 셋방 역시 글을 쓰기 좋은 공간이 아니었다. 그녀는 여름이면 에어컨 바람이 나오고 겨울이면 따뜻한 온기를 제공해주는 도서관 열람실 한 구석에서 쫓기듯 글을 썼다.

가네샤는 철필로 브야사의 구술을 받아 적었죠. 철필이 부러지자 엄니를 뽑아 필기를 계속했어요. 헌신적으로 열정을 다해 말입니다. 나는 가네샤가 엄니로 받아쓴 서사시를 읽지 않았지만 가네샤가 단지 필기자에 불과하다고 생각하지 않습니다. 그 서사시는 브야사의 것이고 동시에 가네샤의 것이니까요.

남자는 잔을 들어 맥주를 한 모금 마시고 다시 말했다.

노트북이 무겁겠는데요.

그녀는 갈색 재킷 안에 글자와 그림이 프린트된 셔츠를 입은 남자의 목에 걸린 코끼리 머리에 사람 몸을 가진 붉은 가네샤를 힐긋 쳐다보았다. 나이와 직업을 종잡기 어려운 사람이었다. 그녀는 낯선 사람에게 무람없이 말을 거는 남자를 외면하거나 조심하고 경계하지 않았다.

철필처럼 부러질 염려가 없지만 당장 내일이라도 고장이 날 수 있어요. 오래된 노트북이니까요. 나는 가네샤처럼 엄니를 뽑아 쓸 수 없어요. 글쓰기를 멈추고 돈을 벌어야 하죠.

노트북이 고장 나지 않아도 그녀는 주기적으로 글쓰기를 중단하고 일자리를 구했다. 일하는 동안 글을 쓸 수 없었다. 글을 쓰기 위해 일을 중단했고 글을 쓰려면 다시 일해야 했다. 일간지 신춘문예로 등단하고 10여 년이 지나도록 그녀는 영향력 있는 비평가들에게 주목 받거나 독자를 얻지 못했다. 문단에 인맥이 없고 문예지에 작품을 발표할 기회는 드물게 찾아왔다.

글쓰기는 밥벌이가 되지 않았다. 책을 출간해도 돈이 생기지 않았다. 소설을 쓸수록 그녀는 조금씩 더 가난해졌다. 낡은 노트북 뚜껑을 닫고 쓰지 않을 날이 올지 몰랐다. 이설이라는 필명으로 소설을 쓰는 작가가 어느 날 종적을 감춰도 안타까워할 독자는 없었다.

방과 돈이 있으면 글쓰기를 멈추지 않을 수 있겠군요.

그녀의 머릿속을 훔쳐보기라도 한 듯 남자가 말했다.

그녀는 대답하지 않았다. 남자의 말이 불쾌하지 않았지만 선뜻 대꾸할 말을 찾지 못하고 머뭇거렸다.

남자가 꽁지머리 사내에게 맥주를 몇 병 더 주문했다. 경쾌한 음악은 라가 선율로 바뀌고 그녀는 남자와 함께 술을 마셨다.

그녀는 한 편의 소설을 읽을 때마다 그 작품을 쓴 작가의 방을 상상했다. 작가마다 문체가 다르듯 저마다 특별한 방을 소유하고 있을 거라고 생각했다. 그녀는 자신보다 더 나쁜 방에서 글을 쓰는 작가가 없다고 단정지었다. 두 권의 책을 쓰는 동안 그녀는 여러 번 방을 옮겼다. 그녀는 더 이상 나빠질 수 없을 만큼 최악의 방에서 살았다. 글쓰기를 멈추지 않는 한 평생 낮에도 햇볕이 들지 않는 반지하 셋방을 떠날 수 없었다. 첫 소설을 탈고할 때 느낀 희열은 오래전에 잊었다. 때때로 그녀는 글쓰기가 오직 고통뿐이라고 생각했다. 망설이지 않고 고통 속으로 걸어 들어간 자신을 탓한들 부질없고 괴로울 뿐이었다.

그녀는 낯선 남자에게 소설가의 방과 글쓰기에 대해 횡설수설 떠들었다. 모르는 사람이고 다시 만날 일이 없었다. 허공으로 사라질 말이었다. 단어를 고르고 어루만지고 끝없이 퇴고 과정을 거쳐야 할 문장이 아니었다. 그녀는 열에 달뜬 얼굴로 누군가를 비난하면서 목소리를 높였다. 낯선 남자 앞에서 거리낌 없이 속내를 털어놓은 자신의 모습이 기이했지만 짜릿한 쾌감을 느꼈다.

한 가지 제안을 해도 될까요?

남자가 재킷 주머니에서 명함을 꺼내 내밀었다.

소설가의 방을 제공하겠습니다. 필요한 만큼 매달 돈을 드리죠. 당신은 쓰기만 하면 됩니다. 가네샤처럼.

그녀는 명함을 받아 남자의 얼굴과, 명함 한가운데 성인지 이름인지 정확하게 알 수 없는 '진'이라고 박힌 은빛 글자를 번갈아가며 쳐다보았다.

원하는 게 뭐죠?

그녀는 흥분을 가라앉히고 물었다. 방심한 채 아무렇게나 떠들다 뒤통수를 얻어맞은 기분이었다. 예상하지 못한 남자의 제안에 헛웃음이 나왔다.

작가가 창조하는 최고의 등장인물이 되고 싶습니다. 나를 써주세요. 자서전 대필 의뢰가 아닙니다.

남자는 그녀가 쏟아낸 말 위에 농담을 얹었다.

농담으로 들었다면 유감입니다. 진지하게 제안하는 겁니다. 오래전부터 이곳에서 당신을 기다렸습니다. 물론 당신은 받아

들이거나 거절할 수 있지요.

남자는 맥주를 여러 병 마셨지만 전혀 취하지 않았다. 그녀는 당황했지만 저항할 수 없었다. 웃음을 거두고 그녀는 남자의 눈을 응시했다.

지금 당장 대답하지 않아도 괜찮습니다. 마음이 정해지면 언제라도 시바 카페로 오세요.

남자는 술값을 계산하고 자리에서 일어났다. 꽁지머리 사내는 팔짱을 끼고 웃는 낯으로 출입문을 밀고 뚜벅뚜벅 걸어 나가는 남자를 지켜보았다.

짧은 연극이 끝났다. 그녀는 남자의 의중을 간파할 수 없었다. 꽁지머리 사내가 유일한 관객인 2인극이었다. 그녀는 명함을 노트북 가방에 넣고 카페를 나갔다. 어두운 거리는 텅 비었다. 익숙한 거리가 낯선 밤이었다. 그녀는 방으로 가는 방향을 잃고 허둥거렸다. 추위도 더위도 느낄 수 없는 진공 상태 같은 길에서 그녀는 남자의 농담을 차분히 곱씹었다.

그녀는 꿈과 농담 사이에서 잠을 깼다. 노트북 가방을 뒤져 명함을 꺼냈다. 간밤에 시바 카페에서 만난 남자는 꿈이 아니었다. 한낮이 지나고 초저녁이 될 때까지 그녀는 축축하고 어두운 방에 웅크리고 앉아 있었다. 볕이 잘 드는 방을 제공하겠다는 남자의 말은 달콤했다. 남자가 누구인지 알 수 없었다. 그녀는 최고의 등장인물이 되고 싶다는 남자와 붉은 가네샤를 떠올렸다. 목적을 알지 못하는 제안이었다. 무시해버릴 수 없는 유혹이었다. 어쩌면 작가로서 누릴 수 있는 기회였다. 남자는 그녀 자신도 모르는 천부적인 작가의 재능을 알아보았을지 몰랐다.

창밖에 어둠이 내렸을 때 그녀는 남자를 다시 만나러 가도 잃을 게 없다고 결론지었다. 그녀는 가난한 소설가였다.


남자는 바에서 맥주를 마시고 있었다. 마른 행주로 유리잔의 물기를 닦는 꽁지머리 사내가 그녀에게 인사했다. 손님은 남자 혼자뿐이었다. 시간을 거슬러 어제 보았던 장면을 다시 보는 기시감을 느끼면서 그녀는 스툴에 앉았다.

기다리고 있었다고 남자가 말했다. 남자의 목에 걸린 붉은 코끼리가 웃었다. 남자는 꽁지머리 사내가 건네준 잔에 맥주를 채웠다.

당신은 누구죠? 어떤 이유로 나에게 그런 제안을 하는지 알아야겠어요. 아무리 매력적인 제안이라고 해도 나는 당신을 모르고 당신 역시 마찬가지 아닌가요?

그녀는 남자의 목에 걸린 가네샤를 빤히 쳐다보면서 말했다. 남자와 꽁지머리 사내, 텅 빈 테이블과 실내에 흐르는 경쾌한 음악이 날마다 같은 시간에 상영되는 연극의 소품과 배경 음악 같았다. 남자가 웃으며 농담이라고 말해도 그녀는 크게 놀라거나 실망하지 않을 수 있었다.

나는 당신의 독자입니다.

내가 쓴 소설을 읽었나요?

아니오. 하지만 상관없습니다. 나는 가네샤의 서사시를 읽지 않았지만 그를 아주 좋아하죠.

남자가 가네샤처럼 웃으면서 말을 이었다.

나는 방과 돈이 있습니다. 넘칠 만큼 많이 소유하고 있죠. 절실하게 필요한 사람에게 나누어 주려고 합니다. 가네샤 같은 조력자가 되고 싶다는 뜻이죠.

남자의 말은 요령부득이었다.

왜 하필 수혜자가 그녀인지 납득할 수 없지만 캐묻지 않았다. 끈질기게 묻고 따지는 사이 남자의 마음이 변할지 몰라 그녀는 조급해졌다.

망설이고 의심하는 사이 기회는 사라질 수 있습니다. 거절하면 당신은 평생 춥고 어두운 방에서 소설을 써야 할지 모르죠. 내가 왜 이런 제안을 하는지 궁금하면 작가의 상상력을 발휘해볼 수 있겠군요.

정말 아무 조건 없이 방을 제공해주는 건가요?

남자의 속내를 명확하게 알아채지 못했지만 매혹적인 제안을 뿌리치기 어려웠다. 그녀는 오래전부터 기다렸다는 남자의 말이 거짓이 아니라는 쪽으로 마음이 기울었다.

철필이 부러지자 엄니를 뽑아 필기를 계속했던 가네샤처럼 써야 합니다. 당신이 원하는 일이니까요. 당신은 무엇이든 요구할 수 있어요. 기꺼이 들어드리겠습니다. 그건 내가 원하는 일이니까요.

그녀는 방금 면도를 한 듯 말끔한 남자의 턱과 날렵한 콧날을 바라보았다. 코끼리 머리에 왕관을 쓴 가네샤가 그녀를 향해 다정하게 미소 지었다. 경쾌한 음악이 라가의 선율로 바뀌고 꽁지머리 사내는 느릿느릿 어깨를 움직이며 유리잔을 닦았다.

좋아요. 제안을 받아들이겠어요.

그녀는 잃을 게 없었다. 한바탕 농담으로 끝나도 상관없었다.

나는 진입니다. 진이라고 불러주세요. 당신의 이름은 알고 있습니다.

남자가 손을 내밀었다. 그녀는 크고 단단한 손을 잡으면서 남자의 목에서 웃음 짓는 황금 왕관을 쓴 가네샤에게 인사했다.

당신이 소설가의 방에서 쓰는 소설은 당신의 것이고 동시에 내 것입니다. 나는 가네샤처럼 헌신적으로 돕겠다고 약속하겠습니다. 방과 돈뿐 아니라 무엇이든 원하는 대로 해드리겠습니다.

남자는 당당하고 확신에 찬 목소리로 말했다.

가네샤는 장애를 제거해주는 신이었다. 그녀 앞에 놓인 장애를 제거해주면서 가네샤는 능력을 과시했다. 그녀는 남자의 말이 농담이거나 거짓이라고 의심하지 않았다. 가네샤는 부의 신이었다. 그녀는 이제 굶주림과 불안에서 벗어나 글을 쓸 수 있었다. 그것으로 충분했다. 더 이상 바랄 게 없었다.


비밀번호를 누르고 현관문을 열었다. 나는 자전거 두 대가 세워져 있는 현관을 기웃거리며 안으로 들어갔다. 현관문 닫히는 소리가 컸지만 사람의 기척이 없었다. 텔레비전과 오디오, 가죽소파와 탁자가 놓인 거실과 주방을 재빨리 둘러보고 동굴처럼 폭이 좁고 길쭉한 침실 맞은편 소설가의 방으로 들어갔다. 이설이 노트북과 여행 가방을 끌고 온 날처럼 창에 걸린 커튼 사이로 한낮의 햇살이 비쳐 들었다. 창가에 놓인 책상은 컴퓨터와 프린터, 스탠드, 필기도구가 가지런했다. 이설의 흔적은 남지 않았다. 여자는 걸레로 먼지를 닦고 이설의 자리를 꼼꼼히 지웠다.

나는 이제 이설의 공간이 아닌 소설가의 방에 미련을 거두고 발맘발맘 남자의 방으로 걸어갔다. 손잡이를 돌리자 저항하지 않고 문이 열렸다. 이설이 남자의 방문을 처음 열었을 때처럼 가슴이 두방망이질 쳤다. 나는 그 방에 놓인 특별하지 않은 사물들의 배치를 정확하게 알았다. 이제 막 청소를 마친 호텔 객실처럼 흠잡을 데 없이 깔끔하게 정돈된 남자의 방을 엿보다가 놀라고 당황해서 멈칫했다. 가네샤 목걸이가 둥근 테이블에 놓여 있었다. 나는 방으로 들어가서 욕실을 살피고 방 안 구석구석을 둘러보았다. 남자는 없었다. 나는 망설이지 않고 가네샤를 낚아챘다. 기다란 코와 벌어진 입을 손가락으로 더듬었다. 손끝을 타고 온몸으로 짜릿한 느낌이 전해졌다. 가네샤는 한쪽 엄니가 부러져 있었다. 브야사의 구술을 받아 적다 철필이 부러졌을 때 가네샤는 제 엄니 하나를 뽑아서 필기를 계속했다. 가네샤는 필기를 멈추지 않았다. 멈출 수 없었다.

가네샤는 시바와 파르바티의 아들이다. 아이가 없어 슬퍼하는 파르바티를 위해 시바는 그녀의 옷자락을 잘라 인형을 만들었다. 옷자락으로 만든 인형이 생명을 가진 아이로 변하자 파르바티가 기뻐했지만 자살의 별이 주는 상처를 안고 태어난 아이는 곧 죽을 운명이었다. 불행한 운명을 안고 태어난 아이의 머리가 잘려 땅에 떨어지자 파르바티는 울부짖으며 괴로워했다. 잘린 아이의 머리를 원래의 자리에 올려놓으려고 했지만 붙지 않았다. 시바는 생각에 잠겼고 아이를 살리고 싶으면 북쪽으로 향해 있는 머리를 찾아 얹어주라는 신들의 말을 들었다. 시바의 황소 난디가 하늘로 올라가서 얼굴이 북쪽을 향해 있는 코끼리를 찾아 목을 베려는 순간 신들의 왕 인드라의 공격을 받았다. 치열한 전투가 벌어졌지만 결국 난디는 인드라의 코끼리 머리를 잘랐다. 시바가 코끼리 머리를 아들의 어깨 위에 올려놓자 아이는 코끼리 머리와 네 개의 팔을 가진 소년으로 되살아났다. 모든 신들이 시바의 아들을 축복했다. 창조신 브라흐마는 염주를 선물하면서 아이가 장차 '코끼리 머리를 가진 자'로 불리며 칭송받을 거라고 말했다. 다른 사람들의 일을 방해하는 이들은 코끼리 머리를 가진 가네샤를 떠올릴 때마다 두려움에 떨 거라 예언했다.

나는 갈색 가죽 끈에 매달린 가네샤를 외투 주머니에 넣었다. 장애를 제거하고 여행자를 보호해주는 신 가네샤가 필요한 사람은 남자가 아니었다.

남자의 집에는 그림자처럼 조용히 움직이면서 음식을 만들고 집 안의 먼지를 털고 햇볕에 빳빳하게 마른 수건을 욕실 수납장에 넣는 여자가 있었다. 나는 이설처럼 남자의 방을 천천히 둘러보았다. 자전거를 타고 구립 도서관에서 책을 빌려 온 어느 날, 현관 안쪽에 자전거를 세우고 넓고 아늑하고 청결한 집 안으로 들어서다 문득 이설은 숨이 막히도록 질서정연한 공간을 흩트려 놓고 싶은 충동에 사로잡혔다.

　빌려 온 책을 거실 탁자 위에 던지고 이설은 남자의 방으로 들어갔다. 구석구석 여자의 세심한 손길이 닿은 방이 넓고 환했다. 하얀 시트가 깔린 침대 위에 극세사 이불이 주름 하나 없이 펼쳐 있었다. 이설은 침대에 걸터앉았다 일어나 방 한쪽 벽을 꽉 채운 장롱 앞으로 다가갔다. 이불장을 열고 옷장을 열었다. 겨울용 차렵이불과 봄가을에 덮을 부피가 크지 않은 이불과 침대시트와 여벌의 베개가 차곡차곡 쌓인 이불장과 양복이며 와이셔츠며 겨울용 외투가 걸린 옷장은 여느 집과 다르지 않았다. 선반에 남자용 토너와 로션 등속이 놓인 욕실은 물기 없이 깨끗했다. 이설은 다시 침대에 걸터앉아 둥근 테이블 위에 세워 놓은 액자를 집었다. 헐렁한 셔츠와 반바지 차림으로 서 있는 남자 뒤로 황토색 강물이 흘렀다. 이설은 금방이라도 농담을 던질 듯 입가에 웃음 짓는 수염이 말끔하게 깎인 남자의 턱을 만지고 싶었다.

　이설은 손가락으로 남자의 턱을 더듬었다. 유리를 끼운 액자의 감촉이 손가락 끝으로 서늘하게 전해졌다. 가네샤처럼 멈추지 않고 쓴다면 언제까지라도 이곳에 머물 수 있습니다. 남자의 목소리가 귓전에서 맴돌았다. 웃는 남자가 낯설고 두려웠다. 저항할 수 없는 무서운 힘을 가진 존재 같았다.

그날 밤 남자는 이설에게 아라비아 해가 보이는 뭄바이의 타지마할 호텔과 카주라호 사원에 부조된 아름다운 조각상, 바라나시 갠지스 강 이야기를 했다. 달콤한 라두경단*과 먼지가 날리고 소음으로 어지러운 거리, 세상에서 가장 좁고 불결한 방 이야기를 들려주었다.

나는 남자에게 작별인사를 하지 않았다.
두 번 다시 남자와 마주치고 싶지 않았다.
이설을 만나야 했다.
이 도시에서 머뭇거리면 이설을 놓치고 완전히 귀가 먹을지 몰랐다.

## 2

덧창 밖은 붉고 고운 흙으로 덮인 파파야 밭이었다. 수박처럼 큼직한 열매가 주렁주렁 매달린 파파야 나무는 손을 뻗으

* 라두경단: 인도에서 대중적인 달콤한 과자 중 하나

면 닿을 만큼 가까웠다. 파파야 밭 너머로 말린 야자나무 줄기로 지붕을 엮은 흙집이 띄엄띄엄 서 있고 희고 붉은 부겐빌레아 덩굴이 길을 따라 우거졌다. 밭과 경계가 불분명한 길이 온통 붉었다. 사리* 위에 숄을 둘러쓴 맨발의 여인이 마을 안쪽으로 이어진 길을 걸어가고 있었다.

맑은 공기에 향신료 냄새가 떠돌았다. 나는 방문을 열어놓고 숨을 크게 들이마셨다.

노란색 인조견 사리를 입은 루파가 문가로 다가와 노크하며 물었다.

"룸 클린?"

진홍색 진사(辰砂)가루로 가르마를 물들인 루파는 손에 빗자루를 들었다.

"노 땡큐."

루파는 그럴 줄 알았다는 얼굴로 고개를 살래살래 흔들면서 마리아 방 쪽으로 걸어갔다. 오전 9시에서 11시 사이, 루파는 문이 열려 있는 방에 들어가서 청소를 했다. 그녀는 침대시트를 걷어내고 방바닥을 빗자루로 쓸고 맨발로 엎드려 물걸레질했다. 정오 무렵 루파는 랄리타와 함께 우물가에서 빨래를 했다. 그녀들은 세탁 바구니에 담겨 나온 옷가지며 침대시트며 수건을 맨손으로 빨아 빨랫줄에 널었다.

날마다 청소하지 않아도 혼자 쓰는 방은 더럽지 않았다. 나는 세탁물을 내놓지 않고 샤워할 때 손빨래했다. 내가 세탁을 직접 하겠다고 말했을 때 수박처럼 크고 단단한 파파야 껍질을 벗기고 알맹이를 썰어 그릇에 담던 랄리타가 나를 빤히 쳐다보면서 왜냐고 물었다.

"내 옷이니까 내가 세탁해서 입을게요."

랄리타는 내 말을 금방 이해하지 못했다.

"파파야는 랄리타가 깎아주세요. 그래야 더 맛있으니까요."

나는 붉은 파파야 과육을 입에 넣고 깨물면서 말했다.

"노 프라블럼."

랄리타가 웃었다.

그녀는 내 영어를 잘 알아듣지 못했고, 대꾸할 말이 궁색할 때마다 입가에 웃음을 짓고 '노 프라블럼'을 외쳤다.

랄리타와 루파는 툴시 게스트하우스 도우미였다. 두 사람은 파파야 밭 너머로 보이는 말린 야자나무 줄기로 지붕을 엮은 흙집에 살았다.

까마귀가 그악스럽게 창문을 쪼아대는 소리에 잠을 깬 성탄일 아침, 나는 랄리타가 썰어준 파파야를 처음 맛보았다. 그날 새벽, 나를 툴시 게스트하우스 철제 대문 앞에 내려준 택시는 벌판처럼 너른 길을 가로질러 어둠 속으로 사라졌다. 나는 발을 딛고 선 곳이 어디인지 분간할 수 없고 날이 밝으면 달곰한 파파야 과육을 맛볼 수 있을 거라고 짐작하지 못했다. 굳게 닫힌 대문 앞에서 불안한 얼굴로 문이 열리기 기다렸다. 청바지를 입은 남자가 대문을 열고 나왔다. 남자를 따라 나온 시베리

* 사리: 인도의 여자 옷

31

안 허스키처럼 커다란 개가 꼬리를 살랑거리며 어둠 속에서 나를 쳐다보았다. 구루예요. 사람을 물지 않습니다. 손님들 방에 들어가지 않으니까 안심하세요. 넓은 마당 오른편으로 환하게 불을 밝힌 휴게실로 짐을 옮겨주면서 남자가 말했다.

내가 새벽에 도착한다고 알려줘서 남자는 기다렸다고 말했다. 숱 많은 검은 머리칼을 하나로 올려 묶은, 요리사처럼 보이는 관리인 남자의 이름은 라훌 바수였다. 차를 한 잔 마시고 방으로 안내해주겠다면서 라훌은 커피포트에 생수를 붓고 물을 끓였다. 마당과 뜰 가운데 위치한 휴게실은 노천카페처럼 문이나 가림막 없이 양쪽으로 툭 트였다. 여러 사람이 앉을 수 있는 기다란 나무 테이블과 기역 자형 주방을 갖춘 휴게실은 24시간 개방한다고 라훌이 말했다. 서늘한 바람을 따라 향신료 냄새가 날렸다. 북적거리는 공항에서 맡았던, 알지 못하는 사람의 체취 같은 강렬한 냄새는 택시가 인적 없는 길을 달릴 때 바람을 따라 날아갔다.

담배꽁초가 빽빽한 재떨이가 놓인 둥근 테이블에 두꺼운 책한 권과 노트가 펼쳐 있었다. 읽을 수 없는 글자가 적힌 책과 노트에 시선이 붙들린 내 옆으로 구루가 다가와 알짱거렸다. 라훌이 테이블을 치우고 찻잔을 내려놓으면서 게스트하우스에 열 개의 방이 있고 지금은 다섯 명의 손님이 머문다고 알려주었다.

라훌은 자기 몫의 찻잔을 들고 등나무의자에 앉았다. 나는 책을 봐도 괜찮은지 라훌에게 물었다.

"당신은 읽을 수 없어요. 타밀어로 쓰여 있으니까요."

라훌이 빙긋이 웃으며 대답했다.

여러 번 읽어서 책장이 닳은 책은 11세기에 시인 캄반이 타밀어로 쓴 서사시라고 했다. 타밀어는 남인도인이 사용하는 드라비다어족의 언어였다. 캄반의 서사시는 기원전 1500년경 인도의 고대 언어인 산스크리트어로 지어진 발미키의 서사시를 재해석한 작품이었다. 2만 4천 연에 이르는 발미키의 서사시는 타밀어뿐 아니라 힌디어와 벵골어, 칸나다어, 아삼어, 카슈미르어, 말라얄람어 등의 언어로 다시 쓰였다.

"인도는 수많은 언어가 있고 나는 타밀어로 읽고 씁니다. 타밀어가 영감을 주지요."

나는 라훌이 시인이라고 짐작했다. 노트에 쓰인, 읽을 수 없는 글자는 시였다. 모두가 잠든 새벽, 나는 게스트하우스를 관리하는 시인과 마주 앉았다.

휴게실 벽에 걸린 벽시계 바늘이 새벽 3시를 가리켰다. 나는 낯선 장소에서 처음 만난 사람과 단둘이 앉았지만 어색하거나 불편하지 않았다. 내가 찻잔을 비우자 라훌이 자리에서 일어났다. 맑고 향기로운 공기를 마시며 조금 더 앉아 있고 싶었지만 라훌을 따라 뜰로 난 낮은 계단을 내려갔다. 어둠에 싸인 뜰을 사이에 두고 방들이 마주 놓였다. 등불을 띄엄띄엄 밝혀 놓은 복도를 걷다 끝에서 두 번째 방 앞에서 라훌이 멈췄다. 라훌은 열쇠를 꺼내 자물쇠를 열고 방문 안쪽에 배낭을 부려놓으면서 따뜻한 물은 아침이 되어야 사용할 수 있다고 알려주었다. 나는 라훌에게 고맙다고 인사하고 콘크리트 바닥에 푸른색 카펫이 깔린 방으로 들어가 출입문을 닫고 빗장을 질렀다.

싱글 침대 두 개가 마주 놓인 방은 천장이 높았다. 나는 인디언 핑크빛 커버를 씌운 이불을 걷고 하얀 시트가 깔린 침대에 걸터앉아 발가락을 조이는 등산화와 청바지, 양말, 두 겹으로 껴입은 셔츠를 벗었다. 기내에서부터 애물단지가 된 외투는 한국으로 돌아가기 전까지 입을 일이 없었다.

나는 벌거벗고 침대에 누웠다. 하얀색 페인트를 칠한 천장 한가운데 커다란 실링팬이 매달렸고 여닫을 수 없는 가로로 기다란 유리창이 출입문 위쪽 높은 자리에 붙어 있었다. 나는 유리창 아래로 흰색 벽을 따라 천천히 움직이는 도마뱀을 발견하고 깜짝 놀라 이불을 끌어당겨 얼굴 위로 덮었다가 벌떡 일어났다. 배낭에서 세면도구를 꺼내 욕실로 들어갔다. 찬물로 샤워하고 마른 수건으로 몸을 닦으면서 방 안을 둘러보았다. 연두색 도마뱀은 한자리에 멈춰 서서 움직이지 않았다.

나는 침대에 걸터앉았다. 도마뱀은 여전히 꼼짝하지 않았다. 도마뱀 한 마리에 신경이 쏠려 불을 끌 수 없었다. 도마뱀은 의젓하고 당당하게 낯선 침입자를 탐색했다. 불을 켜놓은 채 침대에 누웠다. 눈을 뜨고 있으려고 했지만 눈꺼풀이 저절로 감겼다. 나는 잠드는 순간을 의식하면서 잠이 들었다. 꿈에서 이설의 소설을 읽었다. 환한 불빛 아래로 타이핑한 원고의 글자들이 또렷하게 떠올랐다. 나는 이미 여러 번 읽어 외울 수 있는 문장을 다시 읽었다. 어느 순간 나타날 백지가 두려워 몸을 떨면서 꿈속이라면 완성된 소설을 읽을 수 있을지 모른다고 헛된 기대를 품었다.

　그녀는 시바 카페에서 진을 만나고 일주일 뒤 '소설가의 방'에 입주했다.

　텅 빈 반지하 셋방을 마지막으로 둘러보고 그녀는 잠자코 밖으로 나갔다. 소설가의 방은 필요한 용품을 완벽하게 갖추어놓아서 책과 노트북, 옷가지만 챙기고 가난에 찌든 살림살이는 처분했다.

　소설가의 방은 벽을 따라 체리목 책꽂이가 있고 창가에 하늘색 커튼이 드리워진 넓고 환한 공간이었다. 싱글 침대만큼 길고 폭이 넓은 책상은 컴퓨터와 스탠드, 프린터, 필기구가 꽂힌 도자기통, 독서대가 가지런히 놓였고 커튼 틈으로 흘러 들어온 햇살이 방바닥에 두 줄기 선을 그으며 떨어졌다.

　소설가의 방입니다. 소설가의 방에 그다지 많은 물품이 필요하지 않아 새삼 놀랐습니다. 혹시 빠졌거나 필요한 물건이 있으면 언제든 주저하지 말고 말씀하세요.

　진은 가슴 앞으로 팔짱을 끼고 문설주에 기대서서 짓궂은 아이 같은 표정으로 말했다.

　진은 시바 카페에서 만났을 때보다 훨씬 더 젊고 매력이 있었다. 어려운 일이 닥치면 지혜를 발휘해 해결하고 모르는 사람이라도 기꺼이 도와줄 사려 깊고 믿음이 가는 남자였다. 카페의 조명과 음악, 꽁지머리 사내가 없는 방에서 진은 아이처럼 해맑고 위대한 신처럼 기품이 넘쳤다.

어느 누구도 이 방에서 소설 쓰는 당신을 방해하지 않을 겁니다. 한여름에 매미도 입을 다물어야 할 거예요. 당신 마음속에 담긴 소설이 궁금하지만 묻지 않겠습니다. 그러고 보면 당신은 브야사이면서 가네샤이기도 합니다. 마음에서 흘러넘치는 소설을 스스로 받아 적어야 하니까 말이죠. 나는 고작 방과 돈을 제공할 수 있을 뿐입니다. 조력자라고 하지만 그 이상은 할 수 없어 안타깝습니다.

진은 팔짱을 풀고 그녀가 서 있는 책상 앞으로 걸어왔다.

새 술은 새 부대에 담으라고 했죠? 언제 고장 날지 모르는 노트북은 꺼내지 마세요.

그녀는 노트북 가방을 책상 밑에 두고 소설가의 방을 둘러보다가 벽 쪽에 놓인 체크무늬 2인용 천 소파에 앉았다. 부드럽고 푹신한 감촉으로 몸을 감싸는 비싸고 고급스러운 소파는 새것이 아니었다. 소설가의 방에 비치된 책상과 책꽂이, 창가에 걸린 커튼까지 새로 사들인 물건은 눈에 띄지 않았다. 그녀는 누군가 옆에 앉아 있는 느낌이 들어 꺼림칙했지만 내색하지 않았다.

이 집에는 당신과 나, 둘뿐입니다. 집안일을 해주는 도우미 아주머니를 빼면 말이죠. 조금 있으면 아주머니가 올 거예요.

그녀의 머릿속을 들여다보고 있기라도 한 듯 진이 미소 짓고 말했다.

이제 침실을 보여줄게요. 소설가에게 필요한 공간이 작업

실만이 아니겠지요? 소설가에게 잠은 작업의 연장이니까요. 꿈을 깨고 나면 곧바로 소설을 썼다는 작가가 누구였는지 잊었지만 소설가에게 잠과 꿈이란 결코 단순한 휴식이 아니잖아요.

그녀는 소파에서 일어나 진을 따라 맞은편 방 앞으로 걸어갔다. 진이 침실 문을 활짝 열었다. 1인용 침대와 옷장 외에 가구가 없는 방은 동물의 뱃속처럼 좁고 컴컴했다. 진은 만족스럽게 웃으면서 가죽 소파와 테이블이 놓인 거실로 그녀를 안내했다. 그녀는 소파에 앉아 거실을 둘러보았다. 가구와 장식품이 많지 않은 34평 남짓한 공간은 널찍하고 쾌적했다. 거실 테이블이며 바닥은 금방 걸레질한 양 깨끗해서 깔끔하게 살림을 하는 주부의 손길을 느낄 수 있었다.

현관문 잠금장치 풀리는 소리가 나면서 문이 열렸다. 여자가 식료품을 담은 장바구니를 손에 들고 집 안으로 들어서면서 진과 그녀에게 목례했다. 진이 도우미 여자가 곧 올 거라고 예고했지만 그녀는 놀라고 당황했다. 여자와 눈이 마주친 짧은 순간 그녀는 허둥거렸다. 하룻밤 잠자리를 구걸하러 온 사람처럼 주눅이 들고 숨이 막혔다. 여자는 한순간에 모든 것을 꿰뚫는 날카로운 눈빛으로 그녀의 몸을 훑고 조용히 주방으로 걸어갔다. 여자는 억세고 강한 가정주부나 튼튼하고 충실한 도우미의 모습이 아니었다. 체구가 작고 마른 여자는 선병질적이며 예민하고 냉정한 인상이었다.

여자는 심상한 얼굴로 채소를 씻고 생선을 손질하고 밥을 지어 상을 차렸다. 그녀가 진과 마주 앉아 밥을 먹는 동안 그림자처럼 조용히 움직이면서 싱크대를 정리하고 방으로 들어가 걸레질했다.

먹고 싶은 음식이 있으면 여자에게 얘기하라고 진이 말했다. 여자는 작가를 어떻게 배려해야 하는지 누구보다 잘 안다고 확신에 찬 목소리로 말했다. 여자의 등장과 함께 그녀는 왠지 모를 불안을 느꼈지만 잠자코 고개를 끄덕였다.

여자는 날마다 아침 일찍 진의 집으로 와서 음식을 만들고 세탁하고 집 안을 말끔하게 치웠다. 냉장고에는 과일이며 음료수며 먹을거리가 있고 욕실 수납장은 세탁해서 말린 수건들이 차곡차곡 개켜 있었다. 그녀가 커피를 마시면 여자는 조용히 찻잔을 거둬 가 씻었다. 먹고 마시기 위해 그녀는 아무것도 하지 않아도 되었다. 두 손으로 해야 할 일은 글쓰기뿐이었다.

그녀는 아침에 눈 뜨면 여자가 껍질을 벗겨 접시에 담아놓은 사과와 오렌지를 먹었다. 문이 활짝 열려 있을 때 여자는 소설가의 방으로 들어가서 청소했고 주의를 주지 않았는데도 널려 있는 책이며 파지 등속을 함부로 치우지 않았다. 여자의 음식은 정갈하고 맛있었다. 있어도 없는 사람처럼 조용했다. 부지런하고 사려 깊었다. 냉정하고 오만한 첫인상과 달리 말투가 공손하고 부드러웠다.

공원 쪽으로 창이 난 방은 낮에도 시끄럽지 않았다. 진은 오전 8시경에 집을 나가면 저녁 7시쯤 귀가해 여자가 차려 놓은 저녁을 먹었다. 한밤중까지 진이 귀가하지 않는 날이면 그녀는 키보드에 손가락을 얹고 붉은 코끼리를 생각했다. 꽁지머리 사내가 흥겨운 음악에 맞춰 몸을 흔들면서 마른 행주로 유리잔의 물기를 닦는 시바 카페에서 맥주를 마시는 진을 떠올렸다. 그녀는 냉장고를 열고 캔 맥주를 꺼내 마시면서 문이 닫힌 진의 방 앞을 기웃거렸다. 진이 어떤 일을 하는 사람인지 그녀는 여전히 알지 못했다. 34평 남짓한 넓은 공간을 기꺼이 내주었지만 단 한 곳만은 출입이 허락되지 않았다. 그곳은 진의 방이었다.

닫힌 방문 앞에서 그녀는 최고의 등장인물이 되고 싶다는 진의 말과 가네샤처럼 성실한 조력자가 되겠다는 약속을 곱씹었다. 그녀가 쓸 소설을 기다릴 뿐 아무것도 바라지 않는다는 진의 말이 비현실적이고 납득이 가지 않았지만 의혹을 떨치지 못하고 머뭇거릴 수 없었다. 그녀는 빈 깡통을 구겨 휴지통에 버리고 소설가의 방으로 들어갔다. 컴퓨터 모니터 커서가 그녀를 재촉했다. 창작하는 데 더할 나위 없이 적합한 공간에서 그녀는 글을 써야 했다.


까마귀가 유리창을 부서져라 쪼아대는 소리에 눈을 떴을 때 유리창으로 햇살이 환하게 비쳐 들었다. 나는 까마귀가 날아가기 기다렸다 방문을 열었다. 구루의 목을 끌어안고 뒹굴며 웃는 여자아이가 호기심 가득한 눈으로 나를 바라보았다. 초록색 인조견 사리를 입은 여인이 빗자루를 들고 방문 너머에

서서 물었다. "룸 클린?" 내가 괜찮다고 대답하자 여인이 고개를 갸우뚱거리며 돌아섰다. 나는 밖으로 나가서 여인에게 이름을 물었다. "루파." 여자아이가 대답했다.

랄리타는 접시 가득 파파야를 썰어놓고 휴게실 테이블에 널린 껍질을 치웠다. 나는 파파야 한 조각을 입에 넣고 주방으로 가서 찻물을 올리고 식빵 두 조각을 꺼내 토스터에 넣었다. 냉장고에서 달걀 두 알과 버터, 양파와 작고 단단한 고추 한 개를 꺼내고 선반을 열었다. 껍질이 누르스름한 파파야와 바나나 한 다발, 오렌지 몇 개가 있었다.

랄리타는 아침마다 신선한 달걀과 채소, 과일을 가져와 냉장고와 선반을 채웠다. 내가 양파와 고추를 썰어 오믈렛을 만들고 있을 때 라훌이 앞마당을 가로질러 걸어왔다. 붉은 길을 걸었는지 슬리퍼를 신은 라훌의 발이 온통 붉은 흙투성이였다. 라훌은 휴게실을 지나 자신의 방으로 들어갔다.

나는 구운 식빵과 매운 고추를 넣고 만든 달걀 오믈렛, 껍질을 벗긴 바나나를 둥근 접시에 담아 뜨거운 차와 함께 테이블로 가져갔다. 날씨가 맑고 따뜻했다. 간밤에 휴게실 바닥과 계단에 떨어져 뒹굴던 나뭇잎은 아침 일찍 루파가 쓸어내서 하나도 남지 않았다. 구루는 뒤뜰 한가운데에 모로 누워 잠들었다. 오토바이를 탄 남자가 뜰 너머 파파야 밭으로 이어진 길 쪽으로 지나갔다. 맨발의 여자아이가 우물가 쪽에서부터 뜰을 가로질러 뛰어와 구루의 몸을 왁살스럽게 끌어안았다. 랄리타의 딸 아이사니였다. 아이사니의 작은 발이 붉은 흙투성이였다. 구루는 아이사니가 목줄을 잡아당기면서 큰 소리로 이름을 부르자 고개를 들었다. 다섯 살 여자아이에게 목줄이 잡힌 채 순하게 눈을 깜박거렸다.

나는 아이사니를 손짓해 불렀다. 나를 바라보는 아이사니의 커다란 눈망울이 장난기로 가득했다. 파파야 한 조각을 집어 아이사니의 입에 넣어주었다. 구루가 꼬리를 살랑거리며 다가왔다. 냄비에 남아 있는 차갑게 식은 차파티* 한 개를 꺼내자 구루가 혀를 길게 내밀고 날름 받아먹었다. 나는 아이사니를 개수대로 데리고 갔다. 흙먼지로 더러운 손을 물에 헹구고 비누질해서 씻겼다. 구루가 나와 아이사니 틈을 파고들면서 기다란 혀를 날름거렸다. 아이사니는 깨끗해진 손으로 구루의 목을 끌어안았다.

12월 마지막 날 아침, 라훌이 휴게실 계단에 콜람*을 그렸다. 라훌은 흰색 백묵으로 연꽃을 그리고 루파가 가져온 주황색 마리골드와 나무 이파리로 콜람을 장식했다. 주방에서 랄리타는 밀가루에 뜨거운 물을 넣고 반죽을 만들었다. 레바티는 등나무의자에 앉아 줄담배를 피우면서 책을 읽고 이시다는 스케

---

* 차파티: 통밀가루 또는 밀겨를 뺀 아타가루를 반죽하여 둥글고 얇게 만들어 구운 인도 음식
* 콜람: 인도 남부지방에서 매일 아침 집 앞이나 대문 앞, 앞마당, 거실 등에 쌀가루, 돌가루, 꽃잎 등으로 만드는 그림 장식

치북을 펼치고 뜰에 모로 누워 잠든 구루를 연필로 스케치했다. 레바티와 이시다는 툴시 게스트하우스에 투숙한 내국인이었다. 외국인은 나와 남인도 여행 중인 마리아와 빌게츠, 글렌네 사람이었다.

해가 저문 뒤 부겐빌레아 덩굴이 우거진 아쉬스 난디의 집 마당에서 파티가 열릴 예정이었다. 마을 사람들이 툴시 게스트하우스 손님들을 파티에 초대했다고 라홀이 전해주었다. 해마다 12월 마지막 밤에 마을 사람들은 함께 모여 먹고 마시고 춤추고 놀면서 새해를 맞이한다고 했다. 여인들이 음식을 만들고 남자들은 장작을 패면서 파티를 준비하고 즐기는 전통이 언제부터 시작되었는지 마을 사람들도 라홀도 정확하게 알지 못했다.

마을의 집들이 있는 쪽에서 음악 소리가 들려왔다. 나는 뜰을 가로질러 우물가로 갔다. 붉은 흙이 깔린 파파야 밭 너머에서 장작을 패는 남자를 둘러싸고 여인들이 춤을 추고 있었다. 해가 중천에 떠 있었다. 나는 방으로 들어가서 붙박이장에 걸리고 개킨 옷가지를 만지작거리다 검은색 바지와 갈색 셔츠를 꺼내 입었다. 옷을 갈아입고 화장을 했다. 사람들 앞에서 춤을 추어본 적이 없지만 오늘밤은 부끄러워하지 않고 춤을 출 수 있었다. 모르는 이들이고 영원히 알지 못할 사람들이었다.

스테인리스 양푼에 담긴 밀가루 반죽이 부풀었다. 랄리타는 반죽을 조금씩 떼어 도마에 놓고 밀대로 밀었다. 난*을 구울 거라고 했다. 한 해의 마지막 날 만드는 특별한 음식이라고 랄리타가 웃으며 말했다. 내가 처음 먹은 랄리타의 음식은 쌀과 닭고기와 사프란과 마살라를 넣고 찐 비리야니였다. 마살라 향기가 알싸해서 재채기가 터지고 눈물이 났지만 남기지 않고 다 먹었다.

랄리타는 밀대로 둥글게 편 반죽을 불에 달군 팬에 올렸다. 뒤집개가 있지만 랄리타는 둥근 반죽을 맨손으로 빙글빙글 돌려 뒤집었다. 랄리타의 손이 뜨거운 팬 위에서 날렵하게 움직였다. 표면이 갈색 빛으로 익으면서 반죽이 조금씩 부풀자 랄리타는 한 번 더 뒤집었고 차파티보다 크고 도톰한 난이 완성되었다. 크고 둥근 접시에 버터와 마살라 향을 머금은 난이 차곡차곡 쌓였다.

점심 메뉴는 난과 생선커리였다. 이시다와 레바티가 빈 접시를 테이블로 날랐다. 나는 알루고비*와 아차르*를 그릇에 담았다. 마리아가 레드 와인 두 병을 휴게실로 가져왔다. 가슴이 깊게 파인 파란색 드레스를 입은 마리아는 일곱 개의 유리잔에 와인을 가득 채웠다. 긴 머리를 하나로 올려 묶고 셔츠 길이가 무릎까지 내려오는 쿠르타*를 입은 라홀이 생선커리가 담긴 냄비를 테이블로 가져갔다. 나는 와인 한 잔을 마시자 얼굴이 달아올랐다. 음악 소리가 점점 크게 들렸다. 구루가 휴게실 계

* 난: 정제한 하얀 밀가루로 구운 빵. 발효시켜 만들며, 보통 화덕에 굽는다.
* 알루고비: 토마토소스에 콜리플라워와 감자를 넣어 만든 인도 전통요리
* 아차르: 채소, 과일, 고기 등으로 만드는 인도 발효식품
* 쿠르타: 헐렁한 남자 셔츠

단에서 꼬리를 흔들었다.

 해가 저물자 라훌은 손전등을 들고 마당을 가로질러 마을로 이어진 길을 앞장서서 걸어갔다. 부겐빌레아 덩굴이 줄지어 있는 붉은 길은 손전등이 없으면 한치 앞도 볼 수 없을 만큼 어두웠다. 나는 라훌을 따라 걸어가다가 불을 밝혀놓은 휴게실 쪽을 돌아보았다. 콜람을 그린 휴게실 계단에 웅크리고 있던 구루가 벌떡 몸을 일으켰다. 음악 소리가 시끄럽게 들렸지만 구루는 따라오지 않았다. 빈집을 지켜야 하는 줄 아는 모양이었다.

 마을 사람들은 대문 없는 벽돌집 마당과 장작불이 타오르는 길가에 웅기중기 서 있었다. 불 가에 둘러선 사람들 얼굴이 빨갰다. 사리와 펀자비 드레스*, 촐리*와 살와르 카미즈*, 티셔츠와 청바지를 입은 여자들과 도티*와 쿠르타, 셔츠와 면바지를 입은 남자들이 어우러졌다.

 쿠르타를 입은 남자가 마당에서 바비큐를 구웠다. 니은 자로 차려진 테이블에 감자튀김과 버섯요리, 구운 옥수수와 파코라*, 벨 푸리*, 파라타* 따위 음식과 와인과 콜라 등 마실 거리가 놓였다. 나는 빈 접시에 옥수수와 감자튀김을 담았다. 이시다가 다가와서 말을 걸었지만 음악 소리 때문에 알아들을 수 없었다. 글렌이 유리잔에 화이트 와인을 채워 나에게 건네주었다. 나무의자가 있어도 사람들은 서서 음식을 먹으면서 웃고 떠들었다.

 나는 이시다의 손에 이끌려 사람들이 모여 있는 자리로 갔다. 장작불 주위로 둥글게 원을 그리고 선 사람들이 음악에 맞춰 손뼉을 치고 몸을 흔들었다. 이마에 빨간색 빈디*를 붙이고 원색의 사리를 입은 젊은 여인들의 모습이 황홀할 만큼 아름다웠다. 가르마에 진홍색 진사가루를 뿌리고 오른쪽 콧구멍에 노즈링을 끼운 여인이 몸을 움직일 때마다 팔뚝에 찬 크고 둥근 유리팔찌가 찰랑거렸다. 눈동자가 크고 깊은 여인은 맨발이었다. 가슴골이 드러난 파란색 드레스를 입은 마리아가 여인들 틈에서 천천히 몸을 움직였다. 마리아는 내내 파티를 기다린 사람처럼 거리낌이 없었다. 이시다와 빌게츠가 춤추는 무리 속으로 밀려 들어갔다.

나는 춤추는 사람과 먹고 마시는 사람들 속에서 루파와 랄리타를 찾으려고 두리번거렸다. 음악 소리가 점점 커졌다. 사람들은 조금씩 먹고 지치지 않고 춤을 추었다. 춤추는 무리 속으로 나를 끌어들인 사람은 마리아와 이시다가 아니라 모르는 남자였다. 쿠르타를 입은 젊은 남자가 나에게 춤을 추라고 말했다. 나는 와인이 남아 있는 잔을 바닥에 내려놓고 춤추는 사

* 펀자비 드레스: 펀자브 지역에서 처음 입기 시작한 여성 옷
* 촐리: 짧은 여성 상의
* 살와르 카미즈: 발목 단이 좁은 헐렁한 바지와 셔츠가 한 벌로 이루어진 인도 전통의상
* 도티: 긴 천을 늘어뜨려 허리춤으로 올려 동여매 입는 인도 남자 옷
* 파코라: 고기나 채소를 넣은 튀김
* 벨 푸리: 채소와 콩 등에 민트 처트니를 섞어 버무린 샐러드
* 파라타: 효모를 넣지 않고 납작하게 구운 빵
* 빈디: 인도 여성의 양쪽 눈썹 중간 부분에 찍는 장식용 점

람들 속으로 걸어 들어갔다. 빌게츠가 눈을 감고 춤을 추었다. 그녀는 춤추는 무리와 조금 떨어진 자리에서 느리고 조용하게 몸을 움직였다.

나는 모르는 남자를 따라 춤을 추었다. 사람들과 함께 박수를 치면서 천천히 장작불 주위를 돌았다. 춤추던 사람들이 한차례 빠져나가자 구경하던 이들이 자리를 채웠다. 밤하늘에 별이 총총했다. 새해가 시작되려면 두 시간 남짓 더 기다려야 했다.

내가 춤추는 무리에서 떨어져 나오자 레바티가 망고와 바나나, 파파야가 담긴 접시를 내밀었다. 젊은 여인들이 양손에 바비큐가 담긴 접시와 두부처럼 생긴 치즈를 담은 접시를 나눠 들고 사람들 주위를 돌면서 음식을 나누어주었다. 나는 망고한 조각을 집어 먹고 화이트 와인을 마셨다.

나는 마당 안쪽 음료수 테이블 앞에서 쿠르타를 입은 남자와 마주쳤다. 남자가 내 잔에 와인을 채워 주었다.

"이 시간을 즐기세요. 오늘은 두 번 다시 돌아오지 않을 테니까요."

남자가 잔을 들어 올리면서 말했다.

"내 이름은 리파파 다스예요. 당신을 만나 기뻐요."

남자는 술잔을 테이블에 놓고 담배를 꺼내 불을 붙였다.

나는 사리를 입은 여인들 쪽으로 걸어갔다. 치즈를 먹으라고 권했던 여인 하나가 입가에 웃음을 짓고 우아하게 몸을 움직였다. 나는 여인을 따라 팔과 엉덩이를 흔들면서 타오르는 장작불 주위를 빙글빙글 돌았다. 하늘에는 작은 별들이 머리 위로 금방이라도 쏟아질 듯 낮게 걸려 있었다. 음악 소리가 점점 더 커졌고 사람들의 움직임이 격렬해졌다.

나는 춤추는 무리에서 빠져나가 기다란 나무의자에 앉았다. 목이 말랐다. 쿠르타를 입은 남자가 담배에 불을 붙여 내밀었다. 담배를 받아 한 모금 빨았다. 부겐빌레아 향기가 났다. 가람 마살라 냄새가 났다. 세상에 없는 풀 냄새였다.

나는 몇 모금 피운 담배를 바닥에 내던지고 자리에서 일어났다. 누군가 큰 소리로 숫자를 세기 시작했다. 텐, 나인, 에잇, 세븐, 식스……

춤을 추던 사람들이 제자리에 멈춰 섰다. 음악 소리가 사라졌다. 카운트다운을 세는 남자가 숫자 1을 외치자 여기저기서 새로운 해의 시작을 축하하는 인사가 터져 나왔다. 나는 난생처음 수많은 사람들과 어울려 술을 마시고 춤추며 새해를 맞았다.

누군가 다가와 내 어깨를 끌어안고 말했다. 해피 뉴 이어, 재희.

그녀가 마리아인지 이시다인지 레바티인지 헷갈렸지만 나는 웃으면서 해피 뉴 이어라고 인사했다. 쿠르타를 입은 남자가 내 이마에 입을 맞추었다. 라훌이라고 짐작했다.

사리를 입은 여인이 접시에 디저트를 담아 가져왔다. 사람들이 다시 춤추기 시작했다. 별들이 천천히 움직였다. 사람들은 밤새도록 지치지도 않고 춤을 출 기세였다. 나는 춤과 꽃향기에 취해 몸을 움직일 수 없었다. 아쉬스 난디 집 마당과 장작불 주위가 환했지만 붉은 길 쪽은 캄캄했다. 나는 길가에 서서 어둠에 싸인 숙소 쪽을 톺아보았다.

나는 등받이 없는 기다란 나무의자에 앉았다. 이시다와 마리아와 레바티가 춤추는 무리 속에 있었다. 화이트 와인이 가득 담긴 잔을 들고 걸어오는 라훌 뒤로 가네샤 목걸이를 목에 건 남자를 발견하고 자리에서 벌떡 일어났다. 낯선 남자의 모습은 흥겹게 먹고 마시고 춤추는 무리 속으로 금세 사라졌다.

어두운 하늘에 별이 촘촘히 박혀 있었다. 언제쯤 파티가 끝날지 알 수 없었다.

나는 까마귀가 유리창을 그악스럽게 쪼아대는 소리를 듣고 눈을 떴다. 언제 방으로 돌아왔는지 기억나지 않았다. 아름다운 여인들이 가져온 음식을 먹고 술을 마시고 모닥불 주위를 돌며 춤추었던 시간이 꿈같았다. 해가 뜨면 파티가 끝난다고 라훌이 말했지만 나는 어둠 속에서 활활 타오르던 모닥불 주위로 떠오르는 해를 보지 못했다.

휴게실 계단에 그려놓은 콜람이 지워졌다. 오가는 사람들 발자국으로 콜람이 뭉개지자 루파가 비질을 하고 물걸레로 닦아냈다. 라훌은 콜람을 다시 그리지 않고 나에게 이메일로 사진 몇 장을 보내주었다. 휴게실 계단에 백묵으로 그리고 마리골드와 나무 이파리로 장식한 콜람과 새해맞이 파티에서 찍은 사진이었다. 아쉬스 난디 집 마당에서 사리를 입은 여인들과 어울려 춤추는 내 모습이 낯설었다. 한 손에 와인 잔을 들고 담배를 피우는 내가 모르는 사람 같았다. 가네샤를 목에 건 남자는 찾을 수 없었다. 술 취해 언뜻 보았던 남자의 얼굴이 기억나지 않았다. 나는 컴퓨터 바탕화면에 연꽃이 그려진 콜람 사진을 깔았다.

그녀는 진과 함께 부겐빌레아 날리는 붉은 길을 걷고 있었다. 붉은 흙으로 덮인 파파야 밭에 물을 뿌리던 여인이 갑자기 호스를 바닥에 내던지고 두 팔을 내저으면서 큰 소리로 외쳤다. 분홍빛 부겐빌레아 이파리가 우수수 떨어졌다. 그녀는 초록색 인조견 사리를 입은 늙지도 젊지도 않은 여인의 말을 알아듣지 못했다.

실링팬이 돌았지만 땀이 흘렀다. 활짝 열어놓은 방문 앞에서 구루가 모로 누워 잠들었다. 내가 다가가자 구루는 눈을 뜨고 고개를 들었다. 루파가 기다란 호스로 뜰에 물을 뿌렸다. 청개구리 한 마리가 복도로 튀어 오르자 구루는 컹 소리를 내며 짖었다. 날다람쥐 한 마리가 날듯이 방으로 들어와 침대 밑으로 숨었다. 나는 놀라 소리쳤고 루파가 호스를 내팽개치고 달려왔다. 루파가 기다란 빗자루로 침대 밑을 휘젓자 다람쥐는 방 밖으로 도망쳤다.

다람쥐가 얼마나 귀여운지 모르는구나. 마리아가 있었다면 틀림없이 그렇게 말했을 거라고 생각했다. 내가 도마뱀 때문에 불을 켜놓고 잤다고 말하자 마리아는 파드마가 귀여운 도마뱀이라면서 깔깔대고 웃었다. 마리아는 도마뱀을 부와 행운의 신, 파드마라고 불렀고 겁을 내거나 피하지 않았다.

루파는 다시 뜰로 내려가 호스를 집었다. 마리아가 묵었던 방문에 자물쇠가 채워졌다. 남인도 여행 중인 마리아는 함피로 떠났고 글렌과 빌게스도 곧 떠날 예정이었다. 툴시 게스트하우스의 장기 투숙객은 레바티와 이시다뿐이었다.

나는 휴게실 등나무의자에 앉았다. 구루가 휴게실 바닥에 배를 깔고 엎드렸다. 아이사니는 오지 않았다. 구루는 해가 떠 있는 동안 대부분 낮잠을 잤지만 발걸음 소리가 나면 눈을 뜨고 내가 차를 마실지 휴게소 테이블에 앉아 공상에 잠길지 산책을 나갈지 살피는 눈치였다. 내가 부겐빌레아 덩굴이 우거진 마을 쪽으로 산책을 갈 때마다 구루가 따라왔다. 나는 헤자라 가타로 이어진 붉은 길을 구루와 함께 걸었다. 불꽃나무가 띄엄띄엄 서 있는 벌판은 텅 비어 있었다. 나는 붉고 고운 흙이 깔린 벌판에서 방향감각을 잃고 허둥거렸다. 오토바이와 자전거를 탄 사람들이 흙먼지를 날리며 지나가는 그곳은 사막 같았다.

툴시 게스트하우스는 여행자들이 잠시 머물렀다 떠나기 좋은 장소가 아니었다. 부겐빌레아 덩굴이 우거진 길 쪽으로 흙집이 띄엄띄엄 서 있는 작은 마을로 찾아오는 사람이 드물었다. 붉은 흙이 깔린 벌판 너머의 도로는 릭샤*와 오토바이가 달렸다. 나는 이설이 이미 오래전에 이곳을 떠났으리라 짐작했다. 이설을 찾으려면 사람과 소와 개들로 복잡한 도시로 가야 했다.

 부겐빌레아 덩굴이 우거진 길 쪽에서 라훌과 이시다가 나란히 걸어왔다. 라훌은 맨발에 슬리퍼를 신고 어깨에 숄을 둘러쓴 이시다는 손에 스케치북을 들었다. 구루가 꼬리를 살랑거리며 마당으로 내려갔다. 이시다는 한쪽 팔로 구루를 안고 털을 쓰다듬었다. 두 사람이 걸어온 길 너머로 해가 기울었다. 향긋한 바람이 불었다.

 이시다는 부겐빌레아 덩굴을 스케치하고 왔다고 말했다. 내가 그림을 보고 싶다고 하자 스케치북을 펼쳤다. 부겐빌레아 덩굴과 흙집과 파파야 밭과 라훌로 보이는 남자의 뒷모습을 그린 그림을 보여주면서 이시다가 말했다.

 "라훌은 시인이에요. 이 마을에 살고 있는 유일한 시인이죠."

 이시다는 라훌이 타밀어로 시를 쓴다고 말했다. 그는 마을 사람들이 청하면 시를 읽어주었다. 마을 사람들은 독자가 아니라 청자였다. 라훌의 시를 읽을 수 있는 사람은 라훌 자신뿐이었다.

 "당신은 글을 쓰는 사람인가요?"

 이시다가 물었다. 나는 명쾌하게 대답할 수 없었다. 언젠가 낯선 남자에게 똑같은 질문을 받은 기억이 났다. 지금 나는 전혀 쓰지 못했다. 그동안 무엇을 썼는지 잊었다. 내가 어떤 글을 썼는지 알고 싶고 알게 될까 두려웠다.

---

* 릭샤: 교통수단으로 사이클 릭샤와 오토 릭샤가 있다.

나는 이시다에게 크리스마스 새벽에 라훌의 노트를 보았다고 말하지 않았다. 둥근 테이블에 펼쳐 있는 노트를 라훌이 덮기 전 나는 행갈이 되어 있는 다섯 줄의 시를 보았다. 둥근 모양의 낯선 문자로 쓰인 시를 라훌이 읽어준다고 해도 나는 결코 청자가 될 수 없었다.

　나는 산스크리트어로 기록된 브야사의 서사시와 타밀어로 쓰인 캄반의 서사시를 생각했다. 헤아리기조차 어려운 방대한 분량의 서사시는 상상으로도 가닿을 수 없는 세계였다. 나는 캄반의 서사시에서 영감을 얻는다는 라훌에게 시를 읽어달라고 부탁하지 않았다.

　레바티가 휴게실 전등을 켜고 커피포트에 생수를 부었다. 물이 끓는 동안 레바티는 힌디어로 쓰인 책을 주방 조리대에 펼치고 읽으면서 담배를 피웠다.

　"부겐빌레아는 꽃보다 잎이 더 아름다워요."

　이시다는 연필을 손에 쥐고 앉아 색깔과 향기가 없는 부겐빌레아 덩굴을 눈으로 더듬었다. 나에게 질문을 던졌지만 대답을 기다리지 않고 화려한 이파리 속에 꽃을 그려 넣었다.


　철제 대문을 열자 구루가 앞장서서 밖으로 뛰어나갔다. 자전거를 탄 아이가 벌판을 가로질러 마을 쪽으로 달려왔다. 걷거나 오토바이를 탄 사람들이 드문드문 지나갔다. 꽃이 피지 않은 불꽃나무가 서 있는 벌판 너머로 도로가 뻗어 있었다. 따뜻한 바람이 불었다.

붉은색 체크무늬 숄을 두르고 이시다가 벌판 한가운데 앉아 있었다. 이시다는 구루가 다가가 꼬리를 흔들자 이시다는 고개를 들었다. 내가 벌판을 지나서 먼 곳까지 걸어갔다 올 거라고 말하자 이시다는 꽃이 없는 불꽃나무와 벌판을 그린 스케치북을 덮고 자리에서 일어났다. 구루를 숙소로 쫓아 보내고 나를 따라오면서 이시다는 도로를 따라 한참을 걸어가면 시장이 나온다고 알려주었다. 담배와 과자를 사려고 레바티와 함께 여러 번 시장에 다녀왔다고 했다. 우리는 걸어서 갔다가 돌아올 때 발이 아프면 릭샤를 타기로 했다.

벌판을 지나 좁은 도로로 난 길로 접어들었다. 뒷자리에 사리를 입은 늙은 여인을 태운 오토바이가 빠른 속도로 달려갔다. 우리는 도로 가장자리를 따라 걸었다. 이따금씩 승용차와 오토 릭샤가 지나가는 도로에 난데없이 소 떼가 나타났다. 나는 재빨리 휴대전화를 꺼내 소 떼와 소 떼를 따라가는 남자의 모습을 카메라에 담았다.

바나나농장과 양계장을 지났다. 다리가 아파서 도로변에 주저앉아 쉬었다 다시 걸었다. 도로 한가운데를 말 떼가 달려갔다. 헛간처럼 보이는 남루한 집과 작은 가게들이 띄엄띄엄 나타났다 사라졌다. 시장은 멀었다. 자동차와 릭샤와 오토바이가 뒤엉켜 달리는 도로를 건너 상점과 노점이 늘어선 시장 거리에 도착했을 때 나는 덥고 목이 말라 눈에 띄는 가게로 뛰어 들어가서 생수 한 병을 샀다. 내가 생수 병을 손에 들고 좁은 가게를 둘러보다가 카운터 주위로 매달려 있는 라면 모양의 과자를 달라고 말하자 분홍색 인조견 사리를 입은 젊은 여인이 고개를 끄덕였다.

가게를 나가 과일과 채소, 꽃을 파는 노점을 기웃거렸다. 양파와 감자와 가지 위로 흙먼지가 뿌옇게 쌓여 있었다. 파파야와 망고, 바나나와 토마토와 레몬은 싱싱하지 않았다. 나는 사리 입은 노파에게 10루피를 내고 주황색 마리골드 한 줄을 샀다. 마리골드를 목에 걸고 사람들과 탈것들로 혼잡한 길을 가로질러 머리핀 파는 좌판과 사내들이 둘러서 있는 좌판을 기웃거렸다. 좌판 안쪽에 앉은 턱수염이 검은 남자가 구장 잎에 빈랑자*와 향신료를 얹고 둘둘 말아 손님에게 건넸다. 나는 붉은 침으로 더러운 길을 지나 망고 셰이크를 파는 노점으로 갔다. 망고 셰이크를 손에 들고 이시다를 찾으려고 두리번거렸다. 도로 한가운데 커다란 트럭이 멈춰 섰다. 트럭 뒤에 매달린 남자들이 땅 위로 내려섰다. 감색 치마를 입고 흰색 블라우스에 넥타이를 맨 여학생들이 환하게 웃으면서 내 쪽으로 걸어왔다.

나는 여학생들과 엇갈려 걸었다. 머리를 양 갈래로 땋아 내린 여학생들이 까르르 웃음소리를 내며 뒤돌아보았다. 낯선 남자가 나를 따라왔다. 나는 선술집을 지나고 생닭을 파는 푸줏간을 지나쳐 전신주 앞에 섰다. 남자가 다가와 뭐라 말했지만 알아들을 수 없었다. 내가 손을 내젓자 남자는 순순히 돌아섰다.

휴대전화가 있지만 무용지물이었다. 전화를 사용할 수 없고 이시다의 전화번호는 알지 못했다. 나는 영화 광고 포스터가 붙은 전신주 앞에 서서 주위를 둘러보았다. 숄을 둘러쓴 맨발의 늙은 여인 옆으로 오토 릭샤가 먼지를 일으키면서 지나갔다. 바쁘게 오가는 사람들 속에서 붉은색 체크무늬 숄을 둘러쓴 여자의 모습이 눈에 띄었다. 이시다가 아니었다.

나는 걸어온 길을 되짚어 걸었다. 허술하게 지은 낮은 시멘트 건물들을 지나 먼지와 소음과 냄새로 가득한 길을 가로질렀다. 흙먼지가 아지랑이처럼 피어오르는 거리 좌판 앞에 서서 나를 향해 손을 흔드는 이시다를 발견하고 안도의 숨을 내쉬었다.

이시다는 검은 비닐봉지를 손에 들고 있었다. 어디에 갔었느냐고 이시다가 물었다. 나는 목에 건 마리골드를 눈으로 가리켰다. 낯선 남자가 길 한가운데 멈춰 서서 나를 뚫어져라 쳐다보았다. 새해맞이 파티가 열린 저녁 아쉬스 난디 집 마당에서 언뜻 보았던 남자의 흐릿한 얼굴이 떠올랐다. 이시다가 숄을 파는 좌판 쪽으로 가자고 내 손을 잡아끌었다. 나는 사람들로 떠들썩한 길을 걸어가면서 남자를 슬쩍 돌아보았다. 남자는 흙먼지 날리는 길에 서서 꼼짝하지 않았다. 공격적이고 무례한 시선을 거두지 않았다.

이시다는 좌판에서 주황색 숄을 골랐다. 내가 보라색 숄을 집어 들고 고개를 돌렸을 때 남자는 사라지고 없었다. 우리는 검은 비닐봉지를 손에 들고 길가에 서서 릭샤를 기다렸다. 빈 릭샤가 다가오자 이시다는 요금을 흥정했다. 나와 이시다

* 빈랑자: 야자과 빈랑나무의 성숙한 열매

가 뒷자리에 나란히 앉자 릭샤는 흙먼지를 날리며 달리기 시작했다. 낯선 남자의 서늘한 눈빛이 머릿속에서 떠나지 않았다. 나는 목에 건 마리골드를 풀어 창밖으로 날렸다.

릭샤는 붉은 벌판을 가로질러 톨시 게스트하우스 앞에 두 사람을 내려주고 흙먼지를 사방으로 뿌리면서 사라졌다. 휴게실 계단에 모로 누워 있던 구루가 벌떡 일어나 꼬리를 살랑거리며 다가왔다. 구루를 끌어안고 등을 쓰다듬으면서 이시다가 알아들을 수 없는 말을 중얼거렸다. 나는 휴게실을 가로질러 내 방까지 뛰어갔다. 붙박이장을 열고 배낭을 뒤져 헝겊 주머니를 꺼냈다.

가네샤에서 시작된 여정이었다. 나는 엄니 하나가 빠진 코끼리의 머리를 더듬어 만졌다.

기차는 달렸다. 쉬지 않고 달렸다.

차이를 파는 남자가 지나갔다.

정차할 역을 알려주는 안내방송은 나오지 않았다. 기차가 예고 없이 멈춰 섰지만 그녀는 불안하지 않았다. 진의 목에 걸린 붉은 코끼리가 웃고 있었다. 가네샤는 여행자의 신이었다.

붉은 코끼리가 웃고 있었다. 가네샤를 잃어버린 남자는 웃을 수 없었다. 이제 가네샤는 내가 어디로 가야 할지 안내해주어야 했다. 이설을 찾아내면 나는 이시다의 질문에 대답할 수 있었다.

덧창 너머 파파야 밭은 어둠이 내려앉았다. 볏짚을 인 흙집과 부겐빌레아 덩굴은 볼 수 없었다. 어둠에 덮인 붉은 길은 덤불로 둘러싸인 막다른 길로 이어져 있었다. 외지인이 드물게 찾아오는 그 길에서 출구를 찾아 두리번거렸던 이설은 여기 없었다.

노크 소리를 듣고 방문을 열었다. 라훌이 저녁 식사를 하라고 말했다. 나는 가네샤를 헝겊 주머니에 담아 바지 주머니에 찔러 넣고 방을 나갔다.

따뜻하게 데워진 차파티와 달, 알루고비와 아차르가 휴게실 테이블에 차려 있었다. 이시다가 냉장고에서 맥주를 꺼내고 레바티는 술잔을 가져왔다. 라훌이 네 개의 잔에 맥주를 따랐다. 나는 잔을 비우고 내일 떠날 예정이라고 말했다. 어디로 갈 거냐고 라훌이 물었다.

"바라나시."

바라나시는 혼자 여행하기 적당한 도시가 아니라고 레바티가 말했다.

"위험하고 불편한 도시죠."

이시다가 차파티를 손으로 찢으며 말했다.

나는 가만히 고개를 끄덕였고 위험하고 불편한 그곳으로 가야 한다고 마음을 굳혔다.

"당신은 바라나시에서 만나야 할 사람이 있군요. 사실 나는 한 번도 바라나시에 가지 않았어요. 무사히 여행을 마칠 수 있도록 신에게 기도할게요."

라훌이 가슴 앞에 두 손을 모으고 말했다.

"당신은 힌두교도인가요?"

레바티가 물었다. 나는 고개를 가로저었다.

"하지만 바라나시에 신성한 강이 있다고 들었어요."

나는 부겐빌레아 날리는 마을이 아니라 바라나시로 갔어야 했다고 뒤늦은 자책을 했다. 따뜻한 날씨와 향기로운 바람이 부는 곳에 오래 머물러 있지 말라고 가네샤가 등을 떠밀었다. 나는 열차표를 예매하고 기차역으로 가서 사람들로 혼잡한 플랫폼에 서서 기차를 기다려야 했다.

이시다가 스케치북을 테이블 위에 펼쳐놓고 연필로 스케치한 그림 한 장을 뜯었다. 길고 숱 많은 머리카락이 얼굴을 절반쯤 덮은 여자의 초상이었다. 이목구비가 흐릿한 여자의 초상을 눈으로 가리키면서 이시다가 말했다.

"당신의 초상화를 그렸어요. 선물이에요."

나는 표정 없는 낯선 얼굴이 섬뜩해서 황급히 고개를 돌렸다. 손바닥으로 얼굴을 가렸지만 무표정한 여자의 모습은 눈앞에서 사라지지 않았다. 여자는 울음을 참고 있었다. 두려워 떨었다. 맑고 따뜻한 공기와 향기로운 바람을 견디지 못하고 고통스러워했다.

나는 천천히 손을 내리고 이시다가 그린 초상화를 응시했다.

# 3

첫 소설을 썼던 노트는 잃어버렸지만 좁고 추운 방을 기억했다. 노트와 펜이 있었다. 그녀는 망설이거나 두려워하지 않고 썼다. 글을 쓰라고 재촉한 사람이 없었다. 그녀는 마땅히 그래야 하는 사람처럼 썼고 마침내 초고를 완성했다. 소설을 쓸 때 그녀는 누군가의 도움이 필요하지 않았다. 그녀는 혼자였고 혼자라서 쓸 수 있었다. 그녀는 스무 살이었다. 첫 소설을 완성하고 틈틈이 소설을 썼지만 그녀는 아직 작가가 되고 싶다거나 되려는 마음을 품지 않았다.

통장으로 매달 넉넉한 액수의 돈이 입금되었다. 송금인은 진이었다. 방세를 내거나 먹을거리와 생필품 등을 살 일이 없어서 그녀는 통장의 돈을 찾지 않았다. 진은 늘 같은 시각에 집을 나갔다 돌아왔고 금요일 밤의 늦은 귀가가 정해진 일정처럼 되풀이되었다. 함께 밥을 먹고 한 공간에서 살았지만 그녀는 진이 누구인지 알지 못했다. 진은 가네샤처럼 쉬지 않고 쓰고 있는지 그녀에게 묻거나 재촉하지 않았다. 씨를 뿌린 뒤 수확기가 돌아오면 황금 들판을 보게 될 거라 믿는 태평한 농부처럼 진은 조바심치지 않았다. 그녀의 작업을 주의 깊게 살피는 사람은 불편 없이 글을 쓰도록 조용히 움직이면서 집안일 하는 도우미 여자였다.

그녀는 자전거 타고 구립 도서관을 오가는 일이 유일한 외출이었다. 서가의 책을 골라 열람실에서 읽다 대출을 받아 소설가의 방으로 돌아갈 때면 일부러 시바 카페 쪽으로 방향을 꺾었다. 맥주를 마시며 라가 음악을 듣고 싶었지만 번번이 닫힌 문 앞에서 자전거를 돌려야 했다. 해가 저물어도 흰색 아크릴 간판 불은 켜지지 않았다. 한 번도 불이 들어온 적이 없다고 항변하는 듯 완강하게 침묵했다.

불 꺼진 카페 간판처럼 문장은 좀처럼 떠오르지 않았다. 덜 익은 면을 건져 요리할 수 없었다. 한밤중이 되면 온종일 힘겹게 써놓은 문장을 지웠다. 작업을 이어갈 수 없을까 봐 불안했고, 초조한 마음을 들킬까 두려웠다. 그녀는 라가 음악을 듣고 맥주를 마시고 싶었다. 사라진 꽁지머리 사내를 찾아 마른 행주로 유리잔의 물기를 닦으라고 명령하고 간청하면서 매달리고 싶은 심정이었다.

진에게 물을 수 없었다. 그녀는 소설가의 방에 있고 그것으로 충분했다. 시바 카페가 설령 폐업했다고 해도 그녀와 상관없었다. 맥주를 마실 카페는 얼마든지 있었다. 그녀는 이제 절박한 심정으로 통장의 잔고를 헤아리는 가난한 소설가가 아니었다.

어느 날 이설은 여자가 가사 도우미로 일하기 적합하지 않다고 진에게 털어놓았다. 부족한 점을 꼬집어 설명하기 어려워서 여자의 외모와 눈빛이 여느 도우미와 다르다고 말했다. 여느 도우미와 같지 않은 여자 때문에 그녀는 소설을 쓰지 못하고 머뭇거렸다. 여자의 도움이 없어도 불편하지 않았다. 34평의 공간이 강박적으로 청결해야 할 까닭이 없었다. 식사 준비라면 그녀 스스로 해결할 수 있었다. 슈퍼마켓에서 장을 보고 요리한다고 글쓰기에 방해가 될 리 없었다. 진은 여자가 소설가 M의 아내라고 말했다. 소설가의 아내라고 알려주면 모든 의혹이 사라질 거라 믿는 여유로운 웃음을 짓고 그녀를 바라보았다. 여자는 소설가의 아내가 되어 줄곧 진의 집에서 일하고 있다고 했다. 여자가 소설가의 아내라는 진의 말은 뜻밖이었다. 진은 M이 어떤 소설을 썼는지 알지 못했다. 소설가 M이 낯설기는 그녀 역시 마찬가지였다.

그녀는 소설가의 아내라는 여자의 정체가 궁금했다. 여자는 그녀가 가네샤처럼 쓰기는커녕 한 문장도 쓰지 못하는 날이 많은 줄 알고 있었다. 창작을 위한 최적의 장소에서 좋은 문장을 쓰지 못하는 그녀를 보면서 여자는 혀를 차고 고소를 금치 못했을 게 뻔했다. 소설을 쓰지 못하는 작가에게 하루가 얼마만큼 길고 지루한지 여자는 모르지 않았다.

진은 소설 쓰는 남편에게 헌신하는 여자가 소설가의 방에 입주한 작가를 위해 최고의 서비스를 제공할 도우미라고 믿어 의심하지 않았다. 소설가는 드물지 않지만 소설가의 아내를 도우미로 고용하기란 결코 쉽지 않았다.

당신이 원한다면 지금보다 더 조용히, 없는 사람처럼 움직이면서 일할 수 있습니다.

진이 말했고 그녀는 대답하지 않았다.

만약 어느 날 그녀가 소설가의 방을 떠난다면 여자 때문이었다. 진에게 여자를 해고하라고 좀 더 강하게 말해야 했지만 그녀는 머뭇거렸다. 여자는 그녀가 모르는 진의 비밀을 알고 있었다. 진은 소설가의 아내를 신뢰했고 기꺼이 도움을 주려고 했다. 고용인과 고용주 관계인 두 사람은 때때로 완벽한 파트너였다.

진이 누구인지 알려면 여자에게 물어야 했다.


이설이 가네샤처럼 쉬지 않고 글을 썼다면 나는 바라나시행 기차를 타야 할 이유가 없었다. 진을 따라 인도에 가지 않았다면, 구립 도서관에서 책을 대출 받아 왔던 어느 날 불쑥 진의 방으로 들어가지 않았다면 이설은 미완의 소설을 남기고 사라졌을 리 없었다.

이설이 왜 하필 나에게 미완성 소설을 남겼는지 알지 못했다. 내가 찾아주기를 바랄지 내가 찾는 줄 알고 숨어버렸을지 짐작하기 어려웠다.


걸음을 내디딜 때마다 걸어온 길은 지워지고 불쑥 낯선 길이 튀어나왔다. 수많은 샛길로 이어져 있는 골목에서 나는 방향 감각을 잃고 두리번거렸다. 어지럽게 뒤엉킨 길의 시작과 끝을 알 수 없었다. 길을 잃지 않으려고 이정표가 될 만한 상점과 벽에 씌어 있는 읽을 수 없는 글자들을 휴대전화 카메라로 찍었지만 숙소로 돌아갈 때면 미로에 갇혀 방향을 종잡기 어려웠다.

막힌 듯 좁은 길을 지나자 낮고 허름한 건물이 나타났다. 사이클 릭샤 한 대가 바듯이 지나다니는 골목 양편으로 늘어선 상점들은 문을 닫았거나 닫고 있는 중이었다.

초록색 간판이 걸린 시바 레스토랑 창가에 불빛이 어룽거렸다. 나는 문가에 서서 실내를 기웃거렸다. 손님은 어깨에 오렌지색 숄을 두른 동양인 남자 한 사람뿐이었다. 출입문을 열고 들어가 자리에 앉자 검은색 앞치마를 두른 남자가 메뉴판을 가져오면서 내가 마지막 손님이라고 말했다. 서빙하는 청년은 보이지 않았다. 나는 쵸민*을 주문하고 어둠이 내려앉은 골목을 바라보았다.

검은색 앞치마를 두른 남자가 둥근 접시에 쵸민을 담아 왔다.

"내 이름은 라훌 랄입니다."

긴 머리카락을 하나로 올려 묶은 남자가 미소 짓고 말했다.

"시인이 아니겠군요."

"요리사죠."

요리사 라훌이 낯설지 않았다. 나는 이제 지녁에도 시바 레스토랑에서 라훌이 만든 쵸민을 먹었다. 검은색 앞치마를 두르고 가스 불 앞에서 국수를 볶는 요리사의 뒷모습을 보았다.

요리사는 자신의 이름을 말했지만 동행이 있는지 언제 이곳에 도착했고 얼마 동안 머물러 있을 예정인지 묻지 않았다.

"이 도시에서는 어느 누구도 혼자가 아닙니다. 지금 당신 옆

*쵸민: 볶음국수

에 위대한 신이 함께하고 있으니까요."

"신이라고요?"

"네. 이곳에서 당신이 원하는 바를 얻기 바랍니다. 신의 뜻이라면 말이죠."

가슴 앞에 손바닥을 모으고 미소 짓는 라훌의 얼굴 위로 크리스마스 새벽에 툴시 게스트하우스 휴게실에서 홍차를 만들어준 라훌의 모습이 겹쳐졌다.

식사를 마치고 자리에서 일어났을 때 오렌지색 숄을 두른 남자는 자리를 떠나고 없었다. 요리사는 내가 계산을 하고 밖으로 나가자 주방 전등을 껐다. 쓰레기와 소똥이 널린 미로 같은 어두운 길을 걸어 샛길로 접어들었을 때 담벼락 아래 널려 있는 음식물 쓰레기를 두고 으르렁거리는 개와 마주쳤다. 개들은 달려들거나 짖지 않고 음식물 쓰레기를 차지하려고 서로의 몸을 밀쳐내면서 신경전을 벌였다.

해가 저물면 개들은 거칠고 난폭해졌다. 낮에 가트* 주변에서 죽은 듯 잠들어 있을 때와 딴판이었다. 나는 개들을 자극하지 않으려고 눈치를 살피며 좁은 골목을 빠져나가 게스트하우스로 통하는 샛길에서부터 달렸다. 누군가 따라오고 있었다. 나는 가트 쪽으로 길이 뚫린 골목 막다른 자리에 있는 아난다 게스트하우스까지 한달음에 뛰어갔다. 띄엄띄엄 외등이 켜진 가트에서 연달아 폭죽이 터지고 웃음소리가 났다.

아난다 게스트하우스 주인 라지브 씨는 해가 저물면 가트에 가지 말라고 충고했다. 그는 혼자 머물고 있는 내가 신경이 쓰이는지 주의 깊게 살폈고 기꺼이 도움을 주려고 했다. 출입문을 두드리자 라지브 씨가 문을 열었다. 두파타*를 쓴 늙은 여인이 시멘트 계단 아래쪽 제단이 놓인 방에서 고개를 내밀었다. 라지브 씨는 출입문 빗장을 걸고 덧문을 닫았다. 내가 가장 늦은 시간에 돌아온 손님 같았다. 열 개의 객실이 투숙객들로 꽉 찼지만 밤늦게 돌아다니는 사람은 드물었다. 내가 늦게 돌아와서 미안하다고 말하자 라지브 씨는 잘 자라고 인사하고 방으로 들어갔다.

　나는 좁고 가파른 시멘트 계단을 올라갔다. 비밀번호를 눌러 자물쇠를 열고 방으로 들어가서 가트 쪽으로 난 창문을 열었다. 불꽃놀이를 하는 사람들이 소리를 지르고 술과 약에 취한 남자들이 비틀거리며 걸어갔다. 해가 뜨면 개들은 잠들고 사람들이 일어나 강가 강에 몸을 씻고 빨래하고 명상에 잠기는 도시였다.

　따뜻한 물로 샤워하고 셔츠 위에 숄을 둘렀다. 낮에는 반소매 셔츠를 입었지만 밤이 되면 긴 팔 셔츠를 입고 숄을 둘러도 추웠다. 형광등을 끄고 손전등을 켰다. 침대로 올라가 침낭 안으로 파고들었다. 신의 뜻이라면 이설을 찾을 수 있었다. 3억 3천만의 신을 섬기는 나라였다. 신은 사원이 아니라도 곳곳에서 만날 수 있었다. 버스와 상점과 거리마다 크고 작은 제단으로

---

* 가트: 바라나시 갠지스 강변에 있는 돌계단
* 두파타: 모슬린, 금실, 비단으로 만들어진 망토

신을 모셨다. 가트를 따라 걸으면 코브라를 목에 두르고 삼지창과 북을 든 시바와 마주쳤다. 앉아 있거나 누워 있거나 서 있거나 요가를 하는 시바는 바라나시 곳곳에 있었다. 호랑이 가죽으로 만든 옷을 걸치고 갠지스 강을 향해 서 있는 시바의 이마 중앙에는 바라보는 모든 존재를 불태우는 제 3의 눈이 감긴 채 박혔다.

데바 신은 사티와 파르바티, 두 여성의 모습으로 현현하여 시바와 사랑을 나누고 결혼했다. 시바를 모욕한 아버지에게 분노한 사티는 희생제의 불에 뛰어들어 죽었다. 창조신 브라흐마를 매혹시킨 아름다운 여인 파르바티로 환생한 사티는 고행과 명상에 몰두해 있는 시바를 찾아가 시중 들면서 그의 아내가 되기를 갈망했다. 파르바티의 고행으로 삼계가 뜨거워지자 신들이 나서서 그녀와 결혼하라고 간청했지만 시바는 사랑의 화살을 심장에 쏘아 마음을 움직이려 했던 사랑의 신 까마를 재로 만들었다. 신들의 끈질긴 설득과 간청으로 마침내 결혼을 승낙하고 파르바티와 함께 카일라사로 돌아간 시바는 금욕적이면서 동시에 에로틱한 신이었다.

나는 목에 건 가네샤를 손바닥으로 감쌌다. 가네샤가 나를 아난다 게스트하우스로 안내했다. 가네샤 덕분에 미로 같은 골목을 오랫동안 헤매지 않고 아난다 게스트하우스를 찾아낼 수 있었다.

이틀 동안 묵었던 방은 해가 들지 않았다. 싸고 깨끗하다고 말했던 턱수염이 무성한 남자의 말은 사실이 아니었다. 더운 물이 잘 나오지 않고 침대 스프링이 삐걱거렸다. 쇠창살 박힌 창 너머로 칼과 도마, 그릇이 어질러진 가정집 부엌이 손을 뻗으면 닿을 만큼 가까웠다. 향신료와 기름 냄새가 풍겼다. 달그락거리며 그릇 씻는 소리가 났다. 사리를 입은 여자가 창밖으로 음식물 찌꺼기와 구정물을 버렸다. 창살을 사이에 두고 나와 눈길이 마주치자 여자는 어색하게 웃었다. 여자가 던진 음식물 찌꺼기 주위로 개들이 달려들었다. 나는 창문을 닫고 방을 나갔다. 오토바이 한 대가 바듯이 지나다니는 샛길에서 개들이 음식물 찌꺼기를 먹었다. 머리에 숄을 두른 여인들이 소똥이 널려 있는 길을 맨발로 걸어갔다. 오토바이가 경적을 울리자 음식물 찌꺼기를 먹던 개들이 담벼락 쪽으로 물러났다. 작은 배낭을 어깨에 멘 사람들이 빠른 걸음으로 지나갔다.

나는 샛길과 골목을 지나 식당으로 갔다. 식당 안과 바깥에 놓인 테이블마다 사람들로 북적였다. 주인 남자가 기름기로 번들거리는 메뉴판을 가져왔다. 탈리*와 김치볶음밥, 된장찌개, 스파게티, 쵸민 등 메뉴가 다양했다. 나는 달걀과 채소를 넣은 쵸민을 주문하고 음식을 기다리면서 어둠이 내린 골목길을 맨발로 느릿느릿 걸어가는 여인들의 모습을 바라보았다. 지팡이를 짚은 노인이 절뚝거리며 걸어가고 오토바이와 소와 개들이 지나갔다. 사이클 릭샤가 드나들지 못하는 좁은 골목은 소똥과 쓰레기가 널려 있었다. 주인 남자가 둥근 접시에 음식을 담

* 탈리: 인도 백반

아 왔다. 혼자 다 먹을 수 없을 만큼 양이 많았다. 싸구려 기름
으로 볶았을 국수는 맛이 없었다.

나는 이지럽게 이어진 좁은 골목에서 길을 잃었다. 게스트하
우스와 식당이 멀지 않았지만 찾을 수 없었다. 게스트하우스
이름조차 기억나지 않아 당황했다. 나는 미로처럼 얽힌 골목을
두리번거리면서 이시다의 질문을 곱씹었다. 이시다가 그려준
초상화는 다시 펼쳐 볼 엄두가 나지 않았다. 왜 하필 이시다가
얼굴을 가린 초상화를 그렸는지 짐작할 수 없었다.

상점들을 따라 이어진 골목은 한 사람이 바듯이 지나다닐 수
있는 샛길로 이어졌다. 나는 바지 주머니를 더듬어 여행자의
신을 꺼내 목에 걸었다.

샛길을 걸어 나가자 낯익은 게스트하우스 팻말이 눈에 띄
었다.

아난다 게스트하우스

아난다는 산스크리트어로 '환희'를 의미했다. 나는 망설이
지 않고 출입문을 밀고 안으로 들어갔다. 제단이 있는 방에서
나온 남자가 빈 방이 없다고 손을 내저었다. 내가 언제 방이
비는지 묻자 남자는 이틀 뒤에 영국인 청년들이 델리로 떠난
다고 대답했다. 나는 100루피를 내고 방을 예약했다. 영국인
청년들이 묵는 방 위치를 묻자 남자는 가트 쪽으로 창이 난 3
층이라고 말했다. 이틀 뒤에 오겠다고 말하자 남자는 무심한
얼굴로 어깨를 으쓱거렸다. 나는 라지브 씨에게 인사하고 게
스트하우스를 나갔다. 알려주지 않았지만 나는 그의 이름을

알고 있었다.

내가 아난다 게스트하우스로 짐을 옮긴 날 아침, 라지브 씨는 커피를 마시면서 간단하게 아침 식사할 수 있는 식당을 알려주었다. 사람 한 명이 겨우 들고 날 수 있는 샛길을 지나 골목을 돌고 다시 골목으로 들어서자 초록색 간판이 걸린 식당이 나왔다.

시바 레스토랑은 아침 식사하는 손님들로 소란했다. 메뉴판을 가져온 청년이 오전에는 갓 구운 빵과 커피, 토스트와 달걀오믈렛, 시리얼을 먹을 수 있다고 말했다. 나는 커피와 달걀오믈렛을 주문했다. 건너편 테이블에서 커피를 마시고 비디*를 피우는 동양인 남자가 힐긋 나를 쳐다보았다. 혼자 온 손님은 나와 품이 헐렁한 바지 차림에 어깨에 오렌지색 숄을 두른 동양인 남자뿐이었다.

주문을 받고 서빙하는 청년이 거스름돈을 내주면서 국적을 물었다. 내가 한국 사람이라고 말하자 청년은 수많은 한국 사람들이 시바 레스토랑에 다녀갔다면서 웃었다. 네팔 카트만두에서 왔다는 청년의 이름은 루였다. 골목을 오갈 때마다 유리창 너머로 음식을 서빙하고 주문을 받고 계산하는 루의 모습을 볼 수 있었다. 나와 눈길이 마주칠 때마다 루는 웃으며 손을 흔들었다.

---

* 비디: 필터 없는 담배

라지브 씨는 투숙객이 떠난 객실을 청소하는 중이었다. 트윈 베드 위에 시트와 베갯잇이 둘둘 말려 있었다. 객실에서 빨랫 감이 나오면 라지브 씨는 이틀에 한 번 찾아오는 도비왈라*에 게 맡겼다. 한낮의 가트는 장대에 매달린 줄과 길바닥 곳곳에 시트와 베갯잇, 청바지와 셔츠 따위가 어지럽게 널려 있었다. 강물은 더럽지만 강에서 헹궈낸 세탁물은 흠잡을 데 없이 깨끗 했다.

라지브 씨는 창문과 방문을 열어놓고 복도로 나왔다. 내가 루피를 꺼내 일주일치 숙박료를 지불하자 언제 떠날 예정이냐 고 물었다. 나는 아직 모르겠다고 대답했다. 라지브 씨는 아난 다 게스트하우스에 혼자 머물고 있는 손님이 나뿐이라고 말했 다. 나는 라지브 씨가 끓이는 생강 맛이 진한 차이*를 마시고 싶다고 말하지 않았다.

나는 게스트하우스 출입문을 열고 밖으로 나가 가트로 통하 는 골목으로 걸어갔다. 계단으로 이어진 골목 안쪽으로 신을 벗고 출입하는 한국 식당은 출입문이 활짝 열렸다. 개들이 어 슬렁거리는 계단에 앉아 비디를 피우는 오렌지색 숄 남자가 엉 거주춤 일어나 내가 지나갈 수 있도록 자리를 비켰다.

강기슭을 따라 걷고 있을 때 분홍색 스카프를 두른 소년이 다가왔다. 나는 소년이 들고 있는 바구니에서 버터기름 등잔 하나를 골랐다. 내가 루피를 주자 소년이 등잔에 불을 밝혔다. 나는 등잔을 강에 띄우고 다시 걸었다. 작은 배낭을 멘 여행자 들과 슬리퍼를 신은 현지인을 지나쳐 걸어갔다. 몽둥이를 손에 든 노인이 물소 떼를 강으로 몰았다. 맨발의 사두와 구걸하는 사람들이 강 쪽을 바라보고 앉아 있었다.

해질 무렵이면 푸자 의식*이 열리는 다샤스와메드 가트 제단은 텅 비었다. 불을 피우는 화로와 횃불, 의식을 집전하는 남자들은 볼 수 없었다. 제단 주변에 시들고 뭉개진 마리골드가 나뒹굴었다. 아이를 품에 안은 여자가 쭈그리고 앉아 바나나 잎에 담긴 달과 밥을 손으로 뭉쳐 집었다. 여자 옆으로 남자들이 가로로 세로로 길게 누워 잠들었다.

노랗고 빨갛고 파란 숄을 두른 햇빛에 얼굴이 그을린 맨발의 여인들이 하나둘 숄과 겉옷을 벗었다. 얇은 인조견 사리 차림으로 여인들은 강기슭 쪽으로 걸어가 강물에 몸을 담갔다.

나는 여인들이 얼마나 먼 길을 걸어왔는지 알 수 없었다. 어디에서 와서 어디로 가는지 몰랐다. 길게 풀어 내린 머리카락을 강물에 감고 몸을 씻는 여인들의 얼굴이 환하게 빛났다. 여인들은 오랫동안 간절히 원했던 장소에 도착한 기쁨으로 들떠 있었다. 나는 낯선 여인들 속에서 이설을 찾아 두리번거렸다.

나는 가트 주변 상점에서 생수를 사고 꽃과 과일과 옷을 파는 노점을 지나 시장 거리로 걸어 나갔다. 시장 거리는 오토 릭샤와 자동차가 달리는 넓은 도로로 이어지고 막다른 자리 귀

* 도비왈라: 빨래하는 사람
* 차이: 인도 홍차
* 푸자 의식: 힌두교 종교의식

통이 쪽은 미로 같은 골목으로 길이 뚫려 있었다. 나는 길가에 커다란 기름 솥을 내걸고 사모사*와 파코라를 튀기는 가게 앞으로 걸어갔다. 여행자들이 사리를 입은 여자들과 룽기*를 입은 남자들 틈에 서서 기름에 튀겨낸 파코라와 사모사를 종이에 싸 들고 먹었다. 쿠르타를 입은 머리숱이 많은 장발의 남자가 루피를 내고 포장지에 담은 사모사를 받았다. 라훌 바수를 닮은 남자는 이내 시야에서 사라졌다. 거리는 라훌 바수를 닮은 남자들로 넘쳐났다.

나는 기름에 전 사모사 봉지를 손에 들고 주위를 휘둘러보았다. 더럽고 시끄럽고 무질서한 길 어딘가에 있는 이설을 찾으려고 두리번거렸다. 배낭에서 휴지를 꺼내 기름이 묻은 미끄러운 손을 닦았다. 좁은 골목길을 걸어 아난다 게스트하우스로 돌아가면서 나는 여러 번 멈춰 서서 뒤돌아보았다.

라지브 씨는 주방문을 활짝 열어놓고 난을 구웠다. 가스레인지에서 키치리*가 끓었다. 프라이팬에서 구운 난을 보자 랄리타 생각이 났다. 달*과 키치리를 끓일 때 랄리타는 마살라를 듬뿍 넣었다. 마살라는 랄리타 냄새였다. 정확하게 구분할 수 없는 온갖 향신료 냄새였다.

"조금 전 어떤 남자가 당신을 찾아왔어요."

라지브 씨가 주방 밖으로 고개를 내밀고 말했다.

나는 하마터면 사모사 봉지를 떨어뜨릴 뻔했다.

"한국 여성을 찾았어요. 이곳에 묵는 한국 여성은 당신뿐이니까요."

"그 사람, 지금 어디에 있나요?"

나는 떨리는 목소리로 물었다.

"돌아갔어요."

라지브 씨가 나를 빤히 쳐다보면서 대답했다.

나는 라지브 씨에게 사모사 봉지를 건네주고 밖으로 뛰어나갔다.

개들이 음식물 찌꺼기를 먹는 골목과 샛길을 지나 환전소가 있는 널찍한 길로 걸어갔다. 걸음을 멈추고 오가는 사람들 속에서 이설을 찾으려고 두리번거렸다. 라지브 씨가 남자였다고 말했지만 슬리퍼를 신었거나 맨발이거나 운동화를 신은 사람들이 오가는 그 길 어딘가에 숨어 있는 이설을 좇았다.

오후 네 시의 시바 레스토랑은 한가했다. 나는 루에게 구운 식빵과 망고 처트니*와 블랙커피를 주문했다. 금발에 덩치가 큰 남자와 동양인 여자가 마주 앉아 피자를 먹었다. 레스토랑 구석진 자리에 오렌지색 숄 남자가 뚜껑을 덮은 넷북 위에 두 손을 얹고 고개를 숙이고 앉아 있었다. 먼 길을 걸었는지 지치고 고단한 낯빛의 남자는 어쩐지 글을 쓰는 사람 같았다. 나는

---

* 사모사: 삼각형으로 튀긴 인도 만두
* 룽기: 인도 전통 의상(남성). 좁은 폭의 천을 드리워 내린 후 허리에 동여맨다.
* 키치리: 쌀과 렌즈콩 등에 향신료를 넣고 끓인 인도 음식
* 달: 인도식 스튜
* 처트니: 과일, 채소, 식초, 향신료 등을 넣고 섞어 버무린 인도 소스

열 손가락을 펴 소리 나지 않게 테이블을 두드렸다. 키보드를 두드려 글을 쓰고 싶었다. 언제 마지막으로 문장을 썼는지 기억나지 않았다. 나는 오렌지색 숄 남자가 망설이지 말고 손가락을 움직여 문장을 쓰기 바랐다.

나는 해독할 수 없는 라훌의 언어를 더듬었다. 휴게실 계단이나 뜰에서 낮잠을 자고 있을 구루와 한 번도 마을 밖으로 나가보지 않았다는 아이사니, 부겐빌레아 날리는 흙길을 걸어 집으로 돌아가고 있을 루파와 랄리타를 차례차례 떠올렸다. 낯선 노인의 험상궂은 얼굴이 불쑥 머릿속으로 비집고 들어왔다. 풀을 뜯는 소들과 몇 걸음 떨어진 자리에 앉은 노인이 나를 보자 다짜고짜 고함을 쳤다. 소 있는 쪽으로 한 걸음 더 다가가려고 하는데 노인이 두 손을 내젓고 목소리를 높여 알아들을 수 없는 말로 소리쳤다. 나는 적대감을 드러내며 소리치는 노인의 눈을 바라보았다. 노인은 한 걸음만 더 떼면 달려와 밀치겠다는 위협적인 기세로 나를 뚫어져라 쳐다보았다.

"당신에게 소중한 소인 줄 알아요. 해치지 않을 거예요."

의심이 가득 담긴 노인의 눈을 응시하면서 나는 한국어로 또박또박 말했다.


내가 시바 레스토랑을 나갈 때까지 오렌지색 숄을 두른 남자는 넷북을 열지 않았다. 이설은 훼방꾼 여자 때문에 소설을 쓸 수 없었다고 고백했다. 가사 도우미 여자의 방해로 글을 쓰지 못했다고 되뇌는 이설의 말에 나는 설득당하지 않았다. 궁색한 변명이었다. 글을 쓰지 못하는 작가는 수만 가지 핑계를 늘어놓을 수 있었다. 글을 쓰고 있을 때 작가는 글이 써지는 까닭을 누군가에게 떠들어대거나 자신에게 질문을 던지지 않는 법이었다. 나는 남자가 머뭇거리며 쓰지 못하는 까닭이 궁금했다.


# 4


장작더미 위에 시신이 놓인 화장터에서 늙은 남자가 흰옷을 입은 젊은 남자의 머리를 깎고 있었다. 삭발을 마친 젊은 남자는 물이 담긴 플라스틱 통을 손에 들고 사프란 꽃잎에 둘러싸인 시신 주변을 천천히 돌며 물을 뿌렸다. 장대를 손에 든 사내가 장대 끝에 매단 넝마 조각을 등유에 적셔 라이터를 켰다. 삽시간에 불꽃이 타오르고 매캐한 냄새와 연기가 사방으로 퍼졌다. 젊거나 늙은 사내 몇이 불타는 장작더미와 몇 걸음 떨어진 자리에 옹기중기 둘러서서 비디를 피웠다.

몇 구의 시신이 냄새와 연기를 날리며 타들어갔다. 개들은 주검이 들것에 실려 옮겨지는 화장터 주변을 뛰어다녔다. 인조견 사리를 입은 늙은 여인이 바닥에 주저앉아 손바닥으로 이마를 때리며 울부짖었다. 울고 있는 여인 옆으로 구걸하는 노인이 지나갔다.

사내 하나가 강기슭에 쭈그려 앉아 솥을 씻고 몇몇의 사내들이 강물에 몸을 담그고 섰다. 재가 날리고 꽃송이와 타다 만 뼈다귀가 떠다니는 강은 조상들의 영혼이 구원 받기 염원했던 사카라 왕의 손자 바기라타의 기도와 고행으로 만들어진 신의 강이었다. 낙엽과 공기와 햇빛을 먹으며 삼천 년 동안 혹독하게 고행했던 바기라타는 하늘에서 발원한 홍수를 타고 내려온 강가 신이 시바의 머리카락을 타고 지상으로 떨어져 만들어진 성스러운 강에서 조상들의 뼈를 씻을 수 있었다.

히말라야에서 시작되어 하르드와르와 칸푸르를 지나고 알라하바드에서 야무나와 사라스바티 강을 만나 벵골 만으로 흐르는 강은 무심하고 평화로웠다. 나는 날리는 연기 때문에 눈물이 나고 기침이 터졌다. 점퍼를 입은 깡마른 남자가 불쑥 내 앞으로 다가와 물러나라고 경고하는 목소리로 소리쳤다. 내가 비디를 피우는 사내들 쪽으로 비켜서자 남자는 손을 들어 화장터 뒤에 있는 건물을 가리켰다. 골조가 드러난 을씨년스러운 건물 난간 안쪽으로 사람들이 강을 바라보고 서 있었다. 남자는 그곳으로 올라가면 연기와 재를 피할 수 있다며 앞장서서 걸어갔다.

계단은 울퉁불퉁하고 가팔랐다. 철거하려고 내부를 뜯어내다 방치한 건물은 금방이라도 무너져 내릴 듯 위태로웠다.

베일을 쓴 늙은 여인들이 시멘트 가루와 쓰레기와 먼지로 더러운 바닥에 앉아 있었다.

"이 사람들에게 화목 값을 적선하면 당신의 카르마를 씻을 수 있어요."

남자가 바닥에 앉은 여인들을 눈으로 가리키며 말했다.

돈이 없어 망자를 화장하지 못하고 애를 태우는 여인들이라고 남자는 적선을 재촉했다.

나는 루피 한 장을 여인에게 건네주고 난간 쪽으로 걸어갔다.

"그 돈으로는 고작 화목 한 개밖에 살 수 없어요."

남자가 나를 따라오면서 불만스러운 목소리로 투덜거렸다. 난간 안쪽에 선 사람들이 남자와 나를 힐끗거렸다.

나는 적선을 강요하고 돈의 액수까지 참견하는 남자가 불쾌해서 고개를 돌렸다.

남자는 화목 살 돈이 없어 구걸하는 여인들을 돕는다고 자신을 소개했다. 돈이 없어 화장을 하지 못하면 가족의 시신을 강물에 버려야 한다고 안타까워했다.

시신 한 구가 완전히 불타 재가 되려면 3시간 남짓 걸리는데 부족한 화목으로 화장을 하면 가슴과 골반이 전부 타지 않아 강물에 몰래 버릴 수밖에 없다고 말했다. 여인들은 값비싼 화목을 바라지 않는다고 목소리를 높였다. 남자는 시신 한 구가 온전히 불에 탈 수 있을 만큼 넉넉한 액수의 화목 값을 적선하라고 당당하게 요구하면서 나를 쳐다보았다.

남자는 억지로 미소를 짓고 내가 지갑을 열 때까지 물러서지 않을 기세로 몰아붙였다. 나는 남자의 요구에 고분고분 따를 마음이 없었다. 남자를 따라오지 말았어야 했다고 후회했다. 나는 잠자코 여인들이 앉아 있는 자리를 가로질러 흉물스러운 건물을 허둥거리며 빠져나갔다. 남자가 뒤따라오며 소리쳤지만 뒤돌아보지 않았다. 위태롭게 쌓여 있는 화목 옆에서 장작을 패는 사내가 도끼를 높이 치켜들면서 나를 흘낏 쳐다보았다. 등에 장작을 진 사내들이 화장터 쪽으로 걸어갔다. 나는 바람을 따라 날아온 재를 손바닥으로 털어내고 화장터를 지나쳐서 강을 따라 걸었다.

아이를 안은 젊은 여인이 길을 막아서면서 손에 쥔 빈 젖병을 불쑥 내 앞에 내밀었다. 배꼽 아래로 살이 드러난 아이의 코에서 콧물이 줄줄 흘렀다. 빈 젖병을 흔들어대던 여자는 내가 10루피 지폐를 내밀자 고개를 힘껏 내저으면서 절규하는 목소리로 소리쳤다. 노 머니.

"이게 전부예요."

나는 여자의 손에 지폐를 쥐어주고 서둘러 자리를 떠났다.

지난 일주일 동안 내가 날마다 10루피씩 주었지만 여자는 기억하지 못했다. 내가 처음 10루피를 내밀었을 때도 여자는 고개를 완강히 흔들면서 '노 머니'를 외쳤다. 돈을 거절하는 까닭을 알 수 없었다. 돈이 싫다고 머리를 흔들어대면서 여자는 손가락으로 어딘가를 가리켰고 간절한 눈빛으로 나를 바라보았다. 나는 여자를 따라 골목길로 들어갔다. 식당과 옷가게와 집들을 지나 여자는 식료품 상점 앞에 멈춰 섰고 손가락으로 선반에 진열된 커다란 분유통을 가리켰다. 나는 무엇 때문에 여자가 10루피를 거절했는지 비로소 알 수 있었다.

이튿날에도 여자는 10루피를 거절하고 손가락으로 먼 곳을 가리켰지만 나는 따라가지 않았다.

콧수염을 기른 남자가 기둥을 등지고 앉아 차이를 끓였다. 큼직한 돌멩이 몇 개를 받친 석판 위에 크고 작은 알루미늄 주전자와 종이컵이 쌓여 있었다. 사리를 입고 숄을 둘러쓴 여자가 다가가 동전을 내밀자 남자는 종이컵 가득 차이를 따랐다.

개들이 잠든 가트에 오렌지색 숄 남자가 앉아 있었다. 무릎에 넷북을 올려놓고 보트가 떠다니는 강 쪽을 바라보고 있는 남자 앞으로 몸에 재를 바른 노인과 탁발승과 뱀을 부리는 사내가 지나갔다. 버터기름 등잔을 파는 아이가 다가가자 남자는 고개를 내저었다.

"보트 탈래요?"

점퍼 차림의 사내가 불쑥 내 앞으로 다가와 물었다. 나는 고개를 가로저었다.

보트 한 대가 요란한 엔진소리를 내면서 강물을 가르고 멀어졌다. 강 건너편에 있는 건물과 사람들이 작고 흐릿했다.

"노점에서 파는 오믈렛 먹어봤습니까?"

길을 막아선 사람은 놀랍게도 오렌지색 숄 남자였다. 나는 남자의 입에서 튀어나온 귀에 익숙한 한국말을 듣고 당황했다. 어깨에 작은 배낭을 멘 남자는 장기 여행자처럼 지치고 피곤한 얼굴이었다.

보트 한 번 탈 돈이면 한 달 동안 오믈렛을 먹을 수 있다고 남자가 말했다. 싸고 맛도 좋다고 확신에 찬 목소리로 말했지만 거절당할까 두려워하는 눈빛이었다. 남자는 글 쓰는 사람이 아니라 떠돌이 같았다. 평생 길 위에서 살았을 사람이었다.

나는 남자와 함께 시장 거리로 걸어 나갔다. 남자에게 오믈렛 하나 사주는 일이 특별히 어렵지 않았다. 소리 내어 말하지 않았지만 먼저 말을 건 사람은 나였다. 문장을 쓰라고 재촉하고 기다렸다. 내가 쓰지 못하는 문장을 남자가 대신 써주기 바랐다.

흙먼지 날리는 거리는 먹고 마시고 떠드는 사람들로 붐볐다. 나는 남자가 기름 냄새와 향신료 냄새가 날리는 거리에서 얼마나 오랫동안 머물고 있는지 궁금했지만 묻지 않았다.

달걀 몇 판을 쌓아 놓고 오믈렛을 파는 리어카가 바나나와 파파야, 석류 리어카 옆에 나란히 세워져 있었다. 남자는 자신이 먹을 오믈렛에 고추를 넣어달라고 주문하면서 나에게 인도 고추는 한국 고추보다 훨씬 더 맵다고 주의를 주었다.

리어카 주위로 오믈렛을 먹거나 먹으려고 기다리는 사람들이 둥글게 둘러서 있었다. 수염이 긴 노인은 날랜 손길로 기름을 두른 커다란 프라이팬에 달걀을 깨뜨리고 잘게 썬 채소를 볶아 오믈렛을 만들었다.

"여기는 내가 아는 최고의 식당입니다."

바나나 잎으로 싼 오믈렛을 받아 들면서 남자가 오른쪽 엄지를 치켜올렸다.

"나는 날마다 저녁 식사로 이걸 먹어요. 돈을 아껴야 하니까 말이죠. 시바 레스토랑에서 언제 마지막으로 탈리를 먹었는지 기억이 나질 않습니다."

남자는 오랫동안 말을 하지 못했던 사람처럼 수다스럽게 떠들었다.

"그쪽이 먼저 말을 걸어주기 기다렸는데……. 시바 레스토랑에서 처음 만났던 날 기억합니까? 혼자 앉아 있는 댁을 보고 얼마나 놀랐는지 압니까? 기가 막히고 마음이 복잡해서 돌아버릴 지경이었는데 말이죠. 이곳에서 댁을 만날 줄 상상이나 했겠습니까?"

남자가 갑자기 정색하면서 내 얼굴을 뚫어져라 쳐다보았다. 나는 남자가 오믈렛 하나를 얻어먹으려고 불쑥 말을 걸어오지 않았으리라 추측했다. 경계하지 않고 남자를 따라온 경솔한 행동을 후회했지만 이미 늦었다.

남자는 나를 기다렸다고 말했다.

"매번 그냥 지나쳐버리더군요."

남자는 오믈렛 한쪽을 거칠게 씹어 삼켰다. 나는 남자가 무엇을 원하는지 짐작이 가지 않았다. 나는 불안한 마음으로 한 걸음 뒤로 물러서면서 남자의 행색을 찬찬히 살폈다.

"내가 정신 나간 사람으로 보입니까? 그쪽은 절대 나한테 무관심할 수 없을 텐데 말이죠."

달아난 채무자와 맞닥뜨린 사람처럼 남자의 말투가 공격적으로 바뀌었다.

"혹시 글 쓰는 사람인가요?"

"그것 보시오. 날 알고 있잖소. 하지만 난, 이곳에 와서 한 문장도 쓰지 못했소. 그래서 돌아갈 수 없단 말이요."

남자는 게걸스럽게 오믈렛을 먹어치우고 허기가 가시지 않은 얼굴로 무섭게 눈을 희번덕거렸다.

"커피를 한 잔 사주면 댁이 궁금해하는 이야기를 해주겠소."

바나나 잎을 길바닥에 내던지고 남자가 거칠게 쏘아붙였다.

"커피를 살게요. 하지만 내가 왜 궁금해할 거라고 생각하는지 그게 궁금하네요."

남자는 내가 오믈렛을 다 먹을 때까지 기다렸다가 앞장서서 걷기 시작했다. 날이 저물고 있었다. 가트로 난 길은 푸자 의식을 보려고 몰려든 사람들로 시끌벅적했다. 남자를 따라 걸으면서 나는 커피를 사겠다고 했던 말을 다시 후회했다.

나는 성큼성큼 걷는 남자를 따라 걸었다. 남자는 시바 레스토랑 앞에 멈춰 서서 출입문을 활짝 열어젖뜨렸다. 나는 잠깐 망설이다 숨을 크게 들이마시고 안으로 들어갔다. 남자의 손아귀에서 빨리 놓여나야 했다. 커피 한 잔을 마시면 망설이지 않고 게스트하우스로 돌아갈 작정이었다.

설탕과 크림이 든 커피와 블랙커피를 한 잔씩 가져와 테이블에 놓으면서 루가 빙그레 웃었다. 따로따로 왔던 남녀 손님이 함께 들어와 마주 앉는 모습을 심심치 않게 보아 아무렇지도 않다고 농담을 던지고 싶은 표정이었다.

"나에 관해 궁금하지 않다니 실망스럽군요."

남자가 차 스푼으로 커피를 휘저으면서 불만 가득한 목소리로 말했다.

오랫동안 제대로 먹지 못했는지 남자는 바짝 여위고 안색이 나빴다. 눈자위가 검고 각진 얼굴은 광대뼈가 도드라진데다 턱수염이 지저분했다.

"정말 아무것도 모르는 사람처럼 계속 시치미 뗄 거요? 내가 이곳에서 댁을 처음 보았던 날 숙소로 돌아가면서 무슨 생각을 했는지 아시오? 그날 한숨도 못 잤소. 그런데 다 부질없는 짓이었다니, 어떻게 그럴 수 있단 말이오?"

남자가 찻잔을 테이블에 거칠게 내려놓으면서 통명스럽게 지껄였다.

"내가 미안해야 할 일이라도 있나요? 난 댁을 몰라요."

나는 남자가 어쩌면 따뜻한 밥 한 끼를 원하는지 모른다고 넘겨짚었다. 필요한 것을 손에 넣기 위해서라면 남자는 거짓말이든 협박이든 가리지 않고 살아왔을 사람이었다.

"있소. 그건 당신이 잘 알고 있잖소."

남자가 굳은 얼굴로 천천히 고개를 끄덕였다.

"나는 레 게스트하우스에 묵고 있소. 싱글 룸인데 창문 없는 좁은 방이오. 100년 동안 청소를 하지 않았는지 말도 못하게 더럽고 빈대와 벼룩이 들끓지만 방값은 아주 쌉니다."

남자는 찻잔을 들어 남은 커피를 전부 마시고 억지로 미소를 지어내면서 느물거렸다. 덫을 쳐놓고 기다릴 때의 초조함이 사라지고 마침내 목적을 이룬 사람의 여유가 느껴지는 기분 나쁜 얼굴이었다.

"이 근처 게스트하우스를 이 잡듯 뒤져서 찾아낸 방이오. 좁고 더럽지만 어쨌든 방이란 말이죠. 사실 비싼 방은 필요 없소.

좋은 방을 가졌다고 해서 소설을 잘 쓸 수 있는 건 아니니까 말이오. 그건 댁이 누구보다 잘 알지 않소?"

나는 빈정거리며 말하는 남자의 얼굴을 무력하게 응시했다. 아무 의심 없이 남자가 쳐놓은 덫에 걸려든 나를 탓할 수밖에 없었다.

"방은 중요하지 않소. 할 말이 많은데, 난 숙소를 옮기지 않을 거요. 내가 궁금해지면 그때 레 게스트하우스로 찾아오시오."

남자는 팔짱을 끼고 빙글빙글 웃으면서 나를 노려보았다. 이시다와 함께 갔던 시장에서 우연히 마주쳤던 낯선 남자의 서늘하고 섬뜩한 눈빛이 떠올랐다. 내가 툴시 게스트하우스를 떠나 무작정 바라나시행 기차를 탄 까닭은 공격적이고 무례했던 낯선 남자의 눈빛 때문이었다.

"혹시 그쪽이 아난다 게스트하우스로 나를 찾아왔나요?"

"게스트하우스 주인장이 전해주었소? 맞소. 내가 갔소."

남자는 거침이 없었다.

"역시 그랬군요."

"기다리겠소. 꼭 해야 할 말이 있으니까. 댁은 나를 찾아와야 할 의무가 있소."

시바 레스토랑은 저녁 식사하는 손님들로 만원이었다. 남자의 말투며 표정이며 납득하기 어려운 요구가 요령부득이었다. 남자가 누구이며 무엇을 원하는지 알 수 없지만 불쾌하고 난감한 상황에 휘말려들었다.

"나는 그쪽에게 들어야 할 이야기가 없어요."

나는 테이블에 찻값을 올려놓고 일어났다.

"나를 무시해버리면 안 되는 거요. 소설가 양반!"

남자가 위협하는 목소리로 소리쳤다. 등줄기를 타고 식은땀이 흘렀다. 식사하고 있던 손님들이 나와 남자를 흘낏거렸다. 서빙을 하고 있던 루가 멈춰 서서 놀란 얼굴로 나를 바라보았다. 나는 다리가 휘청거리고 몸이 떨렸다. 넘어지지 않으려고 안간힘을 쓰면서 출입문 쪽으로 천천히 걸음을 옮겼다. 오렌지색 숄 남자는 나를 알고 있었다. 남자가 쫓아올까 무섭고 두려웠지만 뒤돌아보지 않았다. 나는 입을 앙다물면서 출입문을 열고 비칠거리며 밖으로 걸어 나갔다.


시바 레스토랑을 끼고 난 골목은 좁고 음습했다. 음식물 찌꺼기와 쓰레기가 어지럽게 널린 길은 개 한 마리 없었다. 나는 사람들이 오가는 좁은 길을 걸어 아난다 게스트하우스로 돌아갔다.

2층으로 난 계단을 걸어 올라가고 있을 때 주방에서 라지브 씨가 나와 낮에 한국인 투숙객이 들어왔다고 알려주었다. 이십대 한국인 여성 두 명은 이곳에서 일주일을 묵고 카주라호로 떠날 예정이라고 했다.

객실 다섯 개가 니은 자로 이어진 3층 복도는 조용했다. 누군가 담배를 피우고 제대로 끄지 않았는지 2인용 체크무늬 소파 앞에 놓인 깡통에서 담배 연기가 피어올랐다. 세 개의 객실 출입문은 자물쇠가 걸렸다. 나는 다섯 개의 숫자를 차례로 눌러 문을 열고 방으로 들어갔다. 침대며 바닥이며 테이블이며 나갈 때 어질러놓은 그대로였다. 자물쇠를 테이블에 놓고 창문을 열었다. 띄엄띄엄 가로등이 서 있는 가트는 어둠에 싸였다. 나는 창문 없이 벽으로 둘러진 오렌지색 숄 남자의 방을 머릿속으로 더듬었다. 방은 중요하지 않다는 남자의 말이 귓전에서 쟁쟁거렸다.

좋은 방을 가졌다고 소설을 잘 쓸 수는 없다는 남자의 말이 옳았다. 소설가에게 좋은 방이란 소설을 잘 쓸 수 있는 방이었다. 어떤 이에게는 빈대와 벼룩이 들끓는 싸구려 게스트하우스와 오믈렛 파는 거리와 강가 강을 따라 이어져 있는 가트와 한 잔의 커피로 오랜 시간 앉아 있을 수 있는 시바 레스토랑이 좋은 방일 수 있었다.

어쩌면 남자는 내가 모르는 사람이 아닐지 몰랐다.

한국인 투숙객은 이십 대 초반 대학생들이었다. 체크무늬 소파에 앉아 백과사전처럼 두꺼운 가이드북을 뒤적거리던 단발머리 여학생이 나에게 동행이 필요하면 자신들과 함께 카주라호에 가자고 청했다. 나는 거절했다.

"언제까지 바라나시에 있을 거예요?"

나는 모르겠다고 대답했다.

"인도 여행 카페에 올라온 후기를 읽어보면 바라나시가 아주

좋았다거나 아주 나빴다거나 극단적으로 의견이 엇갈려요."

단발머리 여학생이 가이드북을 탁 소리 나게 덮었다.

나는 갠지스 강 때문이라고 혼잣말처럼 중얼거렸다.

가이드북에 나온 바라나시는 바라나시에 없었다. 나는 이설이 머물렀던 바라나시를 반추할 뿐이었다.

이설에게 바라나시는 강물에 떠다니는 버터기름 등잔과 마리골드와 불꽃놀이와 라두경단 맛이었다. 푸자 의식을 지켜보면서 진과 함께 나누어 먹은 라두경단은 몸서리쳐질 만큼 달콤했다. 단맛은 무질서한 관능을 갈구하게 만드는 미약(媚藥)이었다.

나는 한국인 여학생들이 가려고 하는 카주라호에서 한 걸음 비켜섰다. 사원에 새겨진 밀교 조각상을 떠올리자 얼굴이 홧홧하게 달아올랐다. 진은 섹스를 놀이라고 말했다. 인간이 누릴 수 있는 가장 아름답고 즐거운 놀이라고 했다. 나는 카주라호 사원 곳곳에 부조된 찬델라 왕조 때의 은밀하고 과감하고 색정적인 조각상 앞에서 진이 이설에게 속삭였던 달콤하고 짜릿한 말을 기억했다.

가트에 쭈그리고 앉은 소년에게 등잔을 샀다. 소년의 바구니에 등잔이 열 개 남짓 남았다. 분홍색 스카프를 목에 두른 소년이 맨발로 나를 따라왔다. 내가 심지에 불을 붙여 등잔을 강에 띄우자 소년은 환하게 웃었다. 나는 소년이 날마다 기다렸을지 모른다고 넘겨짚었다. 수많은 아이들 속에서 내가 분홍색 스카프를 두른 소년을 찾아다닌다고 눈치 챘을지 몰랐다.

여인이 강가 강을 등지고 서서 춤을 추었다. 옷은 누더기고 머리카락이 철사처럼 뻣뻣했다. 커다란 두 눈은 몽롱하고 반쯤 벌어진 입속으로 듬성듬성 박힌 치아가 누렜다. 느릿느릿 움직이던 여인의 몸이 격렬하게 흔들렸다. 비디를 피우며 걸어오는 오렌지색 숄 남자가 내 옆을 지나치는 순간 실성한 사람처럼 춤을 추던 여인의 몸이 툭 쓰러졌다. 오가던 사람들이 멈춰서서 길바닥에 쓰러진 여인을 둥그렇게 에워쌌다. 여인이 번쩍 눈을 뜨고 기괴한 소리를 내지르면서 사지를 비틀었다.

점퍼를 입은 깡마른 남자가 둘러서 있는 사람들을 헤치고 여인의 곁으로 다가갔다. 베일을 쓴 여인들에게 화목 값을 적선하라고 재촉했던 그 사람이었다. 남자가 고함치면서 일으키려고 하자 여인은 거세게 저항했다. 오렌지색 숄 남자가 걸음을 멈추고 신발 뒤축으로 꽁초를 밟아 껐다. 사내들 몇이 달려들어 여인을 억지로 일으켜 세웠다. 여인은 몽롱한 표정이 사라지고 백지처럼 텅 빈 얼굴로 천천히 두 팔을 흔들면서 절룩거리는 걸음으로 자리를 떠났다.

사리를 입고 베일을 쓴 여인들이 걸어가고 개들이 달렸다. 룽기를 입은 사내들이 강으로 뛰어들었다. 강물에 발을 담그고 선 남자가 돌로 깎아 만든 빨래판에 침대시트며 청바지 등속을 문질러 빨았다. 버터기름 등잔을 파는 아이들이 우르르 어디론가 몰려갔다. 아이를 안은 여인이 빈 젖병을 움켜쥐고 손을 내밀었다. 길게 이어진 가트를 따라 사람들이 앉거나 누워 있었다. 오렌지색 숄 남자는 사라지고 없었다.

  그녀는 진과 함께 인파 속을 걸었다.
  분홍색 스카프를 목에 두른 소년이 다가왔다. 그녀가 루피를 내밀자 소년이 등잔에 불을 붙였다.

  강물 위로 꽃과 등잔이 떠다녔다. 수많은 등잔의 불꽃들이 강물에 드리워진 어둠을 밀어냈다. 폭죽이 요란한 소리를 내면서 터졌다. 가트 주변은 사람들로 발 디딜 자리가 없었다. 불의 의식을 보려고 모여든 사람들 속에 드문드문 여행자들이 섞여 있었다. 사람을 가득 태운 보트와 쪽배가 강기슭 가까이 떠다녔다. 먼 곳에서 성스러운 강을 찾아온 사리를 입은 맨발의 여인들이 보따리를 안고 가트에 앉아 있었다. 아이들은 꽃과 등잔을 팔고 바구니를 든 남자가 여인들의 이마에 빈디를 찍어주었다.
  크고 작은 상점마다 등불을 밝혀 놓았다. 주황색 마리골드로 입구를 장식한 상점 안쪽으로 네 개의 손을 가진 부의 신 락슈미와 부와 지혜의 신 가네샤 초상이 걸렸다. 락슈미의 두 손에 연꽃이 들렸고 나머지 두 손 중 오른손에서 금화가 떨어졌다. 장애를 제거하고 출입문을 지켜주는 신 가네샤는 상인들에게 인기가 많았다. 코끼리 머리를 가진 가네샤가 받아 적었던 브야사의 서사시는 승리를 뜻하는 자야(jaya)였다.
  흰옷을 입고 어깨와 허리에 붉은 띠를 둘러맨 젊은 사제들이 다섯 개의 제단으로 올라갔다. 꽃목걸이를 목에 두른 맨발의 사제들은 무릎을 꿇고 앉아 불을 붙인 화로를 두 손으로 감싸 쥐고 돌렸다. 가트는 더 이상 들어설 틈 없이 사람들로 가득했다. 사제들이 자리에서 일어나 고둥을 불고 손뼉을 치고 노래 불렀다. 라마가 사악한 라바나에게 붙잡힌 시타를 구출하고 두 사람이 무사히 아요디아 땅에 도착할 수 있도록 횃불을 높이 치켜올렸다.

그녀는 가트 쪽으로 창이 난 카페에 진과 나란히 앉았다. 음식을 먹거나 창가에 서서 밖을 내다보는 사람들은 신과 축제의 나라에 잠시 머물러 있는 여행자들이었다. 그녀는 차이를 한 모금 마시고 노란색 라두경단을 집었다. 향신료 냄새가 풍기는 라두경단이 달콤했다. 커다란 접시에 담긴 라두경단을 차근차근 먹어치우는 그녀의 모습을 진의 목에 걸린 붉은 코끼리가 웃는 얼굴로 바라보았다.

그녀는 흙먼지와 소음, 향신료 냄새가 강렬한 도시가 낯설지 않았다. 불편하지 않았다. 사람과 흙먼지로 뒤덮인 도시에서 진은 기꺼이 그녀의 보호자가 되었다. 허락 없이 그녀가 방에 들어갔지만 화를 내거나 나무라지 않았다. 닫힌 문을 여는 순간 진의 방은 금기의 영역이 아니었다. 누런 강물을 배경으로 선 사진 속 진은 실제보다 훨씬 더 매력 있었다. 그녀는 진이 누구인지 알고 싶었고 알아야 했다. 소설가의 방으로 초대하고 기꺼이 조력자가 되어주고자 하는 진의 정체를 알기 전까지 글을 쓸 수 없었다. 그녀는 최고의 등장인물이 되고 싶다고 했던 진의 말을 거듭 곱씹었다. 진은 사실적인 기록이 아니라 허구의 세계에 존재하는 인물의 삶을 원했다.

진이 누구인지 알고 있냐고 묻는 그녀에게 여자는 진은 진이라고 대답했다. 여자는 그녀가 원하는 대답을 들려주지 않았다. 진에 관해 알아야 할 이유가 없다고 딱딱하게 굳은 얼굴로 경고하면서 걸레질을 하고 세탁조에 빨랫감을 넣었다. 여자는 진의 집에서 요리하고 세탁하고 청소하는 자신처럼 그녀가 군말하지 않고 소설가의 방에서 글을 써야 한다고 냉정한 얼굴로 말하고 있었다.

그녀는 여자에게 답을 구하려 했던 어리석은 행동을 후회했다. 여자는 그녀의 조력자가 아니었다. 글쓰기를 방해하고 일거수일투족을 감시하는 훼방꾼이었다. 여자는 그녀가 글을 쓸 수 없어 소설가의 방을 떠날 날을 기다렸다. 소설가의 아내가 소설가를 위해 헌신적으로 일하고 마음 쓸 거라는 진의 믿음은 터무니없었다. 여자는 소설 쓰는 남편 M의 가장 큰 짐이자 고충이었다.

그녀는 한 번도 본 적 없는 M을 동정했고 그가 안쓰러웠다. M이 소설을 쓰지 못한다면 분명히 여자 탓이었다. 여자를 떠나지 않는 한 M은 쓸 수 없었다. 그녀는 진을 알기 전까지 소설을 쓸 수 없었다. 진이 끝내 정체를 감추려 한다면 그녀는 소설가의 방을 떠나야 했다.

그녀는 닫혀 있는 방문 앞에 섰다. 손잡이를 돌려 문을 열지 않으면 절대로 볼 수 없는 진의 방이었다. 진이 금기를 정해놓은 순간 그녀의 신경은 온통 그곳으로 향했다. 진은 그녀를 시험했다. 금기에 순응하는 작가와 금기를 뛰어넘는 작가 중 그녀가 어느 쪽일지 초조하게 기다렸다. 그녀는 손잡이에 손을 얹고 망설이지 않고 문을 열었다.

창가에 두꺼운 커튼이 드리워 있었다. 빈틈없이 완벽하게 정돈된 진의 방이 특별하지 않아 그녀는 조금 놀랐고 허탈했다. 킹사이즈 침대에 펼쳐 있는 극세사 이불은 주름 하나 잡히지 않았다. 그녀는 옷장과 이불장을 차례로 여닫고 물기 하나 없는 욕실 바닥을 둘러보고 침대에 걸터앉았다. 벽시계 하나 걸리지 않은 청결한 방은 구석구석 여자의 손길을 느낄 수 있었다.

그녀의 시선이 액자를 끼워 침대 테이블에 놓은 사진에 머물렀다. 액자는 그 방에 있는 유일한 장식품이었다. 그녀는 먼지 한 톨 없는 테이블에서 액자를 집었다. 황토색 강물을 뒤로 하고 웃는 남자는 진이었다. 진의 목에 걸린 가네샤가 빙글거리며 웃었다.

그녀는 액자를 테이블에 비스듬히 내려놓고 흐트러뜨린 이불을 정돈하지 않은 채 일어났다. 흠잡을 데 없이 말끔했던 방은 더 이상 강박적으로 청결하지 않았다. 그녀가 거실로 나가자 테이블에 널린 책을 가지런히 쌓아 놓고 걸레질하던 여자가 고개를 들었다. 그녀는 흰색 앞치마를 두르고 구석구석 쓸고 닦는 여자에게 혐오감이 치솟았다. 여자는 의구심을 담은 눈빛을 감추려 하지 않았다. 왜냐고 여자는 묻고 있었다. 그녀는 여자의 물음에 답해야 할 까닭이 없었다.

맨발의 아이가 다가와 등잔 하나를 내밀었다. 나는 동전을 주고 등잔을 받았다. 라이터를 켜 심지에 불을 붙이려는 아이에게 나는 고개를 내저었다. 등잔을 들고 카페 창 쪽을 올려다보았다. 진과 이설은 떠나고 없었다.

다섯 명의 젊은 사제들은 강물에 꽃을 뿌리고 바람의 신 바유가 강가 신에게 가져다줄 아름다운 제물을 기다렸다. 불의 의식을 지켜본 사람들은 금방 자리를 떠나지 않았다. 보트를 탄 사람들이 강물에 꽃등을 띄웠다. 사리를 입은 맨발의 여인들이 두 손을 모았다.

접시에 수북했던 라두경단이 하나도 남지 않았다. 단맛은 중독성이 강했다.

진은 그녀가 손에 쥔 포크를 빼앗아 접시에 내려놓았다. 단것을 더 주지 않겠다는 단호한 표정으로 그녀의 손목을 잡고 입술에 묻은 라두경단 부스러기를 털었다.

상점마다 등불을 밝혔다. 미로 같은 골목길은 대낮처럼 환했다. 그녀는 캄캄한 어둠 속을 걸어도 진과 함께라면 길을 잃을 염려가 없었다. 끝없이 이어져 있을 것 같은 골목 깊숙한 자리에 부끄러움이나 죄책감 없이 살을 드러낼 수 있는 은밀한 공간이 숨어 있었다.

축제의 밤은 길고 소란했다.

그녀는 모든 사물이 흐트러진 그대로 놓인 방을 확인하고 조용히 안도했다. 더블 베드에 펼쳐 깐 침낭과 벗어 던진 옷가지, 빨랫줄에 널린 덜 마른 수건과 속옷, 입구가 벌어진 두 개의 커다란 배낭은 사람의 손길이 닿지 않았다. 여자의 손길이 닿지 않는 곳에 있어서 그녀는 안심했다. 아침에 눈을 뜨면 여자가 내려주고 구워준 커피와 빵이 아니라 오믈렛이나 탈리를 먹을 수 있었다.

며칠 동안 치우지 않은 방에 잠들어도 진은 불평하지 않았다. 빨래가 잘 마르지 않아 같은 옷을 여러 날 입어야 했지만 불편하다고 말하지 않았다. 집요하게 치우고 정돈하는 여자에게 벗어난 진은 자유로웠다. 진은 가리지 않고 먹고 좁고 더러운 방에서 편안하게 잠들었다. 서른 시간 넘게 기차를 타도 지치지 않았다. 진은 오래전부터 길 위에서 살았던 사람 같았다.

폭죽이 터지고 불꽃이 번쩍거렸다. 진이 창문을 닫고 불을 껐다.


"시바 레스토랑은 당신이 상상하는 이상으로 메뉴가 많아요."

루는 메뉴판을 보지 않고 번번이 쵸민을 주문하는 내가 딱하다는 표정을 짓고 말했다.

"당신이 작가라고 M이 말해줬어요."

루가 말했다.

"M이라고요?"

"어제 저녁에 당신과 함께 와서 커피를 마셨던 사람 말이에요."

"그 사람을 알아요?"

"네. M은 당신에게 꼭 해야 할 말이 있다고 했어요. 내가 M이 묵고 있는 게스트하우스를 알아요."

나는 천천히 고개를 가로저었다. M을 만나고 싶지 않았다. 그가 누구인지 알아야 할 까닭이 없었다. 내가 만나야 할 사람은 M이 아니었다.

유리문 너머로 맨발의 여인들과 탁발승과 소가 느릿느릿 걸어갔다. 어깨에 숄을 걸친 사람들이 빠른 걸음으로 눈앞에서 사라졌다.

루가 쵸민을 가져왔다. 나는 웃고 떠들며 음식을 먹는 사람들 속에서 허둥거리며 식사를 했다.


디왈리 축제가 열린 닷새 동안 그녀는 진과 함께 아난다 게스트하우스에 머물렀다. 라지브 씨는 노란색 마리골드로 게스트하우스 출입문을 장식하고 현관 입구와 제단이 있는 방에 밤새도록 등불을 켰다. 객실은 투숙객으로 꽉 차서 라지브 씨는 손님이 찾아올 때마다 방이 없다고 손을 내저었다. 14년 동안의 유배생활을 끝내고 아요디아로 돌아와 대관식을 올린 라마를 기념하는 디왈리 축제 기간 동안 저녁부터 날이 밝을 때까지 불꽃놀이가 이어졌다.

라지브 씨는 차파티를 굽고 키치리와 달을 끓여 늙고 병든 여인과 함께 주방 식탁에서 식사했다. 온종일 제단이 있는 방에서 향을 피우고 기도하는 늙은 여인은 창백한 안색과 어울리지 않는 화려한 비단 사리 차림이었다. 무쇠 주전자에 생강가루와 계피, 설탕을 듬뿍 넣은 차이가 끓었다. 라지브 씨가 도자기 컵 가득 차이를 따라 그녀에게 내밀었다.

해가 저물자 라지브 씨는 제단이 있는 방으로 게스트하우스 손님들을 불러 포커를 쳤다. 향냄새가 짙게 밴 방에 네 개의 손을 가진 부의 신 락슈미와 장애를 제어해주는 신 가네샤 초상이 걸렸다. 라지브 씨가 그녀에게 패를 돌리려 하자 진이 웃는 얼굴로 손을 내저었다. 그녀는 포커를 한 번도 쳐보지 않았고 룰을 모릅니다. 진이 말했고 그녀는 부정하지 않았다. 루피를 따는 재미에 정신이 팔려 밤새도록 포커를 치는 진이 낯설었다. 그녀는 말하지 않아도 알고 있는 진이 두려웠다.

아난다 게스트하우스의 출입문이 열려 있었다. 나는 제단이 놓인 방에서 향을 피우는 여인에게 인사하고 계단을 올라갔다. 체크무늬 2인용 소파는 비었다. 방으로 들어가서 창문을 열었다. 폭죽이 터지고 노랫소리가 들렸다.

진이 다정하고 섬세한 사람이라고 이설은 말했다. 무엇이든 기꺼이 해주려는 남자가 소설 말고 아무것도 바라지 않아 난감하고 미심쩍었다고 했다. 군데군데 비어 있는 이설의 원고를 읽어내기 쉽지 않았다. 이설은 진이 누구인지 어떤 사람인지 몰랐고 나는 그녀의 마음을 종잡기 어려웠다.

# 5

시바의 밤은 '밤의 축제'라고 라지브 씨가 말했다.

포악하고 금욕적이며 에로틱한, 모순적인 모습으로 현현하는 시바는 어둠과 악이 지배하는 세상을 구원할 파괴의 신이며 동시에 창조의 신이었다. 시바의 이마 한가운데 박힌 세 번째 눈이 뜨이는 날 세상은 강렬한 불길에 휩싸이고 파멸을 맞는다고 했다. 목구멍 속에 독과 불을 머금은 시바는 구원의 신이었다. 혼돈으로 가득한 세상을 무너뜨리고 새로운 세상을 만들어낼 창조의 신이었다.

죽음과 소멸은 종말이 아니라 새로운 생명의 탄생과 시작을 의미했다.

신상을 모신 방에서 늙은 여인이 향을 사르고 라지브 씨는 주방에서 닭고기 커리를 끓였다. 사원으로 가는 지름길을 묻는 나에게 라지브 씨는 모든 길이 사원으로 통한다고 웃으며 대답했다. 어떤 길이든 강으로 이어지고 미로처럼 얽힌 골목과 가트, 과일과 채소를 파는 시장 거리 어느 쪽으로 나가든 결국 사원에 닿게 된다고 했다.

나는 꽃과 향을 손에 들고 걷는 사람들을 따라 걸음을 옮겼다. 거리 곳곳에 꽃을 파는 노점이 늘어섰다. 한 평 남짓한 작은 신전 제단에 꽃과 쌀이 쌓였고 향불이 타올랐다. 둥근 쟁반을 손에 들고 우르르 몰려가는 아이들을 따라 개들이 달렸다.

붉은 담장으로 둘러진 힌두사원 입구에 꽃과 쌀과 향을 든 사람들이 줄지어 서 있었다. 나는 사리 위에 숄을 두른 노파의 노점에서 노란색 마리골드 한 묶음을 사 들고 노란색 사리를 입은 젊은 여인 뒤로 가서 줄을 섰다. 아이들은 뛰어다니고 개들이 달리는 거리에 어둠이 내려앉았다. 나는 조금씩 줄어드는 줄을 따라 사원으로 들어갔다. 두르가 신상을 모신 방 앞에서 젊은 여인이 나를 돌아보며 미소 지었다. 당신은 성소에 들어갈 수 없다고 눈빛으로 말하는 여인에게 나는 마리골드를 건넸다. 노란색 사리를 곱게 차려입은 젊은 여인은 쌀과 꽃이 수북이 쌓여 있는 제단 앞으로 걸어가서 마리골드를 놓고 향을 살랐다. 나는 성소 바깥에 서서 시바의 아내이자 신들의 분노로 세상에 나온 두르가의 신상을 향해 두 손을 모았다.

사원 담장 안쪽에 서 있는 대추야자나무 주위에 노인들이 웅기중기 모여 있었다. 원숭이 한 마리가 담을 넘어 어디론가 사라졌다. 오가는 사람들로 어수선한 사원 마당은 어둠이 짙게 깔렸다.

나는 마당을 가로질러 사원 밖으로 걸어 나갔다.

"시바 라트리!"

검은색 쿠르타를 입은 남자가 내 쪽으로 다가오며 소리쳤다.

남자는 내 옆에 멈춰 서서 가슴 앞에 손을 모았다. 선량하게 미소 짓는 남자는 요리사 라훌 랄이었다.

앞치마를 벗은 요리사는 시인 같았다. 기도를 올렸냐고 라훌이 물었고 나는 그렇다고 대답했다.

나는 맨발로 뛰어다니는 아이들과 경적을 울리는 릭샤들로 소란스러운 거리를 라훌과 함께 걸으면서 사리를 입은 여인을 따라 손을 모으고 눈을 감은 순간을 떠올렸다. 나는 이설을 찾게 해달라고 기도했다. 죽음의 맛처럼 달콤한 라두경단에 중독되었다고 고백했던 이설을 만나야 했다. 단맛에 빠져 문장을 쓰지 못한 소설가에게 들어야 할 이야기가 있었다.

"오믈렛 좋아하나요? 근처에 오믈렛이 싸고 맛있는 노점이 있어요."

나는 시끌벅적한 거리를 두리번거리면서 라훌에게 오믈렛을 먹으러 가자고 청했다. 이설을 만나게 해달라고 기도를 올린 순간 머릿속에 떠오른 사람은 비좁고 더러운 방에 웅크리고 앉은 M이었다. 굶주림과 분노로 두 눈을 희번덕거리면서 내가 찾아오기를 기다리고 있는 M의 일그러진 얼굴이었다.

라훌은 시바의 밤에 먹지도 마시지도 않는다고 말했다.

"물론 요리도 하지 않아요."

라훌은 시바의 밤에 먹지도 마시지도 않는다고 말했지만 사모사 따위 튀긴 음식을 파는 노점은 먹을거리를 사려는 사람들로 혼잡했다. 나는 기도하고 먹고 마시는 사람들로 떠들썩한 시바의 밤에 M이 무엇을 하고 있을지 궁금했다.

"당신이 원하면 내 방으로 가서 피자와 차를 대접할게요."

방이 있는 방향을 손으로 가리키면서 라훌은 아침에 피자를 만들어놓았다고 말했다. 라홀의 방은 아난다 게스트하우스와 시바 카페로 통하는 골목 근처였다. 모든 길은 사원으로 통하고 미로 같은 골목은 아난다 게스트하우스와 시바 카페, 라홀의 방으로 이어졌다.

나는 오믈렛을 단념하고 라홀을 따라 골목과 골목으로 이어진 길을 걸었다. 라홀이 3층으로 지은 낡은 건물을 가리켰다. 상점이 딸리지 않은 건물은 층마다 작게 난 창문으로 불빛이 흘러 나왔다.

2층으로 올라가서 라홀이 열쇠로 현관문을 열자 방과 주방, 욕실이 기역 자로 놓인 실내가 한눈에 들어왔다. 나는 라홀을 따라 곧장 주방으로 들어갔다. 흐릿한 전구 불빛 아래로 소형 냉장고와 불구멍이 두 개 달린 가스레인지가 놓였다. 향신료와 망고, 사과, 토마토 처트니가 담긴 투명한 유리병이 일렬로 늘어선 문짝 없는 찬장과 낡고 좁은 조리대가 있는 공간은 라지브 씨의 주방과 다르지 않았다. 간소하다 못해 초라해 보이는 요리사의 주방이었다.

"당신을 위해 요리할 수 없어 유감이군요."

라홀은 가스레인지에 찻주전자를 올리고 피자를 데우고 찻잔과 접시를 꺼내면서 바쁘게 움직였다. 맛있는 요리를 먹기 위해 반드시 넓고, 조리기구가 완벽하게 구비된 근사한 주방이 필요하지는 않았다. 랄리타가 난을 굽고 생선커리를 끓인 툴시 게스트하우스 주방은 소형 냉장고와 불구멍이 두 개 달린 가스레인지가 놓인 소박한 공간이었다. 랄리타와 루파는 오후 6

시가 되면 저녁 식사 준비를 해 놓고 각자의 집으로 돌아갔다. 저녁 식사 시간은 정해져 있지 않았다. 해가 저물면 조리대와 개수대가 기역 자 모양으로 이어진 주방에서 라훌이 게스트와 함께 달과 차파티, 알루고비를 데우고 테이블로 날랐다. 라훌과 이시다와 레바티는 수저를 사용하지 않았다. 저녁 식사 시간은 길었다. 나는 언제나 가장 늦게까지 휴게실 테이블에 남았다.

"한 가지 맛에 중독되면 미각을 잃어버릴 수 있어요. 다양한 음식 맛을 느끼지 못하죠."

라훌은 시바의 밤에 요리하지 않고 사랑한다고 말했다. 하시시*를 피우며 밤새워 주사위 놀이를 한다고 했다. 시바의 밤은 누구라도 카일라사의 시바와 파르바티처럼 사랑한다는 라훌의 말을 들으면서 나는 따뜻하게 데운 피자 한쪽을 먹고 설탕을 넣지 않은 커피를 마셨다. 요리사 라훌의 주방에서 시인 라훌을 떠올렸다. 해독할 수 없는 라훌의 시를 소리 내 읽고 싶었다. 나는 뜰에 어둠이 내리고 객실마다 불이 꺼지면 촉수 낮은 등불을 띄엄띄엄 밝혀 놓은 복도를 걸어 라훌의 방으로 갔다. 노크를 하자 문이 열렸다. 나는 라훌을 따라 내가 읽을 수 없는 책으로 빽빽한 방으로 들어가 창가 쪽에 가로로 놓여 있는 침대 가장자리에 걸터앉았다. 라훌이 캄반의 서사시를 들고 내 옆으로 다가와 앉았다.

* 하시시: 대마초에서 채취한 대마수지를 건조시켜 제조한 것

코살라 왕국의 군주 다사라타의 장남으로 태어난 라마는 유지의 신 비슈누의 화신이다. 비슈누의 다섯 번째 화신 크리슈나는 사회적 제약과 금기의 영역을 벗어나 자유롭게 사랑을 하는 에로틱한 신으로 현현하는 반면 라마는 부모에게 순종적이며 원칙과 의무에 충실한 고지식한 모습이었다. 라훌은 무예가 뛰어난 라마가 전생의 아내인 시타와 결혼한 뒤 대관식을 앞두고 유배 생활을 떠나는 장면을 읽기 시작했다.

내 머릿속으로 이설이 구립 도서관에서 빌려 읽은 캄반의 서사시가 펼쳐졌다. 캄반의 서사시는 그녀의 손때가 더해져 도서관 서가로 돌아갔다. 브야사가 구술하고 가네샤가 받아 적은 서사시를 찾아서 읽은 뒤에도 이설은 진이 누구이며 어떤 사람인지 알 수 없었다. 진의 말과 행동은 가네샤가 필기한 해독할 수 없는 문자처럼 요령부득이었다. 그녀는 호기심을 누르고 글을 쓰지 못했다. 진을 알기 전까지 한 문장도 쓸 수 없었다. 그녀는 알지 못하는 인물의 이야기를 쓸 수 없었다. 진은 결코 호락호락한 존재가 아니었다.

나는 라훌과 함께 침대 가장자리에 나란히 걸터앉았다. 라훌이 담배 두 개비에 불을 붙여 하나를 내밀었다. 담배를 한 모금 빨자 아쉬스 난디의 집 마당에서처럼 멀미가 났다. 나는 벌거벗은 라훌의 몸을 상상했다. 시바의 밤에 요리하지 않는 라훌과 함께 고통의 밤을 보내고 싶은 욕망을 느꼈다.

"당신은 오랫동안 사랑을 하지 않은 사람 같아요."

길쭉하고 단단한 손가락으로 내 어깨를 어루만지면서 라훌이 말했다.

나는 두려움으로 몸을 떨지 않고 라훌의 뺨에 입을 맞추었다. 시바의 밤이었다.

라훌의 부드럽고 따듯한 손이 닿자 굳은 몸이 풀리고 두려움이 사라졌다. 나는 음식의 온도를 재고 칼질하고 사원의 신상 앞에 향과 꽃을 공양하고 기도를 올린 라훌의 손바닥에 입을 맞추었다.

"당신은 요리사처럼 사랑하는군요."

"요리사처럼?"

"맛있는 음식이 먹고 싶어지니까요."

"시바의 밤이 아니라면 언제든 만들어 줄게요."

몇 권의 책이 쌓여 있는 테이블에서 라훌이 담배를 집어 불을 붙였다. 나는 어깨에 숄을 두르고 일어나 창문을 활짝 열었다. 창밖은 높고 낮은 건물의 옥상으로 이어졌고 어둠에 싸인 강은 볼 수 없었다.

라훌이 담뱃불을 끄고 내 등 뒤로 와서 섰다. 숄이 흘러내렸다.

사랑을 하는 동안 시바의 밤은 끝나지 않는다고 라훌이 속삭였다. 이설은 소설을 쓰지 않아도 평화롭고 행복할 수 있을 거라고 불안한 얼굴로 말했다. 글쓰기를 포기한 소설가를 여전히 작가라고 호명해야 할지 알 수 없었다. 그녀를 좇는 일이 부질없다고 느꼈다.

나는 담배 연기가 뿌연 방에서 라훌과 함께 침대에 모로 누워 필터 없는 담배를 피웠다. 두려움과 욕망이 사라지고 허기가 몰려왔다. 어둠이 걷히고 날이 밝아도 시바의 밤은 계속된다고 라훌이 말했다. 나는 요리사의 주방에서 난을 굽고 생선 커리를 끓여 허기를 채우고 싶었다. 라훌이 언제까지라도 요리하는 일을 멈추지 않기 바랐다.

나는 노란색과 주황색 마리골드로 입구를 장식한 상점들이 늘어서 있는 골목길을 걸었다. 소반을 손에 든 아이들이 향과 초를 켠 상점을 돌며 '시바 라트리'를 외쳤다. 둥근 소반에 코브라를 목에 두르고 삼지창을 손에 든 시바의 초상이 놓였다. 상점 입구에 서서 비디를 피우는 상인이 동전 몇 개를 소반에 얹어 주었다. 허리에 큼직한 깡통을 찬 노인이 맨발로 걸어오면서 '시바 라트리'를 외쳤다. 벽을 따라 기다란 나무의자가 놓인 찻집은 차를 사려고 서 있거나 앉아 있는 사람들로 붐볐다. 옷을 파는 상점 앞을 지날 때 터번을 쓴 남자가 진열대 안쪽에서 가슴 앞에 두 손을 모으고 웃으며 나에게 인사했다.

노란색과 주황색 마리골드로 장식한 게스트하우스 출입문이 활짝 열려 있었다. 신상을 모신 방에서 라지브 씨가 한국 여학생들과 함께 게임을 했다. 주사위가 아니라 포커 게임이었다. 패를 돌리던 한국 여학생 중 하나가 내일 오후에 카주라호로 떠난다며 함께 게임을 하자고 청했다. 나는 고개를 저었다. 진은 이설에게 게임이란 규칙 안에서 즐기는 놀이라고 말했지만 나는 아직 게임의 규칙을 알지 못했다.

가트 쪽으로 난 창을 닫아도 소음은 사라지지 않았다.

헤아릴 수 없이 많은 사람들이 머물렀다 떠난 방 어디에도 이설의 흔적은 남아 있지 않았다. 폭죽이 연달아 터지고 함성이 들렸다. 진과 함께 이 방에 머물렀던 며칠 동안 이설은 날마다 폭죽 터지는 소리와 함성을 들어야 했다.

그녀는 머리맡이 소란한 밤이 불편하지 않았다. 좁은 골목과 셀 수 없이 많은 개들의 도시는 축제가 아니라도 초저녁 무렵부터 요란한 소리를 내며 폭죽이 터졌다. 신들의 도시를 떠도는 동안 그녀는 욕심껏 단것을 먹고 다리가 아프도록 걷고 강렬하고 이물스러운 마살라 향기에 시나브로 익숙해졌다.

허락 없이 방에 들어갔다고 그녀가 고백했을 때 진은 의미를 알 수 없는 미소를 지었다. 액자의 사진을 보았다고 말하자 진은 마살라라고 대답했다.

그녀는 황토색 강물이 흐르는 도시에 가고 싶었다. 진이 무엇이든 요구하라고 했던 약속을 잊지 않았기를 바랐다.

그녀는 여자의 손길이 구석구석 닿은 방에서 진을 찾을 수 없었다. 진이 누구인지 말해줄 수 있는 사람은 여자도 진도 아니었다. 그녀는 스스로의 힘으로 진이 누구이며 무슨 까닭으로 자신을 소설가의 방으로 초대했는지 알아내야 했다.

그날 밤 그녀는 진과 함께 밤을 보냈다. 진은 황토색 강물이 흐르는 바라나시 갠지스 강과 흙먼지 날리고 소음으로 시끄러운 거리, 마살라 향이 짙게 밴 달콤한 라두경단 이야기를 했다. 그녀는 카주라호 사원에 부조된 아름다운 조각상을 상상하면서 미소 지었다.

당신은 무엇이든 요구할 수 있습니다. 기꺼이 들어드릴게요.

진이 빙글빙글 웃으며 말했다.

우리는 여행자의 신과 함께 떠날 겁니다. 여행을 마치고 소설가의 방으로 돌아오면 당신은 철필을 단단히 쥐고 소설을 쓰겠지요?

진은 그녀가 이제 겨우 한 가지를 요구했을 뿐이라고 상기시켰다. 소설가의 방에 머무는 동안 그녀는 무엇이든 거리낌 없이 청할 수 있었다. 도우미 여자를 해고하라는 부탁이 아니라면 기꺼이 그녀의 뜻에 따르겠다고 진은 말했다.

그녀는 한 가지 요청만으로 진이 누구인지 알 수 있게 되기를 바랐다. 여자의 시선에 불편을 느끼지 않고 소설을 쓸 수 있을 거라고 지레짐작했다. 여자는 가사 도우미였다. 그녀가 알고 싶은 사람은 여자가 아니었다.

마살라는 낯선 공기고 한 번 맛보면 잊을 수 없는 맛이었다. 마살라는 달고 맛있는 음식에 섞여 있었다. 더운 바람을 따라 떠돌고 쓰레기가 널린 골목에 뿌려졌다. 성자와 개가 사이좋게 걷는 그 길에서 진은 의젓하고 당당하게 그녀의 손을 잡았다. 진은 오랫동안 그 길을 오간 사람처럼 두려워하거나 머뭇거리지 않았다. 진이 말하지 않아도 그녀는 알았다. 시바 카페에서 처음 만난 날부터 진은 그녀를 욕망했다. 그녀와 함께 마살라 냄새가 강렬하게 날리는 거리를 걷게 될 날을 기다렸다. 그녀는 기꺼이 진의 욕망을 충족시켜주고 싶었다. 소설가의 방으로 돌아가면 진이 재촉하지 않아도 글을 쓸 수 있었다. 가네샤처럼 쓰라는 진의 요구는 부당하거나 불가능하지 않았다.

여자는 옷이며 가방이며 소지품에 배어 있는 마살라 냄새를 재빨리 지웠다. 냉정하고 단호한 표정을 짓고 소설가의 방으로 그녀를 떠밀었다. 여자가 말끔하게 청소해 놓은 집에서 진은 단조롭고 평화로운 일상으로 돌아갔다. 밤이 되면 침실 문을 걸어 잠그고 조용히 잠들었다. 그녀가 방문 앞을 서성여도 눈치채지 못하고 무심했다. 그녀는 진과 함께 걸었던 마살라 냄새가 날리는 거리가 꿈같았다. 진의 방으로 들어가 장롱을 뒤지고 테이블에 놓인 액자를 만지고 욕실을 살피고 황토색 강물이 흐르는 도시로 떠나는 꿈을 꾸었다. 시바 카페에서 진을 만나고 허무맹랑한 제안에 흔들렸던 순간이 허구라고 해도 그녀는 라두경단의 달콤한 맛을 지우거나 부정할 수 없었다.

여자는 번호 키를 눌러 현관문을 열고 들어와 늘 같은 순서대로 청소와 세탁을 하고 음식을 만들었다. 그림자처럼 조용히 움직이면서 치우고 정돈하고 요리하는 여자의 절제된 몸가짐과 최소한의 말, 눈치를 보거나 머뭇거리지 않는 당당한 모습은 고용인이 아니라 주인 같았다.

여자는 주인에게 복종하지 않는 고용인이었다. 작가의 의도대로 움직이지 않는 등장인물이었다. 그녀는 주방과 세탁실,

거실과 욕실로 옮겨 다니며 부지런히 손을 움직이는 여자의 모습을 주의 깊게 살폈다. 여자의 휴대전화 벨이 울리면 숨을 죽이고 통화를 엿들었다. 여자는 언제나 아빠를 방해하지 말라고 딸에게 당부하고 전화를 끊었다. 그녀는 인터넷 포털에서 소설가 M을 검색했다. 수많은 M들의 정보가 줄줄이 딸려 나왔지만 소설을 쓰는 여자의 남편은 찾을 수 없었다.

M은 앉은뱅이책상 앞에 웅크리고 앉아 글을 쓰고 있다. 여자가 쭈그리고 앉아 밥을 짓고 빨래하는 좁은 부엌이 딸린 방이다. 살림살이가 많지 않은 방 한구석에 여자와 M의 딸인 여섯 살 난 여자아이가 조용히 혼자 놀고 있다. M은 이따금 고개를 들고 흘끔 딸을 쳐다보지만 아무 말도 하지 않는다.

점심때가 되자 M은 부엌으로 가서 밥을 차려 아이와 함께 먹고 여러 세대가 함께 사용하는 마당 한 귀퉁이에 서서 담배를 피운다. 아이는 하루에 몇 차례씩 제 엄마와 전화 통화를 한다. 엄마의 당부대로 아이는 조용히 놀고 목소리를 낮춰 전화 통화하고 얌전히 낮잠을 자지만 해가 떠 있는 동안 M은 집중해서 쓰지 못한다. 해가 저물어 여자가 집으로 돌아오면 M의 얼굴에 체념의 미소가 떠오른다. 걸레질하고 밥을 짓고 상을 차리며 바쁘게 움직이는 여자와, 조용히 시들어 있다 갑자기 활기를 찾은 아이를 보면서 M은 죄책감에 빠진다. 사려 깊고 헌신적인 아내인 여자는 M이 온종일 한 문장도 쓰지 못하는 줄 알지 못한다. 글을 쓰지 못하는 나날을 견디기란 벽돌과 철근을 지고 비계를 오르내리며 땀을 흘리는 노동을 할 때보다 훨씬 더 힘들고 고통스럽지만 여자가 알 리 없다. 쓰지 못하는 고통에서 벗어나려면 가족을 떠나야한다. M은 무책임하고 불성실한 가장보다 무능한 작가인 스스로를 견디기 어렵다. 소설을 쓸 수 있다면 M은 평생 떠돌아다녀야 한다 해도 상관없다.


## 6


세탁해야 할 옷가지가 침대에 어지럽게 널렸다. 나는 손에 잡히는 대로 옷을 집어 입고 게스트 룸 벽에 걸린 작은 거울 앞으로 다가갔다. 의자에 앉으면 바닥에 끌릴 만큼 길고 폭이 넓은 초록색 스커트는 프레임 바깥으로 밀려났다. 나는 한 걸음 뒤로 물러섰다 다시 뒷걸음질쳤다. 몸을 움직일 때마다 향신료 냄새가 날렸다. 밤새도록 폭죽이 터지고 노랫소리가 들렸던 가트 쪽은 조용했다. 열어놓은 창으로 찬바람이 불어왔다. 나는 재킷을 걸치고 작은 배낭을 어깨에 걸머멨다.

1층 카운터 옆에 놓인 소파에서 『힌두스탄 타임스』*를 보고 있던 라지브 씨가 차이를 한 잔 마시겠느냐고 물었다. 문이 활짝 열려 있는 주방에서 차이 냄새가 향긋하게 풍겼다. 내가

---

* 힌두스탄 타임스: 인도 독립운동 시기인 1924년에 발행된 인도의 영자 일간신문

웃으면서 고맙다고 말하자 라지브 씨는 신문을 접고 일어났다. 나는 라지브 씨를 따라 주방으로 들어갔다. 가스레인지 위에 음식이 끓었다. 쌀과 렌즈콩과 향신료를 넣은 키치리였다. 라지브 씨는 빵이나 과일로 간단하게 아침을 먹지 않았다. 몸이 아프고 정신이 오락가락하는 노모를 돌보면서 40도 가까이 기온이 치솟는 한여름 비수기에도 게스트하우스 문을 닫지 않았다.

라지브 씨는 식료품을 사러 시장에 갈 때 노모의 방에 자물쇠를 채웠다. 게스트하우스를 관리하고 요리하고 노모를 돌보면서 그는 십수 년을 한곳에 머물러 살고 있었다.

라지브 씨가 무쇠 주전자를 기울여 유리잔에 차이를 따랐다. 나는 주방 안쪽에 서서 달고 향기롭고 뜨거운 차이를 한 모금 마셨다.

내가 차이 맛이 좋다고 칭찬하자 라지브 씨는 어깨를 으쓱하면서 웃었다.

"마시고 싶으면 언제라도 말해요. 아침마다 주전자 가득 끓여 놓으니까요. 인도 사람은 차이 없이 하루도 살 수 없어요. 하지만 주의해야 합니다. 기차에서 차이를 마시면 탈이 날 수 있어요."

나는 아침에 눈 뜨자마자 차이를 끓이는 라지브 씨의 일상을 알고 있었다. 아난다 게스트하우스에 방을 얻은 날부터 생강을 듬뿍 넣고 끓인 라지브 씨의 차이를 마시고 싶었다.

여러 개의 신상을 모신 방에서 아침저녁으로 공양을 올리고 기도하는 라지브 씨는 복권을 사는 심정으로 주말마다 신문을 읽었다. 그가 가장 먼저 펼치는 지면은 구혼 광고였다. 아름다운 외모에 늘씬한 몸매를 가진 여성들의 프로필을 살피고 마음에 드는 여성에게 전화를 걸었지만 맞선은 단 한 번도 성사되지 않았다.

라지브 씨는 본인의 이름과 나이를 잊고 오직 먹을거리만 탐하는 병든 어머니의 젊고 아름다웠던 시절을 기억하는 유일한 사람이었다. 그는 때때로 제어하기 어려울 만큼 사나워지는 어머니가 갠지스 강가에서 태워지고 카르마를 씻을 날을 기다리며 살았다.

나는 컵을 헹궈 개수대에 옆에 엎어놓고 조리대와 개수대가 기역 자로 이어진 주방 시멘트 바닥 한 귀퉁이에 방치돼 있는 불 꺼진 화덕을 바라보았다. 채소 바구니가 놓인 낡은 나무식탁은 다리 두 개가 검게 그을렸다. 화덕에 불을 지펴 차파티를 구웠던 건강하고 아름다웠던 여인의 모습을 기억하는 사람은 라지브 씨 한 사람이 아니었다. 이설은 게스트하우스를 출입할 때마다 신상이 놓인 방에서 기도를 올리는 늙은 여인을 보았다. 방문은 늘 절반쯤 열려 있었다. 머리에 두파타를 쓴 여인은 발걸음 소리가 날 때마다 방 밖으로 고개를 내밀고 오가는 사람들을 살피는 눈으로 바라보았다.

금색 사리를 입은 여인이 주방 문턱에 서서 나를 물끄러미 쳐다보았다. 이마에 빨간 빈디를 찍고 화사하게 사리를 차려입은 여인의 모습에서 사나운 기색은 엿볼 수 없었다. 내가 고개를 숙여 인사하자 여인의 얼굴에 미소가 떠올랐다. 달고 향긋한 차이 한 잔을 마시자 불안하게 흔들렸던 마음이 차분해졌다. 게스트하우스 출입문을 열고 밖으로 나갔다. M을 만나러 가는 일은 피하거나 미룰 수 없었다.

　사설 환전소 앞을 지나다 등과 가슴 쪽으로 커다란 배낭과 작은 배낭을 둘러멘 한국인 여학생들과 마주쳤다. 여학생들은 시장 거리로 나가서 릭샤를 타고 기차역으로 갈 거라고 했다. 나는 소 한 마리가 바듯이 들고 나는 좁은 길을 벗어나서 사이클 릭샤가 분주히 오가는 길쪽으로 걸어 나갔다. 파코라와 사모사를 튀기는 가게를 지나 오믈렛 파는 리어카 옆으로 늘어선 노점을 따라 걸었다. 이마에 빈디를 찍은 여인들이 가지며 양파며 감자며 채소를 길바닥에 쌓아놓고 팔았다. 망고와 바나나와 석류를 파는 젊거나 늙은 사내들은 비디를 피우고 빤*을 씹으면서 손님을 기다렸다. 맨발의 아이들은 어디론가 달려가고 구걸하는 여인이 길을 막아섰다. 흙먼지 날리는 거리 저쪽에서 커다란 배낭을 짊어진 동양 남자 하나가 걸어왔다. 남자는 얼이 나간 얼굴로 사람과 소와 릭샤, 소음과 먼지, 향신료 냄새가 코를 찌르는 거리를 둘레둘레 쳐다보다가 파파야 수레 옆을 지나 골목으로 난 샛길로 걸어 들어갔다.

　나는 노점에서 석류와 오렌지, 바나나를 샀다. 이가 붉은 상인이 어느 나라에서 왔냐고 물었지만 대답하지 않았다. 감자와 양파, 가지, 마늘, 버섯을 샀다. 과일은 배낭에 넣고 양손에 채소를 담은 비닐봉지를 나눠 들고 노점을 기웃거렸다. 음식을 만들 주방과 먹어줄 사람이 없었지만 나는 좌판을 둘러보면서 싱싱한 재료를 골랐다.

구걸하는 여인이 다가와 손을 내밀었다. 나는 더러운 숄을 머리에 둘러쓴 맨발의 여인에게 감자가 담긴 봉지를 건네고 양파와 가지와 마늘과 버섯을 아이들과 노인에게 나누어 주었다.

여인과 아이들과 노인은 온데간데없고 소음이 멎었다. 흙먼지가 가라앉았다. 텅 빈 거리 저쪽에서 수염이 긴 노인이 끄는 릭샤가 달려왔다. 한낮의 열기가 꺼지고 희미하게 향신료 냄새가 떠돌았다. 마살라 냄새였다. 차이의 단맛이 사라지고 나는 목이 말랐다.

금방이라도 떨어질 듯 위태롭게 덜렁거리는 더러운 나무 팻말이 걸린 레 게스트하우스는 막다른 골목 안쪽에 있었다. 내가 M을 찾아왔다고 말하자 카운터에 앉아 텔레비전으로 오락 프로그램을 보면서 차이를 마시는 노인이 3층으로 올라가라고 손짓했다. 내가 삐걱거리는 나무 계단을 올라가고 있을 때 M이 이틀째 방에서 나오지 않았다고 노인이 큰 소리로 말했다. 여섯 개 중 두 개의 방은 자물쇠가 걸려 있지 않았다. 나는 귀퉁이에 있는 방 앞으로 다가가서 노크했다. 노크를 세 번 한 뒤에야 문이 비죽이 열리고 오렌지색 숄을 둘러쓴 M이 얼굴을

* 빤: 씹는 담배

내밀었다.

눈동자가 푹 꺼지고 얼굴이 까칫한 M은 며칠 사이 허리가 굽고 카운터를 지키는 노인보다 더 늙어버렸다. 내가 방으로 들어가자 M이 문을 닫았다. 싱글 침대 외에 아무것도 없는 방은 삼면이 벽으로 둘러져 있었다. 형광등을 켜놓았지만 어두침침했다. M은 침낭이 깔린 침대를 눈으로 가리키면서 앉으라고 불퉁스럽게 말했다.

한낮에도 빛이 들지 않는 방은 퀴퀴하고 역한 냄새가 났다. 소똥과 쓰레기가 널린 거리보다 나을 바 없는 좁고 더럽고 답답한 방이었다. 내가 배낭을 열어 과일이 담긴 비닐봉지를 꺼내 건네자 M은 이틀 동안 음식을 먹지 못했다면서 바나나 껍질을 벗겨 허겁지겁 입에 넣었다.

"시바의 밤에 요리사를 따라가는 댁을 봤소."

M은 바나나 세 개를 먹어치우고 오렌지 껍질을 벗겼다.

"나는 축제가 지겹고 괴롭소. 하시시도 여자도 놀음할 돈도 없으니까 말이오."

빈 생수병이 나뒹구는 바닥에 바나나와 오렌지 껍질을 던지면서 M이 투덜거렸다.

나는 바나나와 오렌지와 석류가 아니라 오믈렛과 사모사 같은 배를 채울 수 있는 음식을 사 왔어야 했다고 후회했다. M은 침대 한쪽에 널브러진 배낭에서 꺼낸 다용도 칼로 석류를 반으로 잘라 붉은 과즙이 묻은 손으로 파먹었다.

"루피를 조금만 주고 가쇼. 오믈렛 하나 살 돈이면 충분하오."

과즙이 묻은 손을 바지에 문질러 닦으면서 M이 말했다.

나는 재킷 주머니에서 백 루피를 꺼내 M에게 건네고 쓰레기
집처럼 불결하고 역겨운 냄새가 진동하는 방을 둘러보았다. 더
럽고 탁한 공기 때문에 숨이 막히고 머리가 지끈거렸다.

방이 중요하지 않다고 M은 말했지만 숨 쉬기조차 고통스러
운 방이라면 글쓰기는커녕 아무것도 할 수 없었다.

"아직도 날 오해하고 있소?"

M이 두 눈을 사납게 치뜨면서 고함쳤다.

"아니면, 조롱하는 거요?"

갠지스 강물처럼 탁한 눈빛으로 나를 쏘아보면서 M이 얼굴
을 일그러뜨렸다. 나는 억울한 일을 겪고 궁지에 빠진 사람처
럼 참혹한 M의 얼굴을 바라보면서 알 수 없는 두려움과 고통
을 느꼈다.

나는 M을 비웃거나 조롱할 이유가 없었다. 백 루피 외에 도
움을 줄 수 없다고 자책하고 싶지 않았다. M과의 기이한 만남
에서 벗어나려고 했지만 덫에 걸려 꼼짝할 수 없었다.

"댁은 날 외면했고 오해하고 있소. 집으로 돌아가고 싶지만
나는 떠날 수 없는 거요. 한 문장도 쓰지 못해서 돌아갈 수 없
단 말이오. 거기에서도 여기에서도 나는 쓰지 못했소. 영원히
쓸 수 없을 거란 말이오."

M은 뼈가 앙상한 손으로 머리카락을 쥐어뜯으며 울음을 터
트렸다.

나는 영원히 쓸 수 없을 거라고 소리치고 울부짖는 M을 지켜보면서 당황하고 놀랐지만 좁고 더러운 방을 뛰쳐나갈 용기가 나지 않았다.

나는 숨을 쉬기 힘든 불결한 방에서 M에게 꼼짝없이 붙들린 채 변명도 저항도 하지 못했다. 절망과 고통에 사로잡혀 악다구니치는 M과 마주 앉아 있어야 할 사람은 내가 아니었다. 나는 영문을 모르고 법정으로 끌려온 사람처럼 억울하고 답답했다. 죄명을 알지 못했기 때문에 무죄를 증명할 방법이 없었다.

울음을 그친 M이 고개를 들고 싸늘한 시선으로 나를 쳐다보았다. 자신은 소설을 쓰려고 가족을 떠난 매몰찬 사람이 아니라고 항변했다. 나와 마주 앉아 있는 이 순간에도 아내와 딸이 그립다고 말했다. M은 아내와 딸을 사랑하고 그들이 없는 삶은 지옥과 다르지 않다고 소리치면서 울먹였다.

M은 소설을 쓰기 위해 가족을 버리고 집을 떠나오지 않았다고 일갈했다. 글을 쓸 수 있도록 본인과 가족의 일상을 기꺼이 희생하는 아내의 배려가 무섭고 두려워서 도망친 겁쟁이가 아니라고 목소리를 높였다. 이설의 오해에서 시작된 일이었다.

M은 여자와 함께 살았던 6년 동안 소설을 쓰지 못했다. 일간지 신춘문예에 당선된 단편소설은 유일하게 활자화된 M의 작품이었다. M이 여자를 만나 결혼하고 온종일 소설을 써야 하는 고약한 상황에 놓이게 된 계기는 정월 초하룻날 신문에 실

린 소설 때문이었다. 여자는 요양원에서 M의 소설을 읽었다. 절망적인 삶을 살아가는 한 남자 이야기에 매혹당한 여자는 어쩌면 자신의 삶이 무가치하지 않을지 모른다고 생각했고 그 소설을 쓴 작가를 만나면 지금과 다른 삶을 살 수 있을 거라고 희망을 품었다. 평소에 소설을 즐겨 읽지 않고 작가를 만난 적이 없지만 여자는 모험하듯 M을 찾아 나섰다. 신문사를 통해 이메일 주소를 알아내 몇 차례 M에게 편지를 보냈고 전화 통화까지 할 수 있었다. 여자는 서울 변두리 동네 커피숍에서 M을 만나고 자취방으로 따라갔다. M이 끼니를 걱정할 만큼 가난한 작가인 줄 눈치 챘지만 여자는 놀라거나 실망하지 않았다. 여자는 M의 자취방에서 밥을 짓고 청소했다. 온종일 병든 사람을 수발하면서 살았던 여자는 이제 M 한 사람을 위해 밥을 짓고 싶었다. 여자는 M이 쓴 소설의 주인공처럼 삶의 끈을 붙들어야 한다고 스스로를 몰아붙였다.

아이를 임신하고 두 사람은 혼인 신고했다. M은 밥벌이를 하지 않았다. M이 글 쓰는 일 외에 아무것도 하지 않기 바랐던 여자 때문이었다. 여자는 헌신적이고 사려 깊은 아내였다. M이 출간할 첫 소설책을 기다리는 인내심 많은 독자였다.

M은 아내와 아이를 힘들이지 않고 얼떨결에 얻었다.

M의 세계에서 절실히 필요하면 노동이든 싸움이든 거짓말이든 가리지 말아야 했다. M은 평생 자기 몫을 갖지 못했다. 낳아준 어미를 몰랐고 집이 없고 가족이 없었다. M은 날마다 세

끼 밥과 담배와 술, 잠자리가 필요했을 뿐 다른 욕심은 내지 않았다. M에게 시간이란 언제나 오늘이었다. 하루치 노동으로 술과 담배와 밥과 잠자리를 얻는 M에게 내일이란 존재하지 않았다. 삶은 끊임없이 지루하게 반복되는 오늘이었다.

일간지에 실린 소설을 읽은 어느 날 M은 소설을 쓰고 싶다는 터무니없고 가당찮은 생각에 붙들렸다. 그날 M은 기사식당에서 백반을 기다리면서 별 뜻 없이 테이블에 펼쳐 있던 신문을 끌어당겨 읽었다. 평생 소설 따위는 읽지 않고 그럴 여유나 필요를 느끼지 못한 M은 우연히 한 편의 소설을 읽고 불현듯 오늘이 아니라 내일을 생각하면서 소주를 마시려던 돈을 꺼내 에멜무지로 펜과 노트를 샀다. 그날 밤부터 M은 하루의 노동을 마치면 술집이 아니라 숙소로 돌아가서 글을 썼다. 소설이 무엇인지 어떻게 써야 하는지 알지 못했지만 마땅히 해야 할 일을 찾은 양 글쓰기에 몰두했다. 하루를 살려고 노동했던 M은 이제 글을 쓰기 위해 일하는 사람으로 바뀌었다.

글쓰기를 시작한 뒤로 술 마시는 횟수가 줄고 싸움을 하거나 시비에 휘말리는 일이 사라졌다. 돈이 안 되는 글쓰기에 열중한다며 누군가는 비웃고 누군가는 호기심을 드러냈다. 조금씩이나마 수중에 돈이 모이자 M은 여럿이 함께 쓰는 공동 숙소를 떠나 혼자만의 공간을 갖고 싶은 소망이 생겼다.

읽어주는 사람이 없고 그것이 소설인지 무엇인지 알지 못했지만 M은 글을 쓰고 있을 때 무엇으로도 메울 수 없었던 결핍에서 벗어났다. M은 결핍을 채워주는 것이 아니라 깨우쳐주는 것이 소설이라고 짐작했다. 한 편의 소설을 읽고 자신의 삶이 달라졌듯 누군가의 마음을 건드리고 흔들어놓는 소설을 쓰고 싶었다.

　서울 변두리 동네 사글셋방에서 M은 술에 취한 사람들의 방해를 받지 않고 글쓰기를 했다. 이불과 옷가지 몇 벌 외에 살림이 없는 좁은 방은 헌책방에서 사들인 책들이 한 권 두 권 쌓여갔다. M은 평생 단 한 편의 소설이면 족했다. 소주를 사 마시려던 돈으로 펜과 노트를 산 날로부터 10년이 흘렀다. 겨울이면 유난히 외풍이 심한 길갓집 구석진 방에서 M은 담요를 둘러쓰고 앉아 단편소설 마지막 문장에 마침표를 찍었다.

　10년 동안 더듬거리며 쓴 소설을 일간지 신춘문예에 응모한 날 M은 손글씨로 빼곡히 채운 몇 권의 노트를 뒤적이다 누렇게 바랜 신문 한 장을 발견했다. 날마다 세 시간씩 글을 쓰며 살았던 10년 동안 M은 그 신문과 신문에 실린 소설을 까맣게 잊었다. 언제나 오늘이라는 시간을 살았던 자신에게 결핍을 깨우쳐주고 펜과 노트를 사게 한 소설을 떨리는 마음으로 다시 읽었지만 무색무취의 공기와 물처럼 아무런 맛도 느낄 수 없어 M은 당황했다.

　누렇게 색이 바랬다고 해도 소설의 내용이 바뀌었을 리 없었다. M은 신문을 접어 다시 노트에 끼웠다. M은 그 소설을 쓴 작가의 다른 소설을 읽은 적이 없었다. 그 작가가 10년 동안 몇 편의 소설을 발표했는지 책을 출간했는지 알아보려고 하지 않았다.

공사장에서 철근을 나르다 설렁탕을 먹다 담배를 피우다 문득문득 M의 머릿속에 누렇게 바랜 신문이 떠올랐다. M은 어쩌면 10년 전 새해 첫날 읽은 소설이 다른 작품일지 모른다고 추측했다. 펜과 노트를 산 뒤로 셀 수 없이 많은 소설을 읽었지만 작가와 제목이 기억나는 작품이 드물었다.

우연히 눈에 띈 오래된 신문 때문에 M은 글을 쓸 수 없었다. 결국 빛바랜 낡은 신문을 태우고 나서야 다시 전처럼 일하고 소설을 쓰는 생활로 돌아갈 수 있었다. M은 날마다 세 시간씩 소설을 썼고 자신이 쓰는 글이 소설이라고 분명히 알고 있었다. 그날 이후 M은 불태워버린 소설을 머릿속에서 지웠다.

M은 해마다 같은 신문사에 소설을 응모했고 번번이 낙선했다. 쓰는 것으로 충분히 만족했기 때문에 M은 신문에 누군가의 얼굴과 함께 당선된 소설이 실려 나오는 새해 첫날에도 평소와 다름없이 일하고 글을 썼다. 예고 없이 들이닥친 낯선 손님 같은, 당선 소식을 알려준 전화를 받은 날부터 M은 삶이 확연히 달라졌다.

신춘문예에 당선되었다고 알려준 낯선 목소리를 듣는 순간 M의 머릿속은 요란하게 천둥이 쳤다. 벼락을 맞은 듯 온몸이 뻣뻣해졌다. 간신히 고맙다고 대답하고 M은 서둘러 전화를 끊었다. 누런 봉투에 주소를 적어 떨리는 마음으로 등기우편을 보냈지만 당황스럽고 어리둥절했다. M은 죄 지은 사람처럼 변고를 당한 사람처럼 앉은뱅이책상 앞에 담요를 뒤집어쓰고 앉아 있다 벌떡 일어나 밖으로 나가서 소주 몇 병을 사 들고 돌아왔다.

소주를 물컵에 따라 몇 잔 마시자 M은 비로소 정신이 들고 넋을 놓고 있을 만큼 나쁜 상황에 처하지 않았고 오히려 기뻐해야 한다고 깨달았다. 소설이 무엇인지 어떻게 써야 하는지 모르고 십수 년 동안 글을 썼던 자신에게 찾아온 뜻밖의 행운이었다. 당선 소식을 전할 가족이나 기뻐해줄 친구가 없지만 새해 첫날 신문 지면을 통해 세상에 알려질 일이었다. 에멜무지로 산 복권이 1등으로 당첨된 행운이 아니었다. 날마다 소설을 쓰고 연례행사처럼 신춘문예에 응모한 결과였다.

M은 짤막하게 당선소감을 써서 신문사에 보내고 방에 틀어박혔다. 이제 몇 달 동안 일하지 않아도 될 만큼 큰 액수의 상금을 받을 수 있었다. 평생 그토록 큰돈을 가져보지 못했던 M은 어쩌면 몇 달이 아니라 몇 년 동안 일하지 않아도 될 거라 생각했고 그렇게 되면 결국 하루 세 시간의 글쓰기를 하지 못할 것 같아 불안한 마음에 전전긍긍했다.

M은 여자를 만나기 전까지 작가가 되었다고 자각하지 못했다. 여자는 M을 선생님이라고 불렀다. 작고 마르고 병약한 낯빛의 여자였다. M은 그늘이 느껴지는 여자가 손에 둘둘 말아 들고 있는 신문을 보았지만 아무것도 묻지 않았다. 외풍이 심한 단칸방으로 데리고 가면 기대와 호기심이 달아날 거라 짐작했다. M의 예상과 달리 여자는 날마다 찾아와 밥을 짓고 어질러진 방을 치우고 돌아갔다.

언제부터인가 여자는 돌아가지 않았다. M은 여자와 함께 잠들고 눈을 떴다. 여자는 오랫동안 일했던 요양원을 나와 새 일자리를 얻었다. 십 대 때부터 살았던 요양원은 여자의 집이고 일터였다. 십수 년 동안 일한 대가를 한 푼도 받지 못하고 그곳을 나왔다고 여자는 아이가 태어난 뒤에 M에게 털어놓았다. 새해 첫날 신문에 실린 M의 소설을 읽지 않았다면 그곳을 뛰쳐나올 엄두를 내지 못했을 거라고 고백했다.

여자는 젖먹이 아이를 맡겨놓고 일을 나갔다. M은 여자와 아이를 위해 공사장에서 철근과 벽돌을 나르고 싶었다. 넓고 아늑한 방에서 재우지는 못해도 좋은 음식을 먹여야 했다. 소설 쓰기를 잠시 중단하고 가족을 위해 살아야겠다고 M이 말했을 때 여자는 단호하고 매몰차게 거절했다. 오직 쓰기만 할 것. 여자는 M이 반드시 소설을 써야 하고 다른 일은 할 필요가 없다고 주장했다. M이 쓰는 소설을 상상하면서 기꺼이 돈을 벌어오겠다고 여자는 눈물이 글썽글썽한 얼굴로 호소했다.

아이는 조금씩 자랐고 M은 조금도 쓰지 못했다. 아내와 아이가 잠든 밤에도 쓰지 않았다. 여름에는 덥고 겨울이면 추운 단칸방에서 M은 아무 노력 없이 얻은 아내와 아이를 바라보며 뜬눈으로 밤을 새우기 일쑤였다. 아이는 순하고 아내는 나무랄 데 없었다. 여자는 일을 마치고 집으로 돌아오면 아이를 둘러업고 밥을 짓고 빨래했다. 벽을 따라 차곡차곡 쌓여 있는 소설책을 여자는 읽지 않았다.

여자는 밥이 뜸 들기 기다리는 마음으로 M의 소설을 고대했다.

세 시간의 글쓰기를 위해 하루를 살았던 M은 온종일 글을 써야 하는 생활에 적응할 수 없었다. 하루는 길고 수면시간은 늘 부족했다. 아이의 웃음소리와 울음소리, 아내의 작고 낮은 목소리를 들으면서 M은 안도했다. 좁은 부엌에서 아내가 쌀 씻는 소리, 도마질하는 소리, 그릇들이 달그락거리는 소리를 듣다가 M은 문득 어느 날 예고도 없이 닥친 행운이 하룻밤 꿈처럼 사라질까 봐 조바심이 났다.

M은 벽돌을 지고 철근을 날라야 했다. 이제 세 시간의 글쓰기가 아니라 아내와 아이를 위해 돈을 벌어 오겠다고 M이 아침 밥상에서 다시 말을 꺼냈을 때 여자는 고개를 떨어뜨리고 가만히 듣고 있다가 갑자기 벌떡 일어나더니 아이를 둘러업고 주섬주섬 옷가지를 가방에 넣었다. 여자는 아이와 함께 떠나겠다고 말했다. 부양해줄 사람은 필요하지 않다고 소리치면서 흐느꼈다. M은 가방을 빼앗고 여자를 억지로 앉혔다.

M은 소설을 쓰겠다고 말했다. 돈을 벌려고 공사장에 나가지 않겠다고 약속했다. 오로지 쓰기만 하라는 여자의 명령에 따르겠다고 맹세했다.

조급하게 생각하지 말아요. 소설이 밥을 짓듯 금방 만들어지지 않는다는 것쯤은 나도 알아요. 나는 그저 당신의 소설을 기다리는 독자예요. 당신의 소설을 읽을 첫 번째 독자 말이에요.

여자는 다시 순해진 얼굴로 다정하게 M을 바라보았다.

M은 여자가 집으로 돌아와 밥 지을 시간이 되면 앉은뱅이 책상 앞에 앉았다. 온종일 한 문장도 쓰지 못한 M은 죄책감으

로 마음이 무거웠다. 여자는 독촉하지 않았다. 아침저녁으로 마주 앉아 밥을 먹어도 M이 쓰고 있는 소설에 대해 일절 묻지 않았다.

아이를 끌어안고 잠든 여자의 고단한 얼굴을 바라보다가 M은 오래전에 읽은 소설과 그 소설이 실린 신문을 불태운 기억이 떠올랐고 언젠가 자신의 소설이 실린 신문 역시 여자의 손에 불태워지고 말 거라는 불길한 확신에 휩싸였다. M은 여자를 잃고 싶지 않았다. 낡고 누추한 집과 가족을 빼앗길 수 없었다.

결핍을 일깨워준 소설은 이제 온전히 두려움이었다. M은 여자의 결핍을 채워줄 소설을 쓸 수 없었다. 소설을 쓰지 못하면 여자는 아이와 함께 떠나고 M 혼자 남아야 했다.

가족을 잃지 않으려면 가족 곁에서 떠나야 했다. 가족을 지키려면 떠날 수밖에 없었다. M은 아내와 아이 곁에서 결코 쓰지 못했다. 아내가 알아채기 전에 M은 떠나야 했다.

M은 아내와 아이가 잠든 한밤중에 집을 나갔다. 어디를 떠돌든 M에게는 가족이 있었다. 평생 만날 수 없을지 모르지만 감당해야 했다. 버림받을까 봐 두려워했던 M이 떠안아야 할 형벌이었다.


"나는 소설을 쓰려고 집을 떠나지 않았단 말이오. 소설을 쓰지 못해서, 쓸 수 없어서 그랬던 거요. 가족을 잃을까 두려워서 아내와 딸 옆에 머물러 있을 수 없었소. 댁은 날 오해했고 지금도 다르지 않은 것 같소. 댁이 쓴 소설은 엉터리요. 지면을 채우기만 하면 소설이라고 할 수 있는 거요? 상상력이 빈약하고 형편없는 엉터리 같은 소설을 쓸 바에야 차라리 나처럼 아무것도 쓰지 않는 편이 낫소. 나는 무책임한 소설가를 용서할 수 없소. 소설이 뭐라고 생각하오? 도대체 왜, 무엇 때문에 그런 소설을 쓴 거요? 인물의 삶을 왜곡하고 아무렇게나 넘겨짚고 되는대로 써 재끼는 것이 작가의 권력이라고 생각하는 거요? 댁은 왜 소설을 쓰는 거요? 돈을 벌고 싶은 거요? 이름을 알리고 싶소?"

굶주림과 고통으로 바짝 야윈 비참한 몰골로 M이 악다구니쳤다. 바나나와 오렌지, 석류 껍질이 널린, 세상에서 가장 좁고 더러운 방에서 분노에 사로잡힌 M이 나를 향해 대답하라고 다그쳤다.

나는 비탄에 잠긴 M의 얼굴을 똑바로 바라볼 수 없었다. 비난 받아야 할 사람은 내가 아니라 이설이라고 감히 말하지 못했다. 사라져버린 작가 이설의 행적을 찾고 있다고 말하면 M은 다시 나를 비웃고 조롱할 게 뻔했다. 나는 M이 놓은 덫에 걸려 꼼짝할 수 없었다. M은 나를 집요하게 기다렸고 방심한 틈을 노려 낚아챘다.

나는 고개를 들고 경멸과 혐오로 번뜩이는 M의 눈동자를 바라보았다. 분노와 광기로 번들거리는 M의 얼굴에 조롱을 담은 미소가 떠올랐다. 나는 입을 앙다물면서 일어났다. 납득할 수 없는 상황에 걸려들게 만든 이설을 탓해야 했다. 불안하고 얕은 잠을 자면서 기분 나쁜 꿈을 꾸고 있었다.

나는 방문을 열었다. 꿈을 깨도 추악하게 일그러진 M의 얼굴은 지울 수 없었다. M은 글을 쓸 수 없는 고통에 빠져 한탄하며 괴로움으로 몸부림치고 있지 않았다. 상상력이 떨어지는 조잡하고 구태의연한 소설을 쓴 이설을 공격하고 비난하면서 M은 깊은 슬픔과 고통을 망각하고 분노에 떨었다.


흰색 쿠르타 차림에 턱수염이 긴 노인이 라두경단 가게 입구에 서 있었다. 더러운 숄을 두른 맨발의 여인이 진열장 앞으로 다가가 기웃거리자 노인은 재빨리 팔을 들어 손을 휘휘 내저었다. 맨발의 여인이 뒷걸음질치며 물러났다.

나는 소똥이 널린 골목을 걸었다. 맨발의 여인이 나를 따라왔다.

맨발의 여인과 개와 신들의 도시에서 이설은 자취를 감추었다. 나는 두 번 다시 M의 얼굴을 보고 싶지 않았다.


# 7


게스트하우스 출입문 빗장을 풀고 문을 열었다. 내가 밖으로 나가자 기다란 빗자루로 골목을 쓸던 청소부가 비질을 멈추고 고개를 들었다. 코와 입을 수건으로 가린 남자와 눈이 마주친 순간 나는 무심코 머리를 숙여 인사했다.

남자는 잠자코 고개를 돌리고 비질을 했다. 담장에 기대 세운 리어카에 누런 강아지 세 마리가 서로 몸을 바짝 붙이고 잠들었다. 남자가 리어카 쪽으로 쓰레기를 쓸어 모았다. 새벽 공기가 선선했다. 라지브 씨와 늙은 여인은 잠들어 있었다. 라지브 씨가 일어나서 차이를 끓이고 여인이 제단에 향을 피울 때쯤 나는 게스트하우스로 돌아갈 수 있었다. 말끔히 비질이 되어 있는 길을 걸으면서 나는 요리사 라훌을 떠올렸다. 어젯밤 M의 방을 뛰쳐나왔을 때 나는 라훌에게 곧장 달려가려고 했다. 라훌이 만들어준 음식을 먹고 그의 손바닥에 입을 맞추고 싶은 마음이 간절했다. 개들이 으르렁거리는 캄캄한 골목을 내달려서 차오르는 숨을 참고 계단을 뛰어 올라가면 라훌의 방 앞이었다. 사나운 개에게 발목이 물리지 않으면, 불빛 한 점 없는 미로처럼 얽혀 있는 골목에서 길을 잃지 않으면 라훌의 방문을 두드릴 수 있었다. 라훌이 문을 열어주면 나는 글을 쓰지 못하는 불행한 소설가 이야기를 털어놓아야 했다.

어슬렁거리는 개 한 마리 눈에 띄지 않는 골목을 지나 강으로 갔다. 젊거나 늙은 남자 몇이 숄과 담요를 덮고 가트에 잠들었다. 내가 강기슭 쪽으로 걸어가고 있을 때 강물 위로 해가 천천히 떠올랐다. 둥근 해가 완전히 모습을 드러냈지만 웅크리고 누워 있는 남자들은 꼼짝하지 않았다. 누런 강물 위로 몇 척의 배가 떠 있었다. 사람을 가득 태운 쪽배가 강기슭을 향해 빠르게 다가왔다. 주위를 두리번거렸지만 꽃등을 파는 소년은 없었다.

여인들을 태운 쪽배가 손을 내밀면 닿을 만큼 가까이 다가
왔다. 노랗고 파랗고 빨간 사리 위에 스웨터와 숄을 걸친 여인
몇이 배가 기슭에 닿기도 전에 서둘러 자리에서 일어났다. 이
마에 굵은 주름이 잡힌 여인이 보따리를 품에 안고 코걸이를
한 여인에게 말을 건네면서 손을 들어 어딘가를 가리켰다. 노
를 저어 온 사내가 강기슭에 배를 대자 보따리와 가방을 든 여
인들이 차례차례 땅으로 내려섰다.

젊거나 늙은 여인들은 먼 곳에서부터 오랫동안 배를 타고 왔
는지 지치고 피곤한 얼굴이었다. 빨간색 스웨터를 입은 여인
하나가 땅에 주저앉아 고개를 숙였다. 머리와 몸을 커다란 숄
로 감싼 여인들이 둘씩 셋씩 짝을 지어 가트를 따라 걸어갔다.
나는 고개를 숙이고 앉아 있다 천천히 몸을 일으켜 세우는 여
인 곁으로 다가가서 물었다. 당신은 어디에서 왔나요? 여인은
대답 대신 이를 드러내놓고 환하게 웃었다.

배를 타고 온 여인들은 가방과 보따리를 가트에 내려놓고
숄과 스웨터를 벗었다. 빨간색 스웨터를 입은 여인은 웅기중기
모여 있는 여인들 속으로 걸어갔다. 숄을 덮고 잠들어 있던 남
자 하나가 몸을 일으키고 앉았다. 꽃등을 파는 소년이 바구니
를 들고 걸어왔다. 나는 강 쪽으로 고개를 돌렸다. 사공이 배에
올라 노를 집었다. 나는 지푸라기와 꽃과 쓰레기가 떠다니는
누런 강물을 밀어내면서 강기슭을 벗어나는 쪽배에 황급히 뛰
어올랐다.

사공은 말없이 노를 저었다. 나는 가트 쪽을 바라보고 앉았

다. 빨갛고 파랗고 노란 인조견 사리를 입은 맨발의 여인들이 강으로 걸어오고 있었다. 여인들은 수줍어하는 얼굴로 천천히 강물에 발을 담갔다. 긴 머리를 풀어 헤친 여인이 강물에 가슴까지 몸을 담그고 섰다. 개 한 마리가 강기슭을 따라 달렸다. 여인들의 모습은 점점 작아지다가 눈앞에서 사라졌다.

사공은 쉬지 않고 노를 저었다. 몇 척의 크고 작은 배가 나를 태운 쪽배를 앞질러 달려갔다. 수면이 탁한 강물 위로 뜨거운 햇빛이 쏟아졌다. 잔잔한 물결 위로 꽃과 지푸라기와 정체를 알 수 없는 물체들이 떠다녔다. 황톳빛 물속에 무엇이 있을지 짐작하기 어려웠다. 머리 위로 독수리 떼가 날았다. 눈매가 사나운 독수리는 무리 지어 낮게 날았다. 쪽배는 천천히 쉬지 않고 힘겹게 물살을 가르면서 서쪽으로 서쪽으로 흘러갔다. 나는 사공에게 어디로 가는지 묻지 않았다. 가트에 앉아 떠오르는 해를 보고 게스트하우스로 돌아가 라지브 씨가 끓인 차이를 마시려고 했지만 이제 그럴 수 없었다.

햇빛이 점점 뜨거워졌다. 목이 말랐다. 달고 향기로운 차이가 마시고 싶었다. 배가 언제 강기슭에 닿을지 알 수 없었다. 돌아갈 수 없었다. 나는 서쪽으로 흘러가는 쪽배에 몸을 맡기고 눈을 감았다. 사리를 입은 여인들이 몸을 담근 강가 강은 야무나 강*과 사라스바티 강*이 만나는 상감(Sangam)을 향해

* 야무나 강: 인도 북부에 있는 강으로 갠지스 강의 최대 지류
* 사라스바티 강: 인도 북서부 펀자브 주 남부를 흐르는 강

쉬지 않고 흘렀다.

날이 저물 무렵 사공이 강기슭에 배를 댔다. 나는 사공이 내
민 손을 잡고 땅으로 뛰어내렸다. 등잔을 손에 든 맨발의 아이
들과 꽃과 과일 바구니를 머리에 인 여인들 너머로 낡은 사원
과 초라한 건물과 집이 있었다. 레몬 광주리를 머리에 인 여인
이 내가 서 있는 쪽으로 천천히 걸어왔다. 흰색 비단 사리를 입
은 여인은 백조처럼 우아하고 아름다웠다. 여인이 광주리를 바
닥에 내려놓고 레몬 하나를 집어 내밀었다. 나는 망설이지 않
고 레몬을 받았다. 배가 고프고 목이 말랐다. 여인이 웃음 띤
얼굴로 레몬 하나를 다시 나에게 건네주었다. 나는 고맙다는
인사도 하지 않고 레몬 두 개를 순식간에 먹어치웠다.

여인은 더 이상 레몬을 주지 않고 광주리를 머리에 올렸다.
강변을 따라 붉은 석양이 깔렸다. 나는 머리에 광주리를 인 여
인들과 등잔을 든 아이들에게 둘러싸였다. 흰옷을 입은 여인
은 단호한 걸음걸이로 강둑 너머 오래된 건물들이 있는 길 쪽
으로 걸어갔다. 나는 호기심 어린 눈빛으로 바라보는 여인들과
아이들을 뒤로하고 흰옷을 입은 여인을 따라갔다. 여인은 뒤돌
아보지 않았다. 나는 여인을 불러 세우지 않았다.

어둠이 내린 길을 따라 과일이며 채소며 꽃을 파는 노점이
늘어서 있었다. 흰옷을 입은 여인은 숄과 스카프로 머리를 감
싼 여인들이 주섬주섬 물건을 거두고 있는 길을 지나 좁은 골
목으로 사라졌다. 나는 황급히 골목으로 뛰어들었다. 레몬 광
주리를 머리에 인 여인은 허름한 집 앞에 서 있었다. 여인이 말

없이 쪽문을 열었다.

　집 안은 짐작과 달리 널찍하고 아늑했다. 바닥에 붉은 카펫이 깔린 거실 벽 한쪽으로 책장 가득 두꺼운 책들이 꽂혀 있고 호박(琥珀)으로 만든 울림통 위에 지판이 뻗어 있는 비나(vina)*가 바닥에 놓여 있었다. 여인은 나에게 소파에 앉으라고 눈짓으로 말하고 거실과 이어져 있는 주방으로 들어갔다. 나는 핑크색 체크무늬 담요가 흐트러져 있는 기다란 소파에 앉아 가죽 장정이 씌워진 책등을 바라보았다. 힌디어와 18개가 넘는 인도의 지방어 중 하나로 쓰였을 책이었다. 나는 책장 어딘가에 있을 브야사가 구술하고 가네샤가 필기한 서사시를 찾으려고 두리번거렸다. 10만 연의 운문으로 이루어진『마하바라타』는 서기 400년경 세상에 알려졌다. 2만 4천 연으로 이루어진 브야사의『자야 Jaya』는『바라타 Bharata』가 되었을 때 5만 연으로 늘어났고 그 뒤로도 이야기가 서술될 때마다 새로운 내용을 보태 오늘날 서사시는 10만 연에 이르렀다.

　여인이 주방으로 나를 불렀다. 나는 음식을 차린 둥근 식탁으로 가서 여인과 마주 앉았다. 사프란을 넣고 찐 노란색 밥과 차파티, 종지에 담긴 달과 알루고비가 크고 둥근 접시에 놓였다. 배가 고팠지만 서둘러 음식을 먹지 않고 마살라 향을 깊이 들이마셨다. 여인은 미소 띤 얼굴로 나를 바라보면서 손으로 차파티를 집어 두 조각으로 찢었다. 나는 아무 의심 없이 여인

---

* 비나: 인도의 오래된 현악기. 언어와 지혜, 음악의 신 사라스바티의 악기이다.

이 하는 대로 차파티를 찢어 입에 넣었다. 따뜻한 밥과 달을 손가락으로 섞고 꾹꾹 눌러 집어 먹었다.

여인은 말없이 음식을 먹었다. 나는 간소하고 담백한 음식으로 금세 배가 불렀다. 여인이 설탕을 넣은 라임수와 노란색 라두경단을 후식으로 내왔다. 단 음료와 경단을 먹자 피로가 사라지고 졸음이 몰려왔다. 여인이 나에게 소파에 누우라고 말했다. 내가 지난밤 한숨도 자지 못하고 이른 아침에 방을 나와 무작정 쪽배를 타고 온 줄 아는 눈빛이었다. 여인의 목소리는 현악기 소리처럼 부드럽고 아름다웠다. 모르는 언어가 낯설지 않게 들려 이상했지만 나는 잠자코 여인의 말에 따랐다.

나는 소파에 누워 상아로 만든 줄받침과 울림통이 붙어 있는 비나를 바라보았다. 현이 일곱 개인 비나는 여러 개의 금속돌기가 지판 위에 밀랍으로 고정돼 있었다. 여인이 다가와 내 몸 위에 핑크색 체크무늬 담요를 덮어주었다. 졸음이 쏟아졌다. 낯선 도시에서 여인을 만나고 집으로 따라와 밥을 먹고 소파에 누워 있는 꿈을 꾸고 있었다. 어디에서부터 꿈속인지 알 수 없었다.

잠결에 맑고 아름다운 소리를 들었다. 여인이 거실 바닥에 앉아 비나를 연주하면서 찬가를 암송했다. 『사마 베다』였다. 묻지 않아도 내 마음을 읽은 여인이 상냥하게 말했다. 나는 다시 눈을 감았다. 세 개의 물줄기가 만나서 벵골 만을 향해 흘러가는 소리를 들었다. 읽을 수 없는 책이 꽂혀 있는 아늑한 거실에 강물 흐르는 소리가 차올랐다. 나는 오랫동안 떠났던 집으로 돌아온 사람처럼 편안했다. 오래전 나를 품어주었던 어머니의 자궁에서 의심과 걱정, 두려움을 잊었다.

비나 선율과 찬가를 암송하는 아름다운 목소리가 사라졌다. 나는 눈을 떴다. 흰옷을 입은 여인이 반듯하게 누운 붉은 카펫 위로 강물이 차오르고 있었다. 나는 황급히 담요를 걷고 일어났다. 종아리까지 차오른 물속을 걸어 여인의 곁으로 다가갔다. 물이 순식간에 허리까지 차올랐다. 여인은 미동도 하지 않았다. 나는 물속에 둥둥 떠 있는 여인의 얼굴을 바라보다가 다물린 붉은 입술에 입을 맞추고 몸을 어루만졌다. 물속의 여인이 눈을 뜨고 두 팔을 벌려 나를 안았다. 나는 여인의 품에 안겨 눈을 감았다. 여인이 몸을 열었다. 나는 망설이지 않고 두려움 없이 여인의 몸속으로 뛰어들었다.

나는 체크무늬 담요를 덮고 소파에서 눈을 떴다. 아침 햇살이 붉은 카펫 위로 환하게 쏟아졌다. 주방에서 달그락거리는 소리가 나고 향긋한 커리 냄새가 풍겼다. 나는 여인이 음식을 차리는 주방으로 갔다. 흰옷을 입은 여인이 눈으로 식탁을 가리키면서 앉으라고 말했다. 나는 밥과 커리와 난이 차려 있는 식탁에 앉아 여인과 함께 아침 식사를 했다.

나는 백조처럼 우아하게 손가락을 움직여 음식을 먹는 여인을 바라보면서 손으로 난을 집어 두 조각으로 찢었다. 밥과 커리를 손가락으로 섞고 뭉쳐 입에 넣었다. 나는 옷이 젖을까 염려하지 않고 물장구 치는 아이처럼 자유롭게 음식을 먹었다. 여인은 접시를 깨끗하게 비우고 자리에서 일어났다. 나는 여인을 도와 설거지하고 식탁을 정돈했다.

나는 여인이 향기로운 차를 마시면서 책을 읽어주기 기다렸다. 일곱 개 현을 뜯어 비나를 연주하고 찬가를 암송해주기 바랐지만 여인은 젖은 손을 마른 행주에 닦고 식탁 옆에 놓인 레몬 광주리를 집어 머리에 올렸다. 나는 여인의 집에서 떠날 마음이 없었다. 읽을 수 없는 책을 읽고 라가를 들으며 언제까지라도 머물러 있고 싶었다. 내가 소파에 뭉쳐 있는 체크무늬 담요와 물이 차올랐던 흔적이 사라진 붉은 카펫과 일곱 개의 현이 매달린 비나를 눈으로 좇고 있을 때 여인은 조용히 집을 나갔다.

나는 여인을 따라가지 않았다. 여인은 나를 잊어버린 양 아랑곳하지 않았다. 거실 창 너머로 흰옷을 입고 레몬 광주리를 머리에 인 여인의 모습이 나타났다가 천천히 멀어졌다. 나는 붉은 카펫 위에 웅크리고 앉아 비나의 몸통을 어루만졌다. 상아로 만든 줄받침과 지판에 밀랍으로 고정된 금속돌기, 지판 아래 붙은 울림통을 차례차례 만지고 쓰다듬었다. 여인의 모습처럼 우아하고 아름다운 악기였다. 나는 여인이 돌아와 비나를 연주해주기를 기다렸다.

나는 알 수 없는 글자로 빽빽한 책장의 책을 눈으로 더듬었다. 책등에 적힌 글자가 힌디어인지 18개의 지방어로 쓰였는지 고대문자 산스크리트어인지 알 수 없었다. 거실 벽 한쪽을 차지한 책 중에서 베다와 신화와 철학과 서사시를 구별해낼 수 없었다. 나는 브야사가 마음속으로 완성해서 구술했던 서사시를 찾아야 했다.

신의 자손인 판다바 다섯 형제들과 100명의 카우라바 형제들은 사촌지간이었다. 판다바 형제들은 숙부 드리타라슈트라 왕에게 쫓겨나 도성에서 멀리 떨어진 바라나바타로 갔다. 죽음의 고비를 넘긴 판다바 형제들은 크리슈나의 도움으로 황무지에 불과했던 땅을 '신의 도시'로 만들어내지만 두르요다나가 속임수를 쓴 주사위 노름에서 전부 잃어버린다. 맨발로 추방되어 12년 동안 유랑생활을 하고 다시 1년 동안 숨어 살아야 하는 고초를 겪은 뒤 13년째 되는 해에 마츠야족 궁정에서 보호를 받으며 판찰라족과 동맹을 맺었던 판다바 형제들은 쿠르크셰트라 평원에서 쿠루족 연합 세력과 18일 동안 치열한 전투를 벌이게 된다.

결전을 앞두고 아르주나는 어떤 왕국이 그렇게 많은 피를 흘리고 얻을 만한 가치가 있으며 그렇게 얻은 이득이 무슨 가치가 있을 거냐면서 전차 바닥에 주저앉아 흐느낀다. 그가 다치게 하고 죽여야 하는 사람이 다름 아니라 친척이며 스승이며 삼촌이며 할아버지며 사촌들이기 때문이다.

크리슈나는 일가친척을 죽여야 하는 전쟁을 앞두고 망설이고 괴로워하는 아르주나를 타이르면서 헌신의 정신으로 초연하게 자신의 의무를 수행하라고 일깨워준다. 두르요다나의 증오와 친족 간의 전투, 판다바 형제들의 승리는 모두 정해진 운명이어서 물러서거나 거역할 수 없다.

나는 책장 앞으로 다가가서 손에 잡히는 대로 두꺼운 책 한 권을 꺼냈다. 『마하바라타』인지 『리그 베다』인지 알 수 없었다. 겉장을 열자 글자가 쏟아졌다. 다시 페이지를 넘겼다. 나는 열을 맞춰 글자가 빼곡한 페이지를 빠르게 넘기면서 쿠르크셰트라 평원에서 결전을 앞두고 망설이고 주저하는 아르주나를 독려하는 크리슈나와 그가 모는 전차를 찾으려고 했다.

땅바닥에 무릎 꿇고 앉아 주먹으로 가슴을 치던 아르주나가 당당하고 의젓하게 손에 활을 쥐었다. 흙먼지 날리는 벌판을 날듯이 달리는 크리슈나의 전차가 나타났다. 글자와 글자 사이, 행과 행 사이에서 쉬지 않고 구술하는 브야사의 목소리가 들렸다. 철필을 손에 쥔 가네샤는 구술자의 속도를 앞지를 만큼 빠르게 받아 적었다. 가네샤는 필기 직전에 모든 낱말의 의미를 깨닫고 철필이 부러지자 망설임 없이 엄니를 뽑았다. 브야사는 함축적이고 상징적인 장면을 넣어 필기자의 속도를 제어했다. 창조신 브라흐마의 은총으로 브야사의 마음속에 나타났던 서사시는 가네샤의 도움으로 비로소 문자로 기록되었다.

누군가 어깨를 흔들었다. 눈을 떴다. 흰옷을 입은 여인이 내 앞에 서 있었다. 아침인지 저녁인지 알 수 없었다. 손에 들고 있던 두껍고 무거운 책이 어디로 갔는지 없었다. 여인이 차와 비스킷을 먹으라고 말했다. 나는 여인을 따라 식탁으로 가서 앉았다. 아침에 여인이 들고 나갔던 레몬 광주리가 식탁 아래 놓여 있었다. 광주리의 레몬은 줄지도 늘지도 않고 그대로였다.

나는 여인이 찻잔에 따라준 차이를 마셨다. 라지브 씨가 끓인 차이보다 조금 더 단맛이 났다. 잔이 비자 찻주전자를 기울여 채워주고 비스킷을 권할 뿐 여인은 묻지 않았다. 홀로 여행을 하는 동안 셀 수 없이 많이 들었던 말은 '어디에서 왔는가'였다. 여인은 목마르고 배고픈 길손에게 음식을 주고 잠자리를 내주었지만 어디에서 왔으며 어디로 가려고 하는지 알려 하지 않았다. 여인이 묻는다고 해도 대답하기 어려웠다.

여인은 찻잔과 비스킷 접시를 치우고 침실로 들어가서 문을 닫았다. 거실 창밖으로 햇살이 조용히 기울었다. 낮이 지나가고 저녁이 시작되는 시간이었다. 골목길은 온종일 조용했다. 골목길 바깥으로 나가면 숄을 둘러쓴 여인들의 좌판과 강둑 너머로 흐르는 강물을 볼 수 있었다. 나는 붉은 카펫이 깔린 거실에 서서 어제 저녁 걸어온 거리로 내려앉는 어둠을 지켜보았다. 어둠은 세 갈래의 물줄기가 만나서 흘러가는 누런 강물 위로 떨어졌다. 강은 천천히 쉬지 않고 흘렀다. 발밑으로 물이 조금씩 차올랐다. 비나의 현을 손가락으로 잡아 튕기는 소리가 들렸다. 부드럽고 아름다운 라가 선율이 흘렀다.

여인은 방에서 나오지 않았다.

나는 무릎까지 차오른 물속에 서서 여인이 불러주기를 기다렸다.

M은 왜, 무엇 때문에 소설을 쓰냐고 물었다. 작가가 등장인물의 삶을 함부로 넘겨짚은 결과로 생겨날 파국을 짐작이나 했느냐며 다그쳤다. 기이한 만남이었고 당혹스러운 질문

이었다.

　결전을 앞두고 아르주나는 전차 바닥에 주저앉아 흐느꼈다. 운명 앞에서 초연하게 자신의 의무를 수행하라는 크리슈나의 목소리를 듣고 아르주나는 눈물을 닦으며 자리에서 일어났다.

　　그녀는 주방 조리대 위에 웅크리고 앉아 있었다. 언제부터 그곳에 있었는지 그녀는 알지 못했다. 어둠 속에 놓인 그녀는 먹을 수 없는 음식 같았다.

　진의 방 문틈으로 한줄기 불빛이 새어나올 뿐 집 안은 어둠과 침묵에 싸였다. 갑자기 방문이 벌컥 열리고 진이 밖으로 나왔다. 진은 곧장 주방으로 걸어가서 전등 스위치를 올렸다. 환한 불빛에 놀라 그녀가 고개를 들고 가늘게 눈을 떴다. 진은 식탁에 놓인 생수 병을 집으려다 말고 움찔 놀라 굳은 얼굴로 그녀의 몸을 응시했다.

　당신은 가사 도우미가 되고 싶은가?

　진이 물었다.

　이설은 차오르는 물속에 잠겼다. 목구멍을 타고 올라오는 두려움에 굴복하고 키보드를 두드려 글을 쓰려고 하지 않은 그녀는 운명 앞에서 초연히 자신의 의무를 수행했던 아르주나가 아니었다.

# 8

어젯밤 가트에서 동양인 남자가 칼에 찔려 죽었다고 루가 말했다.

탈리는 직사각형 모양 스테인리스 쟁반에 담겨 나왔다. 향신료를 넣고 찐 밥과 달, 채소커리, 아차르, 후식으로 먹을 다히*가 가지런한 쟁반에 차파티 두 장이 놓였다.

나는 이미 들어 알고 있다고 대꾸했다. 아침에 라지브 씨가 차이를 따라주면서 살해된 남자 이야기를 꺼냈을 때 머릿속으로 야위고 더러운 M의 얼굴이 번뜩 떠올랐다. 더 이상 오렌지색이라고 할 수 없는 더러운 숄을 둘러쓴 M이 길바닥에 널브러져 있었다. 움푹 꺼진 눈자위와 벌어진 입 주위로 검붉은 피가 흘렀다. 나는 차이를 마시지 않고 황급히 밖으로 뛰어나갔다. 라지브 씨가 나를 따라 나오면서 가트에 가지 말라고 소리쳤다. 나는 숨을 헐떡거리며 레 게스트하우스로 달려갔다. M을 만나야 할 이유는 없었다. 헤아릴 수 없을 만큼 많은 동양인 남자들이 바라나시에 머물러 있고, 설령 죽은 사람이 M이라고 할지라도 나와 상관없었다. 카운터를 지키는 노인은 M이 이틀 전 말없이 사라졌다고 말했다. 노인은 황망하게 돌아선 나를 불러 세우면서 M에게 받지 못한 방값이 있다고 투덜거렸다. 나는 오늘 밤까지 나타나지 않으면 경찰에 신고할 거라며

* 다히: 우유나 버팔로 젖으로 만든 유제품

M을 만나면 전하라는 노인에게 루피를 건네주고 레 게스트하우스를 나갔다.

루는 경찰이 남자의 사체를 수습했고 피해자의 신원이 일본인 관광객으로 밝혀졌다고 말했다. 나는 고개를 끄덕였다. 죽은 남자 이야기는 더 듣고 싶지 않았다. 루는 손가락으로 밥을 뭉쳐 입에 넣는 나를 물끄러미 쳐다보았다. 내가 탈리를 먹겠다고 했을 때 루는 빙그레 웃었고 포크와 스푼을 두고 손으로 먹자 조금 놀란 얼굴이었다.

"당신은 어쩐지 달라졌어요."

루가 말했다.

M에 대해 알고 싶었지만 나는 잠자코 두 쪽으로 찢은 차파티를 달에 찍어 입에 넣었다. 루에게 M의 행방을 묻는 순간 시바 레스토랑 출입문이 열리고 오렌지색 숄이 나타날까 봐 가슴이 두근거렸다.

나는 M이 이곳에 없어 안도했고 어디에 있는지 알지 못해 불안했다. 나에게 질문을 던진 M 역시 스스로 묻고 답을 얻어야 했다. 소설은 쓰고자 하는 마음 없이 결코 쓸 수 없지만 의지만으로 쓰지 못했다. 텅 빈 삶을 충만하게 해주었던 소설 쓰기는 M이 가족을 얻음으로써 더 이상 목적 없는 목적이 될 수 없었다. M은 가족과 소설 두 가지를 동시에 얻을 수 없는 운명이었다. M은 여자의 바람 때문에 떠돌았다. 가족을 잃지 않으려고 시작한 M의 방랑은 소설을 다시 쓰기 전까지 결코 끝낼 수 없었다. 한평생 떠돌아다닌다 해도 M은 결코 쓰지 못했다. 가장 소중한 것, 사랑하는 사람을 버린 뒤에야 비로소 쓸 수 있지만 M은 아직 알지 못했다.

둘씩 셋씩 마주 앉은 사람들이 제각각 자신들 앞에 놓인 음식을 먹었다. 어깨에 작은 배낭을 멘 남자가 출입문을 열고 들어와 입구 쪽 자리에 앉았다. 루가 메뉴판을 들고 남자에게 다가갔다. 나는 식판 가장자리에 흩어져 있는 밥알을 손끝으로 뭉쳐 입에 넣었다.


나에게 누구이며 어디에서 와서 어디로 가는지 묻지 않고 음식을 주고 잠자리를 내준 여인은 끝내 문을 열지 않았다. 가네샤의 서사시를 읽어주지 않았다. 비나 선율을 들을 수 없었다.


소설을 쓰기 위해 가족을 떠나는 M의 이야기는 진부하고 구태의연한 플롯이었다. 작가가 확신하지 못하는 불완전한 작품을 발표하는 행위는 타인의 문장이나 플롯, 서사를 훔치는 짓만큼이나 무책임하고 끔찍했다.

이설은 절반쯤 열어놓은 창 너머로 오가는 사람들을 지켜보았다. 지상을 향해 난 창으로 행인들의 하반신을 살폈다. 그 방에서 그녀는 인물의 온전한 모습을 볼 수 없었다. 쇠창살 박힌 창 너머로 유령처럼 돌아다니는, 상반신이 잘린 사람들마저 보지 못한다면 한낮에도 불을 켜야 할 만큼 어두침침한 그 방은 감옥과 다르지 않았다.

그녀는 단 하루도 방을 떠나지 않았다. 시바 카페에서 진을 만나고 터무니없다고 생각하면서도 그의 제안을 수락하고 소설가의 방에 입주해 끼니때마다 여자가 차려놓은 음식을 먹었던 일 모두 농담 같았다. 가네샤를 목에 건 진의 육체를 탐하고 라두경단 단맛에 빠져든 시간은 한낮의 꿈이었다. 그녀는 반지하 셋방에서 한 발자국도 나가지 않았고 나갈 방법을 알지 못했다.

모든 것이 허구라 해도 치명적인 서사의 결함을 감추기 어려웠다. 소설 창작은 언어로써 유기체에 다가가려고 하는 시도였다. 어리석고 무능한 작가는 불완전한 작품을 생산하고 그것이 함량 미달이거나 불완전한 구조 속에 놓인 줄 깨닫지 못했다.

나는 계산을 하고 시바 레스토랑을 나갔다. 찻집 앞을 지나갈 때 차를 주문하거나 마시는 사람들 속에서 M을 찾으려고 기웃거리지 않았다.

가트 반대편 샛길을 걸어 나가자 힌두 사원의 첨탑이 눈에 들어왔다. 나는 마리골드와 님나무 가지를 파는 좌판을 지나 사원으로 들어갔다. 그늘을 넓게 드리운 거대한 대추야자나무 아래쪽에 노인 몇이 앉거나 서 있었다. 나무 옆으로 붉은 벽돌이 위태롭게 쌓였다. 어디에서 와 어디로 가는지 알 수 없는 노인들은 조용히 입을 다물었다. 고단함이나 평화로움을 느낄 수 없는 얼굴을 보자 안심이 되었다.

붉은색 협문 안쪽으로 회랑이 길게 이어졌다. 뾰족한 지붕을

인 사원 외벽이 온통 붉었다. 기도와 공양을 마쳤거나 올리려
는 사람들이 조용히 협문으로 들고 났다.

　나는 천장과 벽에 조각상이 장식된 회랑을 따라 걸었다. 누
군가 기도하고 공양을 올리고 말없이 소원을 빌었을 어느 순
간 맑은 종소리가 울려 퍼졌다. 회랑 한쪽 바닥에 앉아 경전을
읽는 남자가 고개를 들었다. 남자 옆으로 사내들 몇이 어두운
색 숄을 두르고 앉아 경전을 읽거나 명상에 잠겼다. 나는 남자
들과 몇 걸음 떨어진 자리에 서서 신상을 모신 성소 안쪽으로
향을 사르는 여인들을 바라보았다. 빨갛고 파랗고 노란 빛깔
사리 자락을 머리에 드리운 여인들이 꽃을 공양하고 기도를
올렸다. 나는 성소 바깥에 서서 간밤에 죽은 남자를 위해 기도
했다.

　붉은 사리를 입은 여인이 이파리가 무성한 님나무가 서 있는
사원 뒤편 후미진 자리에서 펌프 앞에 쭈그리고 앉아 빨래를
했다. 대여섯 살 남짓한 사내아이가 두 손으로 힘껏 펌프질을
하자 물이 콸콸 쏟아졌다. 어디선가 원숭이 한 마리가 튀어나
왔다. 나는 놀라 걸음을 멈추었다. 사내아이가 펌프에서 손을
놓고 원숭이를 쫓았다. 몽키. 아이가 겸연쩍게 웃으며 말했다.
내가 원숭이를 몰라 놀랐을 거라 짐작했는지 예고 없이 튀어나
온 동물의 정체를 확인시켜주었다. 원숭이가 많아 '몽키 템플'
로 알려진 사원이었다. 사원 오른편에 인공 호수가 있고 그곳
은 원숭이들의 놀이터였다. 원숭이들은 쓰레기가 널려 있는 호
수의 주인이었다. 신성한 원숭이들의 왕 하누만의 자손인 그들

143

은 용감하지도 영리해 보이지도 않았다.

나는 작은 배낭을 열고 레몬 하나를 꺼내 아이에게 내밀었다. 아이가 잠시 망설이다 레몬을 받았다. 저녁에 라홀과 함께 먹으려고 아껴둔 레몬 두 개 중 하나였다. 아이는 레몬 껍질을 벗기고 과육 한쪽을 떼어 빨래하는 여인의 입에 넣어주었다. 여인이 나를 향해 웃는 얼굴로 고맙다고 말했다.

나는 아이와 여인에게 손을 흔들어 인사하고 사원을 나갔다. 목이 말랐지만 레몬은 꺼내지 않았다. 인공 호수를 따라 길을 걸으면서 주위를 살펴도 원숭이는 나타나지 않았다. 날이 차차 저물었다. 이제 곧 푸자 의식이 시작될 시간이었다. 오늘은 강가나 라마가 아니라 생의 시작과 끝을 알 수 없는 한 사람을 위한 의식이었다. 푸자 의식을 보면서 나는 라홀을 기다렸다.

가트 주위로 사람들이 몰려들었다. 쪽배와 보트 몇 척이 어두운 강물 위에 떠다녔다. 불을 켠 등잔이 물결을 따라 천천히 흔들렸다. 등잔을 파는 아이들이 사람들 틈을 헤치고 바쁘게 오갔다. 분홍색 스카프를 목에 두른 아이는 눈에 띄지 않았다. 나는 진과 이설이 마주 앉아 라두경단을 먹으며 푸자 의식을 지켜본 카페 건물을 올려다보았다. 이설은 강렬하고 자극적인 라두경단의 단맛에 저항하지 않고 속수무책으로 빠져들었다. 소설을 쓸 수 있는 완벽한 공간을 조건 없이 제공하겠다는 진의 제안처럼 거부하기 어려운 달콤하고 유혹적인 맛이었다.

어둠이 짙게 깔리고 의식을 집전하는 단 위에 향로의 불이 타올랐다. 쪽배와 보트는 사람들로 빽빽했다. 꽃목걸이를 목에 건 남자들이 단 위로 올라서서 불이 타오르는 향로를 집어 공중으로 높이 치켜올렸다. 나는 라훌의 방이 있는 좁은 골목으로 걸어 들어갔다.

벨을 누르고 1분쯤 지나 문이 열렸다. 샤워를 하고 나왔는지 라훌의 몸이 젖어 있었다. 나는 물기가 남아 있는 라훌의 몸에 입을 맞추고 향신료 냄새를 맡았다. 벌거벗은 요리사와 함께 주방에서 마살라를 듬뿍 넣고 난을 굽고 생선커리와 달을 끓이고 싶었다. 나는 라훌을 따라 침대와 옷장과 테이블이 있는 방으로 들어갔다. 창문이 활짝 열려 있었다. 라훌이 비디 두 개에 불을 붙여 하나를 건네주었다.

시바의 밤이었다. 먹지도 마시지도 않고 사랑에 열중하는 축복의 밤이 일 년 중 단 하루여야 할 까닭이 없었다. 사랑을 나눌 때 라훌은 요리사가 아니었다. 라훌의 손가락과 코와 혀는 냄새 맡고 온도를 느끼면서 만찬을 즐길 준비가 되어 있었다. 나와 함께 있을 때 라훌은 요리사가 아니었다.

벌거벗은 라훌의 몸이 아름다웠다. 말끔하게 손질된 싱싱한 재료처럼 미감을 자극했다. 나는 그와 사랑을 나누려고 내일과 모레도 올 수 있고 두 번 다시 발길을 하지 않을 수도 있었다. 나는 라훌을 잃을까 겁이 나지 않았다. 라훌을 사랑해도 잃을 것이 없었다.

나는 창밖으로 담배 연기를 내뿜었다. 어둠이 깔린 강과 푸자 의식을 보려고 몰려든 사람들의 모습은 볼 수 없었다. 나는 배낭을 집어 지퍼를 열었다. 저물녘에 사원을 나올 때부터 목이 말랐지만 아끼고 먹지 않은 레몬을 꺼내 껍질을 벗겼다. 라훌이 등 뒤로 다가와 내 목덜미에 입을 맞추었다. 나는 레몬 한 쪽을 입에 넣고 깨물었다. 라훌은 내가 레몬을 다 먹을 때까지 잠자코 기다렸다. 레몬이 아찔할 만큼 시고 달콤해서 눈물이 찔끔 흘렀다. 나는 마지막 남은 레몬 한 쪽을 손에 들고 망설이다가 라훌의 입에 넣어주고 옷을 벗었다.

  띄엄띄엄 불이 밝혀 있는 골목길을 걸었다. 손님이 있거나 주인 홀로 앉아 있는 상점이 눈에 익어 길을 잃을 걱정이 없었다. 레스토랑과 찻집, 악기점과 기념품 가게와 옷가게를 지나 생수를 사려고 아난다 게스트하우스로 통하는 모퉁이 길 식료품 가게에 들렀다. 500밀리리터 생수를 사려고 지갑을 꺼냈는데 잔돈이 없었다. 내가 500루피 지폐를 꺼내 내밀자 턱수염이 긴 노인이 고개를 가로저으면서 거스름돈이 없으니 생수 값은 나중에 가져다 달라고 했다. 낯선 여행자에게 생수 값 20루피를 외상으로 주겠다는 말이 뜻밖이어서 내가 고개를 갸웃거리자 노인이 말했다.
  "당신이 이 골목으로 오가는 모습을 여러 번 봤어요. 여길 떠나기 전에 돈을 갚으면 됩니다."
  날마다 생수를 샀지만 노인의 가게는 고작 서너 번 들렀을 뿐이었다. 노인은 국적과 이름을 묻지 않았다. 어느 곳에 묵고 있는지 알려고 하지 않았다. 나는 잠시 망설이다 생수를 받았다. 내가 고맙다고 인사하자 노인이 웃는 얼굴로 손을 내저었다.

 나는 불빛이 없는 샛길을 걸으면서 갠지스 강이 흐르는 도시에 머물렀던 날짜를 헤아렸다. 날이 밝으면 델리로 가는 열차표를 예매할 수 있었다. 델리역에 도착하면 인디라 간디 국제공항으로 이어진 지하철을 탈 수 있었다. 델리에서 국제공항으로 가는 지하철을 탄 적이 없지만 그 여정은 낯설지 않았다.

 지금 이 도시에서 나를 알고 있는 사람은 라훌과 루, 라지브 씨만이 아니었다. 한 번도 말을 나누지 않은 아난다 게스트하우스 투숙객들과 온종일 상점을 지키는 상인들 역시 미로처럼 이어진 골목이 차차 눈에 익고 어두운 밤에도 길을 잃지 않을 만큼 방향 감각이 생긴 내 모습을 유심히 지켜보았다.

 라지브 씨가 빗장을 빼고 출입문을 열었다. 나는 망설이지 않고 활짝 열린 문으로 성큼성큼 걸어 들어갔다. 2층으로 난 계단 옆으로 제단이 놓인 방에서 황금빛 사리 자락을 두른 늙은 여인이 고개를 내밀었다. 나는 여인에게 머리를 숙여 인사했다. 여인은 정신이 온전하지 않은 사람 같지 않았다. 라지브 씨가 지난 몇 년 동안 아난다 게스트하우스에 붙박여 지낸 까닭이 병든 여인 때문이라고 믿기 어려웠다. 내가 라지브 씨를 오해했을지 몰랐다.

 등 뒤로 라지브 씨가 출입문을 닫고 빗장 지르는 소리가 들렸다. 나는 그 소리가 익숙하고 편안해서 당혹스러웠다.

 M은 불쑥 나타났다가 사라졌다. 소설은 여러 명의 저자에 의해 쓰이고 수 세기를 두고 보태고 윤색하는 서사시가 아니

었다. 소설은 온전히 창작자 한 사람의 책임이었다. 브라흐마의 영감과 가네샤의 도움을 구할 수 없었다. 고독한 운명을 섣불리 위로받으려고 하지 말아야 했다. 망설이고 머뭇거리는 사이 문장은 달아나고 써야 할 이유마저 놓칠 수 있었다.

그녀는 콜카타 서더 거리에 있다. 호텔을 나와 걷다가 그녀는 길거리 음식점에서 쵸민을 먹는다. 호텔 룸서비스나 번듯한 식당보다 길거리에서 잔돈을 내고 사 먹는 음식이 더 맛있다고 그녀는 생각한다. 그녀는 아직 M을 모른다. 여행을 마치고 소설가의 방으로 돌아가면 아빠를 방해하지 말고 놀아야 한다고 딸에게 주의를 주면서 전화 통화하는 여자의 목소리를 엿듣게 될 것이다. 어린 딸을 단속하고 마음 졸여야 할 만큼 여자에게 M이 특별한 존재인 줄 그녀는 아직 알지 못한다. 그녀를 위해 끼니때마다 음식을 차리는 여자는 진의 고용인이었다. 불편 없이 글을 쓸 수 있도록 밥을 짓고 세탁하고 청소하는 여자가 소설가의 아내여야 할 까닭은 없었다. 그녀는 여자를 향한 진의 믿음과 신뢰가 수상쩍고 혼란스러웠다. 원하는 무엇이라도 기꺼이 들어주겠다고 약속했던 진에게 그녀는 불안을 자극하는 여자를 해고하라고 거듭 요청할 수 없었다.

그녀는 쫓기는 사람처럼 재빨리 쵸민 한 그릇을 먹어치우고 다시 걷는다. 도로 가장자리를 따라 택시와 인력거*가 서 있고 택시기사와 인력거꾼들이 길가에 나와 손님을 기다리거나 호객하고 있다. 택시기사가 하우라 역까지 400루피를 내라며 손가락 네 개를 펼친다. 인력거꾼이 50루피를 내면 서더 거리를 돌아보게 해주겠다며 소리친다. 그녀는 택시와 인력거를 지나쳐 사람들로 복잡하고 시끄러운 좁은 길을 걷는다. 거리는 무질서하지만 걷기 불편하지 않다. 식당과 환전소와 옷가게를 지나자 게스트하우스가 모여 있는 골목이 나온다. 박물관이 있는 큰 거리로 이어진 길을 걷다 그녀는 보도를 가로막아 선 천막 앞에 멈춰 선다. 입구가 트인 천막 안으로 두르가 신의 초상과 꽃과 쌀과 동전이 놓인 작은 제단 앞에 젊은 남자가 향을 피우고 있다. 기웃거리는 그녀를 보고 남자가 냉큼 밖으로 뛰어나온다. 청바지와 티셔츠를 입은 남자가 그녀에게 향을 피우라고 권한다. 그녀는 남자를 따라 안으로 들어가서 향을 피우고 동전을 꺼내 제단에 놓는다.

그녀를 따라 나오면서 남자가 국적과 이름과 다음 행선지를 묻는다. 그녀가 대답하지 않자 남자는 혼자냐고 묻는다. 그녀는 손을 내젓고 천막을 지나쳐 걷는다. 남자는 계속 그녀를 따라오면서 국적을 묻고 이름을 묻는다. 그녀는 혼자 걷고 싶고 방해받지 않기 원한다고 분명하게 말한다. 남자는 돌아가지 않는다. 당신은 한국 사람일 거다. 남자는 느물거리며 계속 말을 붙인다. 내가 한국 음식을 잘하는 식당을 알고 있다. 여기에서 멀지 않다. 나는 김치찌개를 아주 좋아한다. 한국인 친구도 많이 있다. 치근덕거리며 따라오는 남자를 쫓아버릴 방

---

* 인력거: 사람이 끄는 인도 콜카타의 교통수단 중 하나

법을 궁리하다가 그녀는 라가가 흐르는 시바 카페에서 소설을 쓸 완벽한 방을 제공해주겠다고 말했던 진의 얼굴을 떠올린다. 농담이거나 거짓말이거나 유혹일지도 모르는 제안을 주저하지 않고 받아들인 그녀는 서더 거리에서 뒤따라오는 남자에게 두려움을 느낀다.

좁은 길이 끝나고 넓은 도로가 나타난다. 도로 왼편에 있는 박물관을 지나 횡단보도를 건너면 지하철역이 나온다. 그녀는 서더 거리에 머문 며칠 동안 아침마다 진이 잠을 깨기 전에 혼자 호텔을 나가 지하철역 주변으로 갔다. 거리에서 파는 오믈렛을 씹고 노상 이발소를 기웃거리고 열 살 남짓 돼 보이는 소년이 끓여준 차이를 마셨다.

비계가 둘러진 크고 아름다운 박물관 입구에는 공사 중임을 알리는 표지판이 붙어 있다. 벌써 수개월째 공사가 진행되고 있으며 언제 끝날지 정확히 알 수 없다고 남자는 말한다. 인디아의 역사를 한눈에 볼 수 있는 기회를 놓쳤다고 남자가 안타까워한다. 인도 역사를 박물관에서 찾을 마음이 없지만 그녀는 비계에 가로막혀 있는 박물관을 빨리 지나치지 못한다. 낯선 남자와 나란히 서 있는 그녀를 오가는 사람들이 힐끔거린다. 그녀는 호텔 방에 혼자 있는 진에게 돌아가야 한다고 생각한다. 남자가 갑자기 차도로 내려가 택시를 잡는다. 택시가 서자 남자는 뒷문을 활짝 열어놓고 그녀에게 타라고 손짓한다. 그녀는 황급히 몸을 돌린다. 남자가 뛰어와 그녀의 손목을 낚아챈다. 어깨에 작은 배낭을 메고 살와르 카미즈를 입은 젊은 여자가 그녀에게 다가와 도움이 필요하냐고 묻는다. 여자의 일행으로 보이는 남성이 경찰을 부르겠다고 말한다. 그녀는 고개를 내젓고 남자에게 붙잡힌 손을 거칠게 떼어내면서 호텔이 있는 골목을 향해 달린다.

나는 하우라 역으로 향하는 택시 뒷좌석에 진과 나란히 앉은 그녀를 좇는다. 그녀는 거리에서 만난 남자와 그 남자에게 손이 붙잡혀 곤욕을 치른 일을 진에게 말하지 않는다. 남자가 택시를 잡아타고 가려 한 곳이 김치찌개를 파는 한국 식당이라고 할지라도 그녀가 동행해야 할 까닭이 없지만 망설이지 않고 소설가의 방에 입주해버린 결정이 남자를 따라가는 무모한 행동보다 덜 위험하다고 장담할 수 없다. 그녀와 진을 태운 택시가 어둠이 내리는 하우라 철교를 지난다. 차창 밖을 응시하던 그녀가 고개를 돌려 진을 본다. 진은 낯설고 익숙하다. 선하지도 악하지도 않다. 그녀는 의심하지 않고 진의 제안을 받아들였다. 잃을 것이 없다는 마음으로 덫에 뛰어들고 전부 잃을지도 모르지만 그녀는 아직 짐작하지 못한다.

노트북을 열고 전원을 켜자 바탕화면에 라훌 바수가 찍어 보내준 콜람 사진이 떠올랐다. 나는 포털로 들어가서 이메일을 열었다. 항공사에서 보낸 광고와 스팸 메일 몇 개를 지우자 제목이 hi라고 적힌 라훌 바수의 편지가 남았다. 짤막한 안부 인사와 함께 사진 한 장이 첨부되었다. 아이사니가 구루를 끌어안고 웃는 사진 오른쪽 귀퉁이에 초록색 사리를 입은 루파의 뒷모습이 흐릿하게 찍혔다. 루파는 빨래하러 우물가로 걸어가다가 아이사니의 웃음소리를 듣고 고개를 돌렸다. 부겐빌레아 날리는 붉은 길을 걷는 이시다와 등나무의자에 앉아 비디를 피우며 책을 읽는 레바티는 프레임 밖에 있었다. 어쩌면 두 사람 모두 붉은 벌판으로 이어진 툴시 게스트하우스를 떠나고 남인도를 여행하는 새로운 손님이 휴게실 기다란 테이블에 앉아 식사를 하고 있을지 몰랐다. 나는 바라나시에 도착한 뒤로 몇 주가 지났는지 정확하게 기억하지 못했다. 라홀에게 이메일을 보내겠다고 약속했지만 까맣게 잊었다.

　나는 창 너머로 갠지스 강이 보이는 아난다 게스트하우스에 머물고 있다고 라홀에게 답장을 썼다. 언제 떠날지 알 수 없지만 다음 행선지는 델리라고 적었다. 사진을 첨부하려고 휴대전화에 깔려 있는 갤러리를 열었다. 쓰레기가 널린 좁고 우중충한 골목길을 느릿느릿 무사태평하게 걸어가는 소와 맨발로 걷는 여인들, 구걸하는 노인의 뒷모습이 찍힌 사진은 내가 걸어왔던 시간과 길을 일깨워주었다. 음식물 찌꺼기가 흩어져 있는 샛길과 상점이 늘어선 골목, 길모퉁이의 생수 가게, 환전소에서 돈을 바꾸려고 서 있는 사람들이 나타났다. 미궁 같은 실핏줄처럼 어지럽게 이어진 골목과 길이 낯설지 않았다. 길을 잃을 염려가 없자 나는 사진을 찍지 않았다. 길을 잃지 않으려고, 지나온 흔적을 기록하려고 찍은 사진을 열어보지 않았다. 가트로 통하는 골목과 골목 안쪽의 한국 음식을 파는 식당을 언제 찍었는지 기억나지 않았다. 활짝 열어놓은 출입문 안쪽으로 현관에 신발이 어지럽게 널렸다. 골목으로 난 유리문은 전부 떼어지고 장판을 깐 바닥에 다리를 뻗고 앉은 손님들이 음식을 먹거나 기다렸다. 한국인 부부가 운영하는 식당 건물 2층과 3층은 게스트하우스였다.

가트로 이어진 돌계단에 오렌지색 숄을 두르고 구부정하게 앉은 남자의 뒷모습이 찍혀 있었다. 내가 부정하고 외면했던 M이었다. 발작하듯 악을 쓰고 오류로 얼룩진 소설의 서사를 항의했던 M이었다.

나는 사진을 첨부하지 않고 편지 보내기 버튼을 클릭했다.
델리로 떠나기 전에 M을 만나야 했다.


# 9


개들은 잠들고 버터기름 등잔이 강물에 떠다녔다. 분홍색 스카프를 목에 두른 소년은 찾을 수 없었다. 나는 등잔을 파는 아이들이 다가올 때마다 고개를 내저었다. 룽기를 입은 남자가 장대 두 개를 세워 맨 줄에 젖은 빨래를 널었다. 나는 길바닥에 널려 있는 빨래를 밟지 않으려고 길을 빙 돌아서 걸어갔다.

해질녘이면 푸자 의식이 열리는 다섯 개의 제단 옆으로 커다란 무쇠 솥이 걸렸다. 맹렬하게 타오르는 가스 불에서 달이 끓었다. 푸자 의식을 보려는 사람들로 붐볐던 계단 아래쪽 널따란 자리에 사람들이 줄을 맞춰 앉았다. 커다란 통을 손에 든 흰색 쿠르타 차림의 사내가 아이를 안은 젊은 여자와 사리를 입고 숄을 두른 늙은 여자들, 수염이 긴 젊거나 늙은 남자들 앞으로 한 장씩 놓인 널따란 바나나 잎사귀에 바스마티 쌀*로 지은 밥 한 덩어리와 달을 부어주었다. 아이를 안은 여자가 젖병을 바닥에 내려놓고 손가락으로 밥을 집어 먹었다.

사람들은 천천히 조용히 먹었다. 큼직한 보따리를 끌어안은 여인은 먼 길을 걸어온 양 지치고 고단한 얼굴이었다. 병든 노인 옆에 앉은 남자의 얼굴이 낯익었다. 어깨에 더러운 오렌지색 숄을 둘러쓰고 바닥을 향해 눈을 내려 뜬 채 느릿느릿 손을 움직여 음식을 먹는 남자는 M이었다.

M은 레 게스트하우스에서처럼 허겁지겁 먹지 않았다. 나는 휴대전화를 들고 있었지만 카메라 렌즈에 M을 담지 않았다. 라홀 바수에게 보낼 사진은 찍을 수 없었다. 나는 고통으로 일그러진 M의 얼굴을 외면하지 않고 똑바로 바라보았다. 왜곡된 서사의 책임을 이설에게 떠넘길 수 없었다. M이 다그치며 물었던 말에 아직 대답할 수 없지만 변명하거나 회피하지 말아야 했다.

M은 결핍에서 벗어나게 해주었던 글쓰기의 매혹을 잊을 수 없었다. 결핍을 일깨워주는 것이 소설이라는 생각 역시 달라지지 않았다. 세월과 함께 미적 감흥이 사라진 소설 한 편이 M을 수렁으로 빠뜨렸다. 김빠진 탄산수처럼 식어서 딱딱해진 음식처럼 냄새와 맛이 날아간 한 편의 소설은 M을 당황하게 만들

고 불안으로 몰아넣었다. 여자는 M의 고통과 두려움을 눈치 채지 못했다. 오직 써야 한다는 주문이 M을 두려움 속에 가두게 되리라고 짐작할 수 없었다. M은 세월을 따라 시나브로 퇴색해버릴 소설을 쓸까 봐 겁을 먹었다. 신춘문예에 당선되지 않고 여자를 만나지 않았다면 M은 지금도 여전히 하루 세 시간의 글쓰기를 하며 살 수 있었다. M의 바람은 하루 세 시간의 소설 쓰기였다. 평생 그렇게 살 수 있기를 갈망했다. M은 행운을 예상하지 못했고 누릴 수 없었다. 글쓰기를 포기해서라도 가족을 부양하며 살고자 했던 M에게 헌신하는 삶은 주어지지 않았다.

M이 고개를 들었다. 바나나 잎사귀에 아직 음식이 남아 있었다.

출입문을 열고 들어가자 마살라 냄새가 향긋하게 풍겼다.

라지브 씨가 국자를 손에 들고 주방 밖으로 고개를 내밀면서 3층에서 손님이 나를 기다린다고 전해주었다. 분홍색 비단 사리를 입은 늙은 여인이 식탁에 앉았다. 라지브 씨가 접시에 음식을 담아 여인 앞에 놓았다. 향신료에 재운 닭고기에 쌀을 넣고 찐 비리야니였다. 나는 배낭을 열고 아침에 사이클 릭샤와 오토 릭샤가 오가는 큰길 노점에서 산 레몬 중 두 개를 꺼내 라지브 씨에게 건넸다. 배낭에 레몬이 두 개 남아 있었다.

* 바스마티 쌀: 인도 북부의 갠지스 강 유역과 파키스탄 펀자브 지방에서 주로 생산되는 쌀. 힌디어 '바스마티'에서 따온 이름으로 '향기가 난다'는 뜻이다.

레몬 다섯 개 중 하나는 생수 값을 갚을 때 상점 노인에게 주
었다. 라지브 씨가 고맙다고 말하자 여인이 입가에 웃음을 짓
고 함께 먹자고 나에게 손짓했다.

"손님이 그녀를 기다리잖아요."

자신이 먹을 비리야니를 접시에 퍼서 식탁에 놓으면서 라지
브 씨가 말했다. 라지브 씨가 식탁에 앉자 여인이 손으로 음식
을 먹었다. 분홍색 비단 사리를 곱게 차려입은 여인은 평생 한
번도 앓지 않은 사람처럼 건강하고 평화로웠다.

손님은 2인용 체크무늬 소파에 앉아 있었다. 왼쪽 검지와 중
지 사이에 비디를 끼우고 초록과 노랑과 분홍색이 섞인 체크
무늬 천 소파에 젖버듬히 기대앉은 사람은 라훌이었다. 라훌의
오른손은 붕대에 감겨 있었다. 나는 한순간 그를 시인 라훌 바
수로 착각했다. 라훌은 바닥에 놓인 재떨이 대용으로 사용하
는 깡통에 비디를 비벼 끄고 일어났다. 내가 눈을 크게 뜨고 무
슨 일이냐고 묻자 라훌이 한쪽 팔로 내 목을 끌어안으면서 말
했다.

"오른손이 다 나을 때까지 요리할 수 없어요."

나는 문을 열고 방으로 들어가서 침대에 널린 옷가지를 치우
고 라훌이 앉을 수 있도록 자리를 만들었다. 라훌은 침대에 걸
터앉아 다시 비디에 불을 붙였다. 나는 가트 쪽으로 난 창문을
활짝 열고 필터 없는 담배를 피우는 라훌 옆에 앉아 레몬 껍질
을 벗겼다. 라훌은 오토 릭샤를 타고 병원으로 가 치료를 받고
오는 길이라고 말했다. 끓는 기름에 덴 손가락과 손등은 벌써

수포가 생겼다고 했다. 20년 가까이 요리하면서 손에 화상을 입은 사고는 처음이라며 이맛살을 찌푸렸다. 평생 요리하며 살 수 있을 거라는 믿음이 잠깐 동안 흔들렸고 요리할 수 없는 삶 은 상상만으로도 끔찍하다고 우울한 얼굴로 말했다. 나는 라 홀을 동정하지 않았다. 상처가 아물면 다시 요리를 할 수 있다 고 섣불리 위로의 말을 건네지 않았다.

나는 깡통을 가져와 꽁초를 꺼주고 라홀을 침대에 눕혔다. 두 줄기 햇살이 창턱을 지나 침대와 바닥으로 흘러내렸다. 라 홀의 입에 레몬 한 조각을 넣어주고 구두를 벗겼다. 라홀이 눈 을 감았다. 나는 라홀의 셔츠 단추를 풀고 바지를 벗겼다. 숱 많은 검은색 머리칼과 짙은 눈썹과 턱수염이 거뭇거뭇한 남자 의 몸은 익숙하고 낯설었다. 라홀과 사랑을 나눌 때는 언제나 시바의 밤이었다. 햇살이 환한 방에 누워 있는 남자는 라홀이 었고 라홀이 아니었다. 나는 거스러미가 앉은 라홀의 입술에 입을 맞추었다. 라홀이 눈을 떴다 다시 감았다. 나는 라홀의 머 리카락에 코를 대고 향신료 냄새를 맡았다. 붕대 감지 않은 라 홀의 왼쪽 팔을 끌어당겨 다섯 개의 손가락을 차례차례 입에 넣었다.

어둠이 내릴 때까지 라홀은 눈을 뜨지 않았다. 몸을 뒤척이 거나 앓는 소리를 내지 않고 곤히 잠에 빠졌다. 나는 요리사의 주방으로 가서 마살라를 듬뿍 넣고 키치리를 끓여야 했다. 쌀 과 렌즈콩을 씻어 냄비에 넣고 물을 부었다. 한소끔 끓었을 때 불을 줄이고 마살라를 넣었다. 냄비 바닥에 눌어붙지 않도록 라지브 씨처럼 국자로 가만가만 저었다. 주방에 꽉 찬 마살라 냄새가 머리카락으로 스며들었다. 나는 뭉근한 불에서 키치리가 오랫동안 끓기 기다렸다가 국자로 퍼 우묵한 접시에 담고 식탁을 둘러보았다.

나는 라훌 옆에 누워 눈을 감았다. 라훌이 눈을 뜨고 일어나 키치리를 먹어주기 기다렸다. 키치리는 앓고 있는 사람이 먹기에 더할 나위 없는 음식이었다. 따듯한 키치리는 내가 라훌을 위해 만든 처음이자 마지막 음식이었다.

눈을 떴을 때 라훌이 침대에 우두커니 앉아 있었다. 내가 벽을 더듬어 불을 켜자 라훌이 구두를 신었다.

"오믈렛 먹으러 가겠어요? 시바의 밤에 당신이 먹자고 했던 오믈렛 말입니다."

라훌이 웃는 얼굴로 물었다.

나는 생기를 되찾은 라훌을 보고 마음이 놓였다. 라훌에게 닥친 불행한 사고는 그가 요리사임을 새삼스럽게 일깨워주었다. 라훌이 요리하지 않아도 시바 레스토랑 손님들은 원하는 음식을 먹을 수 있었다. 바라나시에는 그가 아니라도 요리할 사람이 셀 수 없이 많았다.

나는 라훌과 함께 상점의 불빛이 환한 골목을 걸었다. 루가 바쁘게 서빙하는 시바 레스토랑 앞을 지날 때 나는 멈춰 서서 유리문 안쪽을 살폈다. 레스토랑과 골목 어디에도 오렌지색 숄을 둘러쓴 M은 보이지 않았다. 소설을 쓸 수 없는 소설가는 자취를 감추었다.

오믈렛 파는 손수레 주위에 사람들이 둘러서 있었다. 흰 소가 더러운 꼬리를 살랑거리면서 가트로 이어진 길 쪽으로 느릿느릿 걸어갔다. 구걸하는 사람들과 맨발의 아이들과 개가 지나갔다. 자동차가 오가는 사차선 도로로 이어진 시장 거리는 사람과 동물이 뒤섞여 내지르는 소리로 시끄러웠다. 내가 노점 건너편 식당을 손으로 가리키자 라홀이 고개를 내저었다.

나는 큼직한 번철에 달걀을 깨뜨려 부치는 노인에게 오믈렛 두 개를 주문했다. 바나나 잎사귀에 싼 오믈렛을 받아 한 입 베어 물면서 라홀은 만족스럽게 미소 지었다. 푸자 의식이 열리는 가트 쪽에서 박수 치는 소리와 노랫소리가 들렸다. 나는 사람과 개와 소가 한데 얽혀 느리게 움직이는, 소음으로 어지러운 거리를 두리번거렸지만 어디에선가 지켜보고 있을 M은 찾지 못했다. 시바 레스토랑에서 커피를 한 잔 사면 내가 누구인지 말해주겠소. 오믈렛 하나로 허겁지겁 주린 배를 채우면서 돌연 눈빛을 바꾸고 나를 몰아세웠던 거칠고 도전적인 M의 목소리가 귓가에 쟁쟁거렸다.

바나나 잎사귀를 땅에 버리고 비디에 불을 붙이면서 라홀이 오늘밤 나와 함께 있고 싶다고 말했다. 나는 한 조각 남은 오믈렛을 입에 넣고 바나나 잎사귀를 땅에 버렸다. 구걸하는 여인이 손을 내밀고 먹고 마시고 웃고 떠드는 사람들로 복작거리는 시장 거리로 사이클 릭샤 몇 대가 손님을 싣고 달려왔다. 차도로 이어진 큰길이 나오자 라홀이 빈 릭샤를 손으로 가리키면서 타자고 말했다. 힌두 대학 쪽으로 갑시다. 라홀이 릭샤

뒷자리에 앉아 늙은 릭샤꾼에게 큰 소리로 외쳤다.

"함께 릭샤를 타고 싶었어요. 바람을 쏘이고 옵시다."

라훌은 붕대를 두르지 않은 손으로 내 어깨를 감싸 안았다.

릭샤가 사거리 쪽을 향해 힘겹게 달리기 시작했다. 긴 소매 셔츠와 바지를 입은 릭샤꾼은 부지런히 페달을 밟고 뿌옇게 흙먼지가 날리는 어둠이 내린 거리를 달려갔다. 정원을 초과해 손님을 태운 사이클 릭샤 몇 대가 곡예를 하며 차선을 넘나들었다. 사방에서 울려대는 경적 소리에 귀가 먹먹했다. 나는 읽을 수 없는 글자가 적힌 이정표를 올려다보았다. 라훌이 내 오른쪽 귓가에 입술을 대고 말했지만 알아듣지 못했다. 시끄러운 밤의 거리에서 나는 라훌의 말에 대답할 수 없었다.

릭샤는 상점 거리로 방향을 틀었다. 길을 따라 노점이 늘어섰고 식당과 옷가게와 서점의 불빛이 환했다. 가트로 통하는 미로 같은 골목에 밀집해 있는 상점과 비교할 수 없을 만큼 크고 번듯한 상점이 이어졌다. 활짝 열어놓은 서점 출입문 안쪽으로 읽을 수 없는 글자가 박힌 책이 빽빽했다. 자전거를 탄 학생들이 물결을 이루며 지나갔다.

릭샤는 힌두 대학 정문 앞에 멈춰 섰다. 내가 알아듣지 못하는 언어로 라훌이 말하자 릭샤꾼은 다시 자전거 페달을 밟았다. 어두운 교정에는 자전거를 탔거나 릭샤를 탔거나 걷는 학생들이 드문드문 눈에 띄었다. 교정을 돌아 후문으로 나가면 두르가 사원으로 가는 길이 나온다고 라훌이 말했다.

예정에 없는 외출이었다. 라훌의 붕대 감긴 손은 예기치 않은 사고였다. 진의 제안을 수락하고 소설가의 방에 입주해버린 이설의 결정은 뜻밖의 사고와 다르지 않았다. 소설가에게 더할 나위 없이 적합한 장소라고 판단했던 그 방에서 그녀가 탈고한 소설은「소설가의 아내」한 편뿐이었다. 이설은 상상력이 빈약한 소설가였다. 아무 의심 없이 위험 속으로 뛰어든 신중하지 못한 창작자였다. 자신의 창작물이 얼마나 보잘것없는지 알아채지 못한 경솔하고 무책임한 소설가였다. 내 앞에 모습을 드러내기 두려워하는 어리석은 작가였다.

릭샤는 대학 건물과 벤치를 지나 가로수가 서 있는 아스팔트 도로를 달렸다. 바람이 불어 머리카락이 흩날렸다. 오토바이 한 대가 앞서 달리는 곧게 뻗은 길 가장자리를 따라 청바지를 입은 여학생과 남학생이 걸어갔다. 소음과 흙먼지가 사라지고 공기 중에 희미하게 향신료 냄새가 떠돌았다. 릭샤꾼의 등이 땀으로 펑 젖었다. 나는 붕대 감지 않은 라훌의 손을 잡았다. 땀으로 미끄러운 손바닥이 누구의 손인지 알 수 없었다. 평평하게 닦인 길은 힌두 대학 후문에서 끝나고 맨땅이 드러났다.

릭샤는 후문 근처 작은 사원 앞에 멈췄다. 라훌이 루피를 꺼냈다. 두 사람을 내려주고 릭샤는 어둠 속으로 사라졌다. 출입문이 닫힌 작은 사원 앞에 노인 몇이 웅기중기 모여 서서 비디를 피우고 있었다. 물건을 거두는 노점 상인 옆으로 검은 개 한 마리가 지나갔다.

나는 어둑어둑한 길에서 이 도시의 어느 누구도 혼자가 아니라고 말했던 요리사의 붕대 감지 않은 손을 잡았다. 요리사는 내가 끓인 키치리를 먹을 수 없었다. 잠든 사이 내가 요리사의 주방에서 키치리를 끓인 줄 알지 못했다. 요리사의 주방에서 음식을 만들 수 있는 사람은 라훌 한 사람뿐이었다. 나는 라훌의 요리를 먹을 수 없었다.

나는 라훌의 손을 잡고 걸으면서 저녁마다 툴시 게스트하우스 휴게실에서 함께 맥주를 마셨던 라훌을 생각했다. 이시다와 레바티는 바라나시가 위험하고 불편한 도시라고 말했고 라훌은 내가 그곳으로 가서 만나야 할 사람이 있을 거라 넘겨짚었다. 시작과 끝이 없는 여정이었다.

띄엄띄엄 불을 밝힌 상점 거리를 지나자 멀리 솟아 있는 붉고 뾰족한 사원의 탑이 보였다. 원숭이가 많아 몽키 템플로 불리는 두르가 사원이었다. 시바의 밤에 꽃과 향과 쌀을 들고 사원 앞에 줄지어 서 있던 사람들의 행렬이 떠올랐다. 시바의 아내 두르가는 파괴의 신이었다. 두르가는 여덟 개의 팔을 가졌고 자신이 물리친 적들의 해골로 만든 목걸이를 걸었다. 악마를 물리치고 승리를 기뻐하며 두르가는 피가 흐르는 적들의 머리를 들고 춤을 추었다.

개들이 붉은 담장이 둘러진 사원 주위를 어슬렁거렸다. 꽃을 파는 상인은 눈에 띄지 않았다. 어둠에 싸인 인공 호수 쪽에서 원숭이 울음소리가 났다. 나는 라훌과 함께 릭샤를 타고 시바의 밤으로 되돌아왔다. 시바의 밤에 요리하지도 먹지도 않는다

는 요리사 라훌과 함께 그날 먹지 못한 오믈렛을 사 먹고 시간
을 되짚어 왔다.

출입문 닫힌 두르가 사원 앞에서 붕대 감은 라훌의 손을 한
참 동안 바라보았다. 나는 붕대 푼 라훌의 손을 볼 수 없었다.

가트로 통하는 좁은 입구에 들어섰을 때 나는 오랫동안 먼
길을 떠돌아다닌 것처럼 지치고 피곤했다.

"내 방으로 가서 함께 차를 마시겠어요?"

라훌이 물었다. 나는 고개를 내젓고 라훌의 손을 놓았다. 라
훌과 밤을 보내고 싶지 않았다. 요리할 수 없는 요리사와 함께
있고 싶은 마음이 없었다.

내일 떠나려고 마음을 굳혔지만 라훌에게 말하지 않았다.


체크무늬 소파는 비었다. 꽁초가 빽빽한 깡통에서 담배연기
가 피어올랐다. 나는 담배연기가 완전히 꺼질 때까지 기다리다
가 방으로 들어갔다. 벽을 더듬어 스위치를 켜자 형광등이 몇
차례 깜빡거리다 환해졌다. 방 안의 사물들은 조금씩 제 위치
를 벗어났다.

나는 옷을 벗어 침대에 던지고 욕실로 들어갔다. 미지근하
게 흘러나오는 물이 샤워하는 도중 갑자기 차가워졌다. 서둘러
몸을 씻고 양말을 빨았다. 방을 가로질러 매단 빨랫줄에 내 옷
이 아닌 셔츠와 치마가 널려 있었다. 물기가 없는 셔츠와 치마
는 이설의 옷이었다. 나는 셔츠와 치마 옆에 양말 한 켤레를 널
었다.

방문 너머로 발걸음 소리와 사람들 목소리가 들렸다. 나는 문가로 걸어가 문고리가 걸렸는지 확인하고 창문을 열었다. 가로등을 켠 가트 쪽에서 연달아 폭죽이 터졌다.

옷을 입고 침대로 올라갔다. 숄을 두르지 않아도 춥지 않았다. 나는 물이 뚝뚝 떨어지는 양말과 바짝 마른 셔츠와 치마를 응시했다. 언제부터 빨랫줄에 이설의 옷이 널려 있었는지 모를 일이었다.

나는 낯선 방에서 M을 기다렸다. 오지 않을 M을 기다렸다.

침대에 누웠다. 창 너머로 이따금씩 폭죽 터지는 소리가 들렸다. 창문을 닫아도 소음은 사라지지 않았다. M은 오지 않았다. 나는 내일 델리로 가는 기차를 타야 했다.


# 10


나는 밤기차를 타고 델리로 떠난다고 라지브 씨에게 말했다. 주방 가스 불에 달이 끓었다. 라지브 씨가 프라이팬에 난을 구우면서 기차 출발 시각을 물었다. 저녁 9시에 출발하는 3등칸 열차였다. 온밤을 열차에서 보내고 내일 오전 9시경 델리 역에 도착할 예정이었다. 라지브 씨는 내가 기차표 예매를 대행해 주는 상점으로 가서 세 시간 남짓 기다렸다가 겨우 손에 쥔 열차표를 흘깃 보더니 인도는 예정된 시간에 출발하고 도착하는 기차가 없다고 웃으며 말했다.

떠나기 며칠 전에 미리 날짜를 알려달라고 했는데 당일에 말해 미안하다고 사과하자 라지브 씨는 아난다 게스트하우스에 석 달 동안 혼자 묵었던 유일한 손님이라고 내가 머문 시간을 일깨워주었다. 석 달이라는 말에 나는 깜짝 놀랐다. 라지브 씨는 방을 비워주면 역으로 가기 전까지 짐을 맡아주겠다고 친절하게 말했다.

카운터 벽에 걸린 둥근 시계의 바늘이 정오를 가리켰다.

나는 방으로 올라가서 객실 문을 활짝 열어놓고 배낭을 꾸렸다. 배낭은 이곳에 도착했을 때보다 무거웠다. 방을 가로질러 매달아 놓은 빨랫줄에는 아무것도 걸리지 않았다. 붉은색 빨랫줄은 내 물건이 아니었다. 나는 크고 작은 배낭 두 개를 밖으로 내놓고 천천히 방을 둘러보았다.

어제 오후, 손에 붕대를 감은 라훌이 비디를 피웠던 체크무늬 소파는 비어 있었다. 라훌 외에 소파에 앉아 담배를 피우는 사람을 보지 못했지만 둥근 깡통에는 종류가 제각각 다른 꽁초가 빽빽했다.

사리를 입은 늙은 여인과 라지브 씨는 마주 앉아 난을 먹고 있었다. 나는 두 사람의 만찬을 다시 볼 수 없었다. 라지브 씨가 주방에서 나와 제단이 있는 방에 배낭을 가져다 놓았다.

나는 게스트하우스 출입문을 열고 밖으로 나갔다.

골목 한가운데 누렁소 한 마리가 어슬렁거렸다. 출입문을 열어놓은 한국 식당 테이블마다 손님이 여럿 앉아 있고 신발이 널린 현관과 돌계단에 개들이 졸거나 잠들어 있었다.

강을 따라 걷고 있는 내 곁으로 등잔 바구니를 든 소년이 다가왔다.

"아팠었니?"

나는 환하게 웃으며 인사하는 소년에게 물었다.

소년이 고개를 가로저었다. 자신은 늘 건강해서 한 번도 약을 먹은 적이 없다고 대답했다.

"며칠 동안 너를 못 봤어. 어디 갔었니?"

나는 소년에게 레몬 하나를 내밀었다.

"나는 언제나 여기에 있어요. 디아*를 팔아야 하니까요."

소년은 레몬을 받아 먹지 않고 등잔 바구니에 넣었다.

"날마다 엄마한테 돈을 가져다주어야 해요. 난 아무 데도 가지 않아요. 갈 수 없어요."

나는 바구니에서 등잔 두 개를 골랐다. 루피를 주자 소년은 라이터를 켜 심지에 불을 붙였다. 등잔을 강물에 띄웠다. 소년은 강기슭에 쭈그려 앉아 팔꿈치를 세우고 손바닥으로 턱을 괴었다. 등잔은 몇 차례 제자리를 맴돌다 물결을 따라 천천히 흘러갔다. 더운 바람이 불었다. 나는 소년과 나란히 앉아 시든 꽃과 나뭇가지와 재와 먼지가 떠다니는 누런 강물 위로 사공 없는 돛단배처럼 위태롭게 떠내려가는 등잔을 바라보았다.

등잔이 시야에서 사라지자 나는 미련 없이 몸을 일으켰고 햇빛 때문에 두 눈을 가늘게 뜨면서 손을 흔들어 소년에게 인사했다. 소년의 등 뒤로 강기슭을 따라 멀리 떨어진 자리에서

장작더미가 타올랐다. 검은 연기를 피워 올리고 활활 타들어가
던 장작더미가 어느 순간 푹 꺼지면서 무너졌다.

롱기를 입은 노인이 기다란 막대기를 손에 들고 검은 물소
떼를 강으로 몰았다. 등잔 바구니를 든 소년은 어디론가 가고
없었다. 나는 개와 사람이 잠들어 있는 가트를 따라 걸으면서
M을 찾아 두리번거리지 않았다.

나는 여인들의 옷 보따리가 놓인 계단에 앉아 보트가 떠다니
는 강을 바라보았다. 탁한 강물은 느릿느릿 흐르고 강 건너편
에 있는 사람들 모습이 작고 흐릿했다. 내가 쪽배를 타고 서쪽
으로 서쪽으로 달려갔던 날 새벽처럼 알록달록한 사리를 입은
여인들이 강물에 몸을 담그고 환하게 웃고 있었다. 나는 여인
들이 어디에서 와서 어디로 가는지 알고 싶었다.

초록색 숄을 두른 키가 크고 살집이 있는 여인이 푸자 의식
을 올리는 제단 옆에 노점을 펼치고 앉아 있었다. 나는 못을 박
은 자리마다 액세서리가 주렁주렁 걸린 나무판대기 앞을 지
나다 붉은 머리의 코끼리를 보고 걸음을 멈췄다. 여인이 날래
게 몸을 일으켜 세우고 웃는 얼굴로 목걸이 하나를 집어 내 앞
에 내밀었다. 나무를 깎아 색을 입히고 두껍고 단단한 실을 꼬
아 매달아 놓은 목걸이는 크고 화려했다. 내가 고개를 내젓자
여인은 가죽과 나무와 은과 실로 만든 팔찌 몇 개를 집어 들었

* 디아: 버터기름 등잔

167

다. 나는 다시 고개를 흔들었다. 붉은 코끼리는 가느다란 가죽 끈에 매달려 있었다. 내가 붉은 코끼리를 손으로 가리키자 여인이 손가락 다섯 개를 펼쳤다.

부르는 대로 값을 치르고 코끼리를 받아 바지 주머니에 넣자 여인이 알아들을 수 없는 언어로 중얼중얼 이야기했다. 내가 고개를 갸웃거리자 여인은 자신의 목 뒤로 두 손을 끌어올리는 시늉을 하면서 웃었다. 목걸이를 걸라는 여인에게 나는 다시 고개를 가로저었다.

진의 코끼리는 세상에서 유일한 코끼리가 아니었다. 나는 이설을 만나면 50루피를 주고 산 코끼리를 목에 걸어줄 작정이었다. 붉은 코끼리가 금방이라도 깔깔대며 웃음을 터트릴까봐 나는 바지 주머니를 손바닥으로 가만히 눌렀다.

시장 거리 입구에서부터 기름 냄새가 진동했다. 더운 바람이 불고 흙먼지가 날리는 거리의 소음이 익숙하고 편안했다. 나는 빤을 씹어 이가 붉은 노인의 리어카에서 바나나 한 다발을 사고 땀을 뚝뚝 흘리며 파코라를 튀기는 수염이 긴 중년 남자의 가게에서 사모사를 사려고 줄을 섰다. 바나나와 사모사는 라홀과 함께 먹을 마지막 식사였다.

어슬렁거리며 검은 소 한 마리가 골목으로 사라졌다. 남자 셋을 태운 사이클 릭샤 한 대가 흙먼지를 날리며 시장 거리로 달려오고 검은 개들이 차도 쪽으로 뛰어갔다. 릭샤는 골목 앞에 남자들을 내려주고 방향을 돌려 느릿느릿 멀어졌다.

골목 입구 쪽 길은 울퉁불퉁하고 질척거렸다. 배낭을 짊어진 남자들이 쓰레기와 소 배설물을 피해 발을 내디뎠다. 더러운 숄을 둘러쓴 여인이 라두경단 가게 진열장 앞에 서 있었다. 쿠르타를 입은 노인은 눈에 띄지 않았다. 나는 손에 넣을 수 없는 음식을 간절한 눈빛으로 바라보는 여인을 외면하고 엽맥처럼 뻗어 있는 수많은 샛길을 두리번거리지 않고 라홀의 방으로 갔다.

벨을 누르자 라홀이 문을 열었다. 붕대를 감지 않은 손으로 바나나 다발을 받아 들면서 라홀이 내 뺨에 입을 맞추었다. 햇빛이 환한 요리사의 집이 낯설었다. 시바의 밤이 지나갔지만 요리사의 주방은 음식 냄새가 나지 않았다. 나는 밤새 기다렸을지 모르는 라홀에게 미안했다.

라홀의 방은 담배 연기로 꽉 차 있었다. 천장에 매달린 실링팬이 덜덜거리며 돌았다. 침대 위에 책이 한 권 펼쳐 있고 테이블과 바닥에도 널렸다.

나는 사모사 봉지를 테이블 한쪽에 놓고 침대에 걸터앉아 책을 집었다.

"마살라."

라홀이 내 옆에 앉으면서 말했다.

나는 책 표지에 쓰인 글자를 손가락으로 짚으면서 마살라를 발음해 보았다.

"암베드카르의 장편소설이에요. 그는 불가촉천민이죠."

라홀이 내 어깨 위로 다치지 않은 팔을 둘렀다.

"도비왈라 출신 소설가예요. 강에서 빨래하는 사람 말이에

169

요. 그는 학교에 다니지 않았어요. 독학으로 힌디어를 배워 소
설을 썼죠."

나는 책 표지 안쪽에 박힌 암베드카르의 흑백 사진을 보았
다. 짙은 눈썹에 구레나룻을 기른 40대 초반으로 짐작되는, 말
랐지만 강단 있는 얼굴이었다.

요리할 수 없는 요리사는 소설을 읽고 있었다.

나는 『마살라』를 침대에 올려놓고 붕대에 감긴 라훌의 손을
바라보았다.

"『마살라』를 다 읽을 때쯤 다시 요리할 수 있어요. 그때까지
당신이 떠나지 않으면 쵸민을 만들어 줄게요."

라훌이 붕대 감긴 손을 내 무릎에 얹고 말했다.

"나는 쵸민을 먹을 수 없어요. 오늘 밤 떠나요."

"오늘 밤에 떠난다고요?"

라훌이 손을 거두고 내 얼굴을 바라보면서 물었다.

"밤기차를 타요."

귓가에 매미 울음소리가 들리자 이설은 소리 내어 책을 읽었
다. 그녀는 큰 소리로 혼잣말을 했다. 매미 떼는 온종일 왼쪽
귓가에 달라붙어 울어댔고 그녀는 작은 목소리로 통화하는 여
자의 말을 엿듣기 어려웠다.

나는 『마살라』를 읽어달라고 라훌에게 말했다.

"『마살라』를 읽어줄게요."

라훌의 입가에 체념의 미소가 떠올랐다.

내가 『마살라』를 무릎에 올려주자 라훌이 책장을 펼쳤다.

열어놓은 창으로 더운 바람이 불었다. 실링팬이 덜덜거리며 힘겹게 돌았다. 라홀의 입에서 『마살라』의 문장이 흘러나왔다. 나는 난을 굽는 랄리타와 붉은 길을 맨발로 걸어가는 루파, 구루의 목을 끌어안고 깔깔 소리 내어 웃는 아이사니를 차례차례 불러냈다. 라지브 씨의 주방에서 늙은 여인이 오래된 화덕 앞에 앉아 차파티를 구웠다.

창 너머로 해가 저물었다. 라홀이 책에서 눈을 떼고 어둑어둑한 방을 둘러보았다. 나는 손을 뻗어 차갑게 식은 사모사 봉지를 집었다. 기름이 밴 봉지에 담긴 사모사를 꺼내 라홀의 입에 넣어주었다. 라홀은 뱀처럼 혀를 기다랗게 내밀고 사모사를 받아먹었다.

"불을 켜지 말아요."

내가 일어나려고 하자 라홀이 속삭였다.

나는 바나나 껍질을 벗겨 라홀의 손에 쥐어주고 봉지에 담긴 사모사를 차례차례 입에 넣어주었다.


아난다 게스트하우스의 프런트는 비어 있었다. 주방문이 활짝 열렸고 라지브 씨는 어디로 갔는지 찾을 수 없었다. 제단이 놓인 방에서 여인이 향을 살랐다. 눈이 마주치자 여인이 들어오라고 손짓했다. 붉은 카펫이 깔린 방은 천장이 낮아 몸을 굽히고 들어가야 했다. 흰 천이 깔린 제단 위에 쌀과 동전이 흩어져 있고 재가 가득 찬 향로에 이제 막 여인이 불을 붙인 기다란 향이 타들어갔다. 향냄새에 숨이 막혔다. 황금색 사리 자락을 머리에 두른 여인 뒤로 노란색 마리골드로 장식한 락슈미와 가네샤 초상이 걸렸다.

나는 짐을 밖으로 내놓고 가슴 앞에 손을 모아 여인에게 작별 인사를 했다.

"차이를 한 잔 마시고 가요."

등을 굽히지 않고 똑바로 서면서 여인이 말했다.

여인은 주방으로 가서 유리컵 가득 차이를 담아 왔다.

나는 두 손으로 컵을 받쳐 들고 달고 뜨거운 차이를 천천히 마셨다. 황금색 사리를 입은 여인이 만족스럽게 미소 지으며 나를 바라보았다. 여인은 밝고 건강한 얼굴로 내가 차이를 다 마실 때까지 옆에 서 있었다.

내가 빈 잔을 건네자 여인이 출입문을 열었다.

나는 뒤돌아보지 않고 골목을 걸어 시장 거리로 나갔다. 노점에서 레몬을 사고 자동차와 릭샤가 달리는 사거리로 걸어갔다. 릭샤 정류소에서 손님을 기다리며 비디를 피우고 있던 릭샤꾼들이 우르르 내 쪽으로 몰려왔다. 나는 수염을 길게 기른 노인과 요금을 흥정하고 릭샤 좌석 밑으로 무거운 배낭을 밀어 넣었다. 노인이 급하게 담배를 빨면서 자전거 안장에 올랐다.

자동차와 릭샤로 혼잡한 신호등 없는 사차선 도로를 노인은 곡예를 하면서 달렸다. 노인은 더위와 어둠을 뚫고 쉬지 않고 달렸다. 릭샤는 기차역 건너편에서 멈춰 섰다. 노인이 무거운 배낭을 내려주면서 흥정했던 요금에서 10루피를 더 달라고 말했다. 나는 노인이 요구하는 대로 돈을 주었다.

역사 안으로 들어서자 시멘트벽 높은 자리에 걸린 크고 둥근 시계가 오후 8시 정각을 가리켰다. 인도에서 기차가 예정된 시각에 출발하고 도착하기를 기대하지 말라고 라지브 씨가 말했지만 나는 1시간이나 일찍 기차역에 도착해버렸다. 기차에서 파는 차이를 사 먹지 말라고 충고했던 라지브 씨의 말이 생각났다.

역 대합실은 덥고 사람들로 혼잡했다. 나는 바닥에 앉거나 선 사람들을 가로질러 플랫폼을 찾아 두리번거렸다. 정션 (Junction) 역은 작고 초라했다. 대합실은 숄을 깔고 앉거나 가방을 베고 누운 사람들로 복잡하고 어수선했다. 나는 음식을 먹는 사람들과 아기에게 젖을 물린 젊은 여자, 꾸벅꾸벅 조는 노파를 지나 플랫폼으로 걸어갔다. 플랫폼 주변 벤치에 크고 작은 가방을 든 사람들이 앉아 있었다.

나는 바닥에 배낭을 놓고 1번 플랫폼을 바라보고 섰다. 도착할 기차의 플랫폼 번호를 알려주는 안내방송이 끊임없이 흘러나왔다. 기차가 플랫폼에 설 때마다 짐을 든 승객들이 타야 할 칸을 찾아 우르르 뛰어갔다. 9시가 지났지만 델리행 기차는 오지 않았다. 연착을 알리는 안내방송은 나오지 않았다. 나는 알루미늄 캐리어 손잡이에 한쪽 손을 얹고 손목시계를 보고 있는 청년에게 다가가서 델리행 기차가 들어오는 플랫폼이 맞는지 물었다. 청년은 기차표를 보여달라고 했다. 내가 바지 주머니에서 기차표를 꺼내 내밀자 청년이 고개를 끄덕였다. 청년도 그 기차를 탈 거라고 했다.

"기차가 언제쯤 도착할까요?"

내가 묻자 청년은 고개를 천천히 가로저으면서 난감하다는 얼굴로 웃었다.

"나도 몰라요. 누구도 모르죠."

나는 기차표를 바지 주머니에 넣고 텅 빈 선로 쪽으로 몸을 돌렸다.

기차를 기다리는 사람들로 붐비는 플랫폼 주변은 배낭 여행자가 눈에 띄지 않았다. 델리행 기차가 곧 도착한다고 안내방송이 나왔다. 청년이 나를 바라보며 안도의 미소를 지었다. 기차가 플랫폼에 닿자 청년의 모습은 낡은 가방을 손에 들거나 어깨에 메거나 품에 안고 달리는 사람들 속으로 사라졌다.

기차는 정전이었다. 발판을 딛고 올라선 사람들이 어둠 속에서 웅성거리고 우왕좌왕했다. 누군가 손전등과 휴대전화 플래시를 켰다. 나는 사람들이 밝혀 놓은 불빛에 의지해서 간신히 자리를 찾았다. 삼단으로 나뉘어 벽에 붙박인 조악한 철제 침대 위로 짐을 던져 올리고 좌석 가장자리를 따라 매달려 있는 쇠 난간에 발을 딛고 3층 자리로 올라갔다.

객실 불이 들어오자 누군가 박수를 쳤다. 객실은 입석 승객으로 빽빽했다. 기차가 출발했다. 아기 울음소리가 들렸다. 아기를 달래는 소리는 들리지 않았다. 아기는 좀처럼 울음을 그치지 않았다. 불평하는 사람이 없었다.

나는 침낭을 꺼내 자리에 깔았다. 맞은편 3층 칸에 턱수염이 까만 중년 남자가 내 쪽을 바라보고 앉아 있었다. 에어컨 없는 객실은 냄새와 소음이 장악해버렸다. 천장에 걸린 선풍기는 작동되지 않았다. 나는 날개와 보호망이 까맣게 먼지로 덮인 선풍기 위에 신발을 벗어 올려놓았다. 기차가 덜컹거리며 달렸다.

나는 작은 배낭을 베고 누웠다. 두런거리는 말 속에 영어와 알아들을 수 없는 언어가 뒤섞여 들렸다. 아기 울음소리가 끊어졌다 이어졌다. 숨 막히는 탁한 공기 속에 마살라 냄새가 났다. 기차는 자주 어둠 속에 멈춰 섰다. 정차할 역을 알려주는 안내방송은 나오지 않았다. 기차가 멈춰 설 때마다 입석 승객이 조금씩 줄었다. 제복을 입은 차장이 통로를 따라 걸어오면서 기차표를 검사했다. 차장이 가까이 다가왔을 때 나는 자리에 일어나 앉아 기차표를 꺼냈다. 차트에 빼곡한 승객 명단에서 내 이름을 확인하고 표를 돌려주면서 차장은 영어로 적은 안내문 한 장을 내밀었다. 나는 기차 여행 중 유의사항을 10가지 항목으로 나누어 쓴 안내문을 대충 읽고 돌려주면서 고맙다고 말했다. 안전한 여행하시길 바랍니다. 차장은 나에게 인사하고 앞자리 승객 쪽으로 몸을 돌렸다.

기차는 어둠 속을 달렸다. 차창 너머로 어둠이 깔렸다. 틈 없이 꽉 찬 어둠의 시간이 끝도 없이 이어질 성싶었다. 나는 기차가 델리 역에 무사히 닿을 거라 확신할 수 없었다. 기차가 정차할 때마다 승객이 내리고 입석 손님은 몇 남지 않았다. 끈질기게 이어지던 아기 울음소리가 사라지고 두런거리는 말소리가 끊어졌다. 맞은편에 앉아 있던 남자는 숄을 둘러쓰고 모로 누워 잠들었다. 1층과 2층 칸에 탄 승객들이 몸을 움츠리고 자고 있었다. 고른 숨소리와 낮게 코 고는 소리가 들렸다.

깨어 있는 사람은 나와 이설뿐이었다. 그녀는 어둠이 걷히고 밝아올 아침을 의심하지 않았다. 길고 지루한 시간을 보내고 나면 기차가 종착역에 닿을 거라 믿었다. 지금 깨어 있는 이설은 반지하 셋방에서 단어를 골라 문장을 썼던 그녀가 아니었다. 그녀는 군더더기 없는 문장으로 이루어진 결함 없는 서사를 갈망하지 않았다. 완벽한 등장인물이 되고 싶다고 했던 진의 말을 곱씹으면서 그녀는 놓치고 읽어내지 못한 의미를 찾아내려 애썼다. 진은 잠들고 그녀는 잠들지 못했다. 나에게 방을 제공하면 당신은 무엇을 얻죠? 시바 카페에서 이설이 물었을 때 진은 그녀가 쓸 소설이라고 대답했다. 당신이 쓸 소설이죠. 그것으로 충분합니다. 잃을 것이 없는 사람은 그녀가 아니라 진이었다.

그녀는 가네샤 같은 충실한 조력자가 되겠다고 한 진의 말이 가져올 파국을 짐작하지 못했다. 지금 그녀가 잠들지 못하는 까닭은 진이 던진 말의 중압감 때문이 아니었다.

그녀가 원하면 진은 기꺼이 스스럼없이 옷을 벗었다. 현란한 체위로 어지러운 카주라호 힌두사원의 도발적인 조각과 부조를 바라보면서 인간이 누릴 수 있는 가장 아름다운 놀이가 섹스라고 진은 말했다. 그날 밤 사원 근처 게스트하우스 더블 침대에서 진은 사원의 조각과 부조의 체위를 흉내 내며 그녀의 오른쪽 귀에 입술을 대고 속삭였다. 얼마나 많은 사람들이 이 침대에서 천년 전 인도인을 따라 하면서 우리처럼 놀았을까요? 영혼이 자유로운 사람은 상상력을 발휘할 수 있겠죠?

은밀하고 달콤한 말이 그녀의 오른쪽 귓속으로 스며들었다. 얽매이지 말고 거침없이, 자유롭게 소설을 쓰세요. 그녀는 진의 말을 삼키고 입술을 삼키고 가네샤를 삼켰다.

깜빡 잠들었다 눈을 뜨자 창밖이 환했다. 드문드문 자리가 비어 있었다. 양은 주전자와 종이컵을 든 남자가 객차 통로를 따라 걸어 다니면서 차이를 팔았다. 도시락과 과자를 파는 남자가 지나갔다. 잠을 깬 승객들은 피곤한 얼굴로 말없이 음식을 먹었다. 나는 작은 배낭에서 생수와 레몬을 꺼냈다. 맞은편 3층 칸에 앉아 과자를 먹고 있던 남자가 나를 향해 과자봉지를 들어 올리면서 알아들을 수 없는 말을 웅얼거렸다. 나는 고개를 가로저었다. 남자는 통로를 오가는 승객과 행상을 힐긋거리면서 지저분하게 과자를 먹었다. 나는 생수 병을 입에 대고 물을 마시고 레몬 껍질을 깠다. 단단한 레몬 껍질이 조각조각 뜯겨나갔다. 과육이 터지면서 레몬 즙이 손바닥에 흥건하게 묻어났다. 나는 금방이라도 웃음을 터뜨릴 것 같은 얼굴로 빤히 쳐다보는 남자의 시선을 외면하고 레몬 한 조각을 입에 넣었다.

"어느 나라에서 왔어요?"

남자가 영어로 물었다.

"인도에 처음 왔어요?"

나는 대답하지 않고 두 번째 레몬 조각을 입에 넣었다. 내가 마지막 레몬 조각을 입에 넣었을 때 남자는 손바닥으로 과자 부스러기를 털어내면서 모르는 언어로 중얼거렸다.

기차는 정오 무렵 알 수 없는 역에 정차했다. 안내방송은 나오지 않았다. 객차에 남아 있던 승객들이 짐을 들고 통로를 따라 줄을 섰다. 이설은 어디론가 사라졌다. 나는 황급히 난간을 딛고 내려가 아기를 안은 중년 여인에게 델리 역이 맞는지 물었다. 구릿빛 피부에 초록색 인조견 사리를 입고 가르마에 붉은 가루가 번져 있는 여인이 고개를 끄덕였다. 여인의 품에서 자고 있던 아기가 눈을 뜨고 나를 빤히 쳐다보다가 고개를 돌렸다. 저녁 내내 들리던 아기 울음소리가 생각났다.

역 광장을 오가는 사람들 속에서 이설을 찾을 수 없었다. 나는 사람과 릭샤로 혼잡한 광장을 가로질러서 걸었다. 걸음을 옮길 때마다 땀이 흘러내렸다. 나는 흙먼지 날리고 소음으로 귀가 먹먹한 거리가 낯설지 않았다. 마살라 향이 떠도는 더운 공기를 들이마시면서 라훌을 마음 속으로 불러냈다. 라훌은 침대에서 책을 읽고 있었다.

파하르간지 초입에서 아즈칸*을 입은 낯선 남자가 내 쪽으로 다가와 에어컨 있는 방을 소개해주겠다고 말했다. 나는 등에 메고 있던 무거운 배낭을 풀어 남자에게 건네주었다.

"알라하바드* 호텔은 방값이 싸고 깨끗합니다. 당신은 오늘 나를 만나서 운이 좋은 거예요."

나는 남자를 따라 상점과 상점 사이로 뚫려 있는 좁은 골목으로 걸어 들어갔다. 골목은 세탁소를 끼고 난 샛길로 이어졌다. 샛길을 지나자 공터가 나왔다. 반바지를 입은 아이들이 배드민턴을 치는 공터를 사이에 두고 낡은 집들이 마주 보고 있었다. 사리를 입은 늙은 여인이 칠이 벗겨진 나무 대문 집 담벼락에 놓인 등받이 없는 기다란 나무의자에 앉아 콩을 깠다.

알라하바드 호텔은 공터 너머 골목 막다른 자리에 있었다. 호텔 간판이 걸려 있는 건물은 낡고 을씨년스러웠다. 아즈칸을 입은 남자는 성큼성큼 걸어 호텔 출입문을 열었다. 현관 입구에 배낭을 내려놓고 남자는 프런트 안쪽에 있는 흰색 쿠르타를 입은 노인과 내가 알아들을 수 없는 언어로 말을 주고받았다. 노인이 큰 소리로 누군가의 이름을 불렀다. 열 살 남짓한 소년이 호텔 주방에서 뛰어나왔다.

아즈칸을 입은 남자는 나에게 행운을 빌어주고 호텔을 나갔다. 방값을 지불하자 쿠르타를 입은 노인이 객실 열쇠를 내주면서 호텔에서 아침 식사를 제공하는데 식당에서 먹을지 방으로 가져다주길 원하는지 물었다. 나는 방에서 아침 식사를 하겠다고 대답했다.

노인이 턱짓을 하자 소년은 내 배낭을 어깨에 짊어지고 앞장서서 계단을 올라갔다. 배낭이 무거울 텐데도 소년은 3층까지

* 아즈칸: 길이는 무릎이나 그 밑까지 오고 앞쪽에 단추가 매달린 남성용 긴 소매 옷
* 알라하바드: 신의 도시라는 뜻

쉬지 않고 걸어 올라갔다.

흰색 페인트를 칠한 3층 복도를 앞서 걸어가던 소년이 객실 문 앞에 멈춰 서서 나를 향해 환하게 웃는 얼굴로 손을 흔들었다.

"내일 아침에 내가 빵과 커피를 가져다줄게요."

내가 열쇠로 문을 열자 객실 안쪽에 배낭을 부려놓고 나가면서 소년이 말했다.

더블 침대와 작은 탁자가 놓인 방은 공터 쪽으로 창이 나 있었다. 나는 커튼을 걷고 창을 열었다. 담벼락에 바짝 기대앉아 콩을 까는 여인 옆으로 낡은 나무 문짝이 달린 대문이 반쯤 열렸다.

우중충한 건물 외관과 달리 객실은 청결했다. 커튼을 닫고 흰색 시트가 깔린 침대에 앉았다. 나는 밤새도록 기차를 타고 다시 '신의 도시'로 돌아왔다. 신발을 벗고 침대에 누웠다. 셔틀콕 하나가 두 개의 배드민턴 라켓 사이를 규칙적으로 오가는 소리가 창 너머로 이따금 끊어졌다 이어졌다. 아이들은 알아들을 수 없는 언어로 떠들면서 큰 소리로 웃었다. 누군가의 이름을 부르는 늙은 여자의 목소리가 들렸다.

나는 눈을 감고 한낮의 평화로운 소음에 귀 기울였다. 침대 밑으로 기차 바퀴가 규칙적으로 덜컹거리며 달렸다. 기차는 종착역을 향해 쉬지 않고 달려갔다. 라훌이 침대에 기대앉아 『마살라』를 소리 내어 읽었다. 놀랍게도 나는 그의 목소리를 통해 전해지는 문장의 의미를 완벽하게 이해할 수 있었다. 나는 라홀이 언제까지라도 읽기를 중단하지 않기 바랐다. 아름다운 목소리였다. 낯설고 매력적인 이야기였다. 나는 눈을 감고 라홀이 읽어주는 소설 속으로 깊숙이 몸을 파묻었다.

낯선 정적 속에서 눈을 떴다. 라홀이 책을 덮고 우울한 얼굴로 나를 바라보았다. 『마살라』를 다 읽고 나면 다시 요리할 수 있어요. 당신은 그때 떠나도 늦지 않아요.

나는 검은색 앞치마를 두르고 시바 레스토랑 주방에서 요리하는 라홀을 볼 수 없었다. 그가 읽어주는 『마살라』의 마지막 문장을 들을 수 없었다. 나는 라홀이 덮은 책을 집어 무릎에 올렸다. 알 수 없는 글자가 빽빽한 책을 펼치자 마살라 향이 코끝을 파고들었다. 나는 정향 냄새를 맡았다. 육계피 냄새를 구별해냈다. 후추와 커민과 회향 냄새를 맡을 수 있었다. 잘게 빻은 마살라 알갱이의 감촉을 손끝으로 느꼈다. 마살라는 열매고 씨앗이고 이파리이며 뿌리였다. 음식 재료에 따라 마살라는 맛과 향이 달라진다고 했다. 마살라는 요리하는 사람의 손끝에서 비로소 음식이 된다고 말했던 사람이 라홀이었는지 랄리타였는지 라지브 씨였는지 기억나지 않았다.

내가 무릎에 펼친 책을 라홀이 읽었다. 라홀은 지치지 않고 책을 읽어주었다. 막혀 있는 귓속으로 문장이 스며들었다. 나는 언제까지라도 라홀이 읽어주는 문장을 듣고 싶었다.

『마살라』를 읽어줄게요.

라홀이 내 귀에 입술을 대고 속삭였다.

빈틈없는 어둠 속에서 눈을 떴다. 배드민턴을 치면서 웃고 떠드는 아이들로 소란했던 골목이 조용했다. 라훌의 목소리를 들으려고 나는 다시 눈을 감았다.

그녀는 어둠과 정적에 싸인 주방에 있다. 컴퓨터 키보드를 두드려 문장을 써야 할 열 개의 손가락으로 주방을 어지르며 음식을 만들었다. 식칼을 손에 움겨잡은 그녀의 얼굴은 자신의 손가락을 잘라 요리해야 하는 임무를 떠안은 사람처럼 공포로 일그러졌다. 그녀는 칼을 내려쳐 감자를 잘랐다. 당근과 양파를 토막 치고 핏물이 흐르는 돼지고기를 썰었다. 아무도 먹지 않는 음식을 만들면서 그녀는 어둠 속에서 땀을 흘렸다. 아침이 되면 여자는 군말 없이 주방을 치우고 그녀에게 식사를 차려주었다. 그녀가 밤새도록 만든 요리를 망설이지 않고 쓰레기통에 버렸다.

아빠를 방해하지 말라고 딸에게 당부하는 여자의 목소리가 들릴 때마다 그녀는 M이 웅크리고 앉은 옹색한 방을 기웃거렸다.

M은 소설을 쓰고 있어요. 방해하지 말아요.

여자가 오만한 표정을 짓고 앙칼지게 소리쳤다.

나는 M의 독자고 보호자예요. 완벽한 소설가의 방을 만들어주지 못하고 고작 딸아이를 단속할 뿐이지만 말이죠. M은 내가 아는 최고의 작가예요. 가난하게 살았고 지금도 가난하지만 나는 돈보다 더 중요하고 가치 있는 일을 알아요. M은 우리 세 식구가 생활하는 좁은 방에서 소설을 써요. 나는 딸아이가 아파서 칭얼거리면 수면제를 먹여 재워요. 그렇게 하면 아이는 깊이 잠들고 M은 방해받지 않고 글을 쓸 수 있으니까요. 나는 소설가의 아내라는 직분에 긍지를 느껴요. 다른 무엇과 비교할 수 없는 소임이니까요.

여자는 M의 방을 기웃거리는 그녀를 향해 차갑게 경고했다.

나는 M의 소설을 읽은 날을 기억해요. 새해 첫날 신문에 실린 소설을 읽고 무작정 길을 나섰어요. 그 소설을 쓴 사람을 만나기 위해서 말이죠. 그때 난 M의 아내가 될 줄 상상도 못했어요. 찻집에서 M을 기다렸어요. 신문에 사진이 실렸지만 직접 보고 싶었어요. 눈빛을 보고 목소리를 들어야 했어요. 소설을 쓰는 사람은 무얼 먹고 어떻게 말하는지 궁금했어요. M은 약속시간 정각에 찻집에 도착했어요. 커피를 주문했는데 설탕과 크림을 듬뿍 넣더니 찻숟가락으로 몇 번 휘젓고 천천히 마시더군요. M은 특별한 사람 같지 않았어요. 거리에서 어렵지 않게 마주치는 소박하고 평범한 외모였어요. 나는 왠지 안심이 되었어요. M이 특별한 사람이라면 나를 만나러 오지 않았을 테니까요.

그날 나는 M을 따라갔어요. M도 나와 같은 마음이었을까요. 그래요. 따뜻한 밥을 함께 먹고 싶었어요. 작고 초라한 부엌에서 밥을 지었죠. 밥을 먹고 난 뒤에도 M은 나에게 돌아가라고 말하지 않았어요. 우리는 그렇게 함께 살았어요. 외풍이 심한 방에서 잠을 깬 아침 나는 결심했어요. 작고 초라한 그 방의 온기가 되어야겠다고 말이에요. 나는 M의 조력자로 살겠다고 마음먹었어요. 외모는 소박하고 평범하지만 M은 결코 흔하디흔한 소설가가 아니었으니까요. 나는 M을 위해 기꺼이 돈을 벌고 싶었어요. M이 소설 쓰기에 열중하길 바랐어요. 돈은 누구라도 벌어 올 수 있지만 소설은 아무나 쓸 수 없잖아요.

정말이지 현명하고 사려 깊은 판단이었어요. M은 날마다 썼지만 작업 속도는 느리고 더디게 진행되고 있으니까요. 나는 단 한 번도 M에게 묻거나 재촉하지 않았어요. M은 지금 이 순간에도 쓰고 있고 계속 쓸 테니까요. 나는 M이 탈고한 소설을 읽을 날을 기다리고 있어요.

소설을 쓰지 않고 머뭇거리는 M을 상상할 수 없어요. 나는 M이 소설을 써야 할 운명을 타고 난 작가라고 한눈에 알아차렸어요. 나는 M이 작가의 사명에 충실할 수 있도록 돕는 조력자예요. 네, 그래요. 나는 기꺼이 그렇게 하기로 마음먹었어요. 세상에는 수많은 작가가 있지만 M은 내가 알고 있는 최고의 소설가예요. M은 단 한 사람의 독자를 위해서라도 기꺼이 쓸 거예요. 한 사람의 독자만으로 충분하지 않은가요? 그러니까 M을 방해하지 말아요.

그녀는 M이 그 방에서 머뭇거리지 않고 거침없이 소설을 쓸 거라고 믿는 어리석고 오만한 여자를 비웃고 조롱하고 싶었다. M을 흔적 없이 사라지게 만들면 여자가 어떤 표정을 지을지 궁금했다. 소설가를 도울 수 있는 사람은 소설가 자신뿐이었다. 교만하고 아둔한 여자를 깨우쳐주어야 했다.

당신은 왜 진을 따라 여기에 왔나요?

여자는 조롱을 담은 미소를 짓고 입가를 실룩거리면서 물었다.

그녀는 대꾸하지 않았다.

설마 진을 따라온 작가가 당신 한 사람이라고 생각하나요?

여자는 음식이 잔뜩 담긴 접시를 집어 쓰레기통에 쏟았다. 그녀는 여자의 길고 가느다란 목을 쏘아보면서 감자와 양파와 당근과 돼지고기를 토막 쳤던 칼이 널브러져 있는 조리대 앞으로 한 걸음 다가섰다.

그 사람들 모두 쉬지 않고 글을 쓰겠다고 약속했어요. 위대한 작품을 창작하겠다고 책상 앞에 앉아 있었죠. 글을 쓰기 더할 나위 없이 적합한 소설가의 방에서요.

여자는 빙글빙글 웃으며 되는대로 떠들어댔다.

요양원의 노인들은 굶주림과 병으로 천천히 죽어갔어요. 침대에 묶인 노인들은 저항할 수 없었죠. 간신히 숨이 붙어 있는 노인들은 자식들이 정기적으로 보내온 돈으로 연명했어요. 나는 노인들처럼 묶여 있지 않았지만 아버지라고 불렀던 사람에게 붙들려 살았어요. 노인들의 배설물을 치우면서 말이죠. 신문에 실린 M의 소설을 읽지 않았다면 나는 지금도 병든 노인들의 앙상하게 야윈 몸을 닦으면서 아버지에게 복종하고 살았을 거예요. 이제 나는 M에게 복종하며 살아요. M은 복종 받을 충분한 가치가 있는 존재니까요.

한 편의 소설이 누군가의 삶을 바꿀 수 있다는 말이 진부한

가요? 나는 한 사람의 누군가였어요. 이것이 바로 M이 소설을 써야 할 분명한 이유예요.

그녀를 향해 돌아서면서 여자가 매섭게 쏘아붙였다.

M은 당신이 기꺼이 팔아버린 궁색함을 끌어안고 소설을 쓰고 있어요. 설마 당신은 잃을 게 없다고 생각했나요?

개수대와 조리대는 더러운 접시와 그릇이 쌓여 있고 도마며 식칼이며 양념단지 등속으로 어지러웠다. 그녀가 요리한 음식을 버린 쓰레기통에서 악취가 진동했다. 개들이 음식물 찌꺼기를 차지하려고 으르렁거리는 골목을 걸을 때처럼 그녀는 손바닥으로 코와 입을 틀어막았다.

나는 당신이 소설을 쓰지 못하는 줄 알고 있었어요. 이곳에 온 뒤로 한 문장도 쓰지 못한 건 아닌가요? 저 방에서 글을 썼던 다른 작가들처럼 원고를 찢어버렸거나 숨겨놓았을지 모르겠군요.

여자는 억지로 미소를 지어내면서 느물거렸다.

그녀는 여자를 거칠게 밀쳐내면서 조리대에 널브러진 식칼을 낚아챘다. 여자가 놀라고 겁먹은 얼굴로 뒷걸음질쳤다. 그녀는 여자를 처음 보았을 때부터 거치적거리고 불편했다. 여자의 눈빛과 몸짓이 수상쩍고 혼란스러워서 책상 앞에 앉아도 글을 쓸 수 없었다. 소설을 쓰지 못하게 방해하는 장애물을 제거하지 않으면 그녀는 영영 글을 쓰지 못할 거라고 확신했다.

그녀가 칼자루를 높이 치켜올리자 여자는 비명을 지르면서 맥없이 바닥에 주저앉았다. 그녀는 달아날 엄두를 내지 못하고 떨고 있는 여자가 안쓰러웠다. 타인에게 운명을 맡기고 저항하지 못하는 여자를 보자 화가 치밀었다. 그녀는 여자의 목을 움켜잡고 어깻죽지를 향해 칼날을 내리쳤다. 매미 떼가 그악스럽게 울어대면서 공중으로 날아올랐다. 여자는 버둥거리다 고꾸라졌다. 칼자루가 그녀의 발등을 찍고 주방 바닥으로 나동그라졌다. 그녀는 손바닥으로 귀를 틀어막고 바닥에 주저앉았다.

그녀는 싱크대 선반을 뒤져 마른 당면을 꺼냈다. 냄비에 물을 담아 가스 불에 올리고 밥을 안쳤다. 빨간색과 노란색 파프리카를 씻고 표고버섯을 데쳐 양념했다. 당근과 양파를 채 썰고 마늘을 찧었다. 팔팔 끓는 기름에 튀김옷을 입힌 새우를 집어넣었다. 양상추와 오이를 썰어 샐러드를 만들었다. 잡채를 만들고 갈치를 굽고 베트남 쌀국수를 끓였다.

그녀는 음식을 식탁에 차려놓고 진을 기다렸다. 당근을 썰다 베인 왼쪽 손가락에서 피가 흘렀다. 칼자루와 도마, 조리대에 피가 튀었다. 손가락에서 흘러내린 피가 식탁 위에 떨어졌다. 그녀는 피가 흐르는 손가락을 입에 넣고 빨았다. 귓속에서 매미 떼가 쉬지 않고 울었다.

음식은 악취를 풍기며 식어갔다. 칼에 베인 손가락에서 진물이 흘렀다. 진은 그녀가 만든 음식을 먹지 않았다. 여자를 해고하라는 요구를 단호하게 거부했다. 그의 입맛에 맞는 음식을 백 가지도 넘게 만들어 줄 수 있다고 말했지만 들으려 하지 않았다. 아이처럼 천진하고 위대한 신처럼 관대했던 진은 침묵했다. 진은 그녀에게 소설을 쓰라고 독촉하지 않았다. 가네샤처럼 써야 한다고 설득하지 않았다.

집 안의 먼지를 털고 음식을 만드는 여자의 태도가 거칠고 무례했다. 여자는 눈치를 살피지 않고 큰 목소리로 딸과 전화 통화했다. 빈 집에 혼자 있는 양 거침이 없었다. 여자는 식칼을 쥐고 죽으려고 달려들었던 그녀에게 적대감을 드러내며 으르렁거렸다. 글을 쓰지 못하는 그녀를 노골적으로 비웃고 멸시했다.

진은 귀가하지 않았다. 그녀는 귓가에 달콤한 말을 속삭였던 진의 목소리를 떠올릴 수 없었다. 나무랄 데 없는 방에서 그녀는 글을 쓰지 못하고 진은 최고의 등장인물이 될 수 없었다. 그녀는 컴퓨터를 부팅하고 비어 있는 폴더를 열었다. 청소기 돌아가는 소리가 요란하게 들렸다. 꽝 소리가 나면서 방문이 닫혔다. 개수대에 물 쏟아지는 소리가 들렸다. 열어놓은 창으로 햇빛이 쏟아져 들어왔다. 그녀는 어깨를 웅크리고 앉아 키보드를 두드려 문장을 쓰기 시작했다. 더 이상 소음은 들리지 않았다.

80매 분량의 단편소설은 하룻밤에 완성되었다. 「소설가의 아내」는 그녀가 소설가의 방에서 쓴 유일한 작품이었다. 소설가의 방에서 진은 최고의 등장인물이 될 수 없었다. 그녀는 여전히 진이 누구이며 무엇을 욕망하는지 알지 못했다. 소설가의 아내 때문에 그녀는 끝내 진에게 가닿을 수 없었다. 여자는 훼방꾼이었다. 훼방꾼 여자는 최고의 등장인물이 아니었다. 사라져야 했던 인물은 M이 아니라 여자였다.

소설가의 아내는 그녀를 위해 밥을 짓지 않았다. 집 안에 먼지가 자욱하게 쌓여도 쓸고 닦지 않았다. 그녀가 소설을 쓰고 있는데도 아랑곳하지 않고 시끄럽게 청소기를 돌리고 전화 통화를 했다. 어느 날부터 여자는 출근하지 않았다. M이 사라지자 여자의 삶도 맥없이 끝났다.

그녀는 소설가의 방을 나가 어두운 거리를 걸었다. 시바 카페 아크릴 간판 불이 환했다. 시바 카페는 손님으로 북적였다. 꽁지머리 사내가 흘끔 그녀를 쳐다보면서 비어 있는 스툴을 눈으로 가리켰다. 그녀는 남자와 함께 칵테일을 마시고 있는 젊은 여자 옆에 앉았다. 꽁지머리 사내는 그녀가 주문한 흑맥주 한 병을 가져다주고 사과와 오렌지와 파인애플을 깎고 썰어 안주를 준비하면서 분주하게 손을 움직였다. 씻어놓은 유리컵이 바구니 가득 쌓여 있었다.

그녀는 꽁지머리 사내에게 진을 기다린다고 말했다.

꽁지머리 사내는 육포를 찢으면서 고개를 갸우뚱거렸다. 무슨 말을 하는지 모르겠다는 얼굴로 쳐다보는 꽁지머리 사내에게 그녀는 진이 언제쯤 시바 카페에 오는지 물었다.

누구를 말하는지 모르겠다고 꽁지머리 사내가 기계적인 미소를 띠고 말했다. 그녀는 진이라고 대답했다. 그녀는 진을 진이라고 말할 수 있을 뿐이었다. 그녀는 진의 얼굴과 목소리를 떠올릴 수 없었다. 귓가에 속삭였던 달콤한 말을 기억해내지 못했다.

꽁지머리 사내는 어깨를 으쓱거리며 마른 행주를 집었고 라가 음악에 맞춰 천천히 몸을 흔들면서 유리잔의 물기를 닦았다.

그녀가 시바 카페를 나갔을 때 빗방울이 떨어졌다. 손바닥으로 머리를 가리고 그녀는 달렸다. 우산을 들었거나 우산 없이 비를 맞는 사람들 속에서 그녀는 소설가의 방이 있는 방향을 가늠해보았다. 걸음을 뗄 때마다 길이 지워졌다. 그녀는 흠뻑 젖은 채 편의점으로 뛰어 들어가 검은색 박쥐우산을 샀다.

제자리를 맴돌고 있다고 알아챘을 때 돌풍이 불고 우박이 쏟아졌다. 우산을 쓴 사람들과 우산 없는 사람들이 한 덩어리가 되어 어디론가 떼밀려 갔다. 그녀는 우산이 날아갈까 두려워 두 손으로 손잡이를 힘껏 움켜잡았다. 상점 입간판이 요란한 소리를 내며 흔들렸다. 길바닥에 버려진 살이 부러진 우산 하나가 공중으로 날아올랐다. 거리는 순식간에 텅 비고 상점의 불빛이 모두 꺼졌다. 그녀는 살이 꺾이고 뒤집힌 우산을 두 손으로 움켜잡고 거센 바람을 따라 휘청거리다가 공중으로 솟구쳐 올랐고 이내 곤두박질쳤다.

초인종 소리를 듣고 잠을 깼다. 문을 열자 흰색 쿠르타를 입은 소년이 뚜껑을 덮은 접시와 찻주전자, 빈 찻잔이 놓인 둥근 쟁반을 내밀었다.

"아침 식사예요."

소년이 해맑게 웃으며 말했다.

내가 고맙다고 말하고 쟁반을 받아 들자 소년이 두 눈을 반짝거리면서 물었다.

"당신은 어디에서 왔고 어디로 가나요?"

나는 소년이 묻는 말에 대답하지 않고 쟁반 위에 놓인 빈 찻잔을 바라보았다.

"가네샤가 당신을 지켜줄 거예요. 당신의 목에 걸려 있는 코끼리 머리를 가진 신 말이에요. 그는 부의 신이고 여행자들의 신이니까요."

두 손을 가슴 앞에 모으고 소년이 말했다.

소년의 모습은 복도를 지나 계단 아래쪽으로 금세 사라졌다.

가네샤는 지혜와 학문의 신이었다. 소년을 다시 만나면 나는 이제 가네샤가 필요하지 않다고 말해주어야 했다.

창문을 열고 찻잔에 커피를 따랐다. 이등변삼각형 모양으로 잘린 샌드위치를 단숨에 먹어치웠다. 완두콩을 까는 여인과 배드민턴을 치는 아이들은 눈에 띄지 않았다. 낡은 나무 문짝이 달린 대문은 닫혔고 담벼락 쪽으로 놓인 기다란 나무의자는 비었다. 남자가 알라하바드 호텔 쪽으로 걸어왔다. 커다란 갈색 줄무늬 가방을 어깨에 멘 머리가 길고 턱수염이 짙은 남자는 샛길을 걸어 나와 곧장 호텔을 향해 걸음을 내디뎠다. 집으로 돌아가는 사람처럼 망설이지 않고 단호하게 걸어오던 남자의 모습은 시야에서 사라졌다.

복도를 걸어오는 발걸음 소리가 들렸다. 객실 문이 열리고 닫히는 소리가 커서 나는 남자가 옆방으로 들어갔을 거라고 짐작했다. 내일 아침에 식사를 가져다주겠다고 소년이 말을 건넬 틈을 주지 않고 문은 단호하게 닫혔다. 옆방에 든 투숙객은 내 추측과 달리 장발에 턱수염이 짙은 남자가 아닐지도 몰랐다. 호텔을 향해 망설임 없이 곧장 걸어온 남자는 손님이 아니라 쿠르타를 입은 노인의 가족일 수 있었다. 알라하바드 호텔 지배인이거나 휴가를 마치고 돌아온 요리사인지도 몰랐다. 옆방의 투숙객은 내가 머물기 전부터 그 방에 묵고 있었거나 내가 창밖을 내다보기 전에 이미 공터를 가로질러 호텔로 들어온 손님이었다.

나무 대문 한쪽이 슬그머니 열리고 반바지를 입은 아이가 밖으로 나왔다. 네댓 살쯤으로 보이는 아이는 아무도 없는 공터를 두리번거리다가 담벼락 쪽에 놓인 기다란 의자로 가서 앉았다. 어제 늙은 여자가 콩을 깐 의자에 앉아 두 다리를 공중으로 뻗어 올리면서 호텔 쪽으로 고개를 돌린 아이는 나와 눈길이 마주치자 얼굴을 일그러뜨리고 자리에서 일어났다.

나는 창문을 닫고 커튼을 쳤다. 금방이라도 울음을 터뜨릴 것 같은 아이의 얼굴을 보고 싶지 않았다. 나는 아이가 집으로 뛰어 들어갔는지 여전히 기다란 의자에 앉아 있는지 알 수 없었다. 어쩌면 내가 아이의 표정을 잘못 보았을지 몰랐다. 알라하바드 호텔을 들고 나는 투숙객들을 일상으로 보았을 아이가 나를 보고 놀랄 까닭이 없었다. 나는 커튼을 걷고 창문을 열었다. 아이는 거기 없었다.

나는 객실 문을 잠그고 로비로 내려갔다. 흰색 쿠르타를 입은 노인이 카운터 안쪽 의자에 앉아 차를 마시고 있었다. 내가 인사하자 노인이 잘 잤느냐고 물었다. 열아홉 시간 가까이 자고 일어났다고 대답하자 노인이 웃었다. 노인의 등 뒤로 락슈미와 가네샤 초상이 걸렸고 카운터 맞은편 벽을 따라 신들의 초상이 붙어 있었다. 초록색 비닐 소파 위에 줄무늬 가죽 가방이 놓여 있었다. 가방을 메고 걸어왔던 남자는 없었다. 나는 출입문을 열고 밖으로 나가 담벼락 쪽에 놓인 기다란 나무의자에 잠깐 앉았다 일어났다. 닫혀 있는 대문 앞으로 다가갔다. 대문 중간쯤에 걸린 쇠로 된 둥근 문고리를 슬쩍 손으로 밀자 문이 열렸다. 문가에 서 있던 아이가 한 걸음 물러나면서 나를 빤히 올려다보았다. 나는 배낭에서 레몬을 꺼내 아이에게 내밀었다. 아이가 주저하는 얼굴로 마당 한쪽 화덕 앞에 쭈그리고 앉아 차파티를 굽는 여인을 향해 몸을 돌렸다. 여인이 고개를 끄덕이자 아이가 다가와 손을 내밀었다.

레몬을 건네주자 아이가 내 손을 잡아끌었다. 나는 아이를 따라 여인이 차파티를 굽는 화덕 앞으로 걸어갔다. 여인은 화덕에서 차파티 한 개를 꺼내 아이에게 주었다. 나는 아이가 건네준 둥글게 구워진 뜨거운 차파티를 받아 화덕 앞에 쭈그리고 앉았다. 차파티를 찢어 한 조각 입에 넣었다. 아이와 여인이 웃는 얼굴로 나를 쳐다보았다. 마살라 향기가 향긋했다. 나는 뜨거운 차파티 한 장을 순식간에 먹어치웠지만 화덕 앞을 떠나지 않았다. 여인이 다시 화덕에서 차파티 한 장을 꺼내 내밀었다.

나는 뜨거운 차파티를 손에 들고 마당을 둘러보았다. 낮고 허술한 담장 아래로 금잔화가 무리 지어 피어 있었다. 화분 몇 개가 아무렇게나 놓인 마당 한쪽을 가로질러 매단 빨랫줄에 물이 뚝뚝 떨어지는 이불과 옷가지가 널렸다. 여인이 차파티를 굽는 화덕 옆으로 문짝이 어긋난 쪽문이 활짝 열려 있었다. 둥근 쟁반에 차파티 몇 장이 쌓이자 여인이 허리를 펴고 일어났다. 내 손에 들린 차파티를 눈으로 가리키며 여인이 어서 먹으라고 재촉했다. 내가 차파티를 둥글게 말아 입에 넣자 여인이 쪽문으로 들어갔다. 여인은 오래전 어느 날에도 차파티를 몇 장 얻어먹었던 나를 기억하지 못했다.

나는 여인과 아이의 집을 나가 등받이 없는 나무의자에 앉았다. 어른 세 사람이 앉아도 넉넉할 길고 튼튼한 의자였다. 마살라 향기가 남은 손바닥을 코에 대고 냄새를 맡았다. 아이가 주뼛거리며 내 옆에 앉아 두 다리를 공중으로 높이 뻗어 올렸다. 아이는 레몬을 먹지 않고 손에 쥐고 있었다. 내가 주었지만 이제 내 것이 아닌 레몬의 달고 신맛을 떠올리자 입에 침이 고였다. 이제 레몬은 하나도 남지 않았다.

"아까 저 호텔 창문으로 무얼 보았니?"

내가 묻자 아이는 생글거리며 웃었다.

청바지를 입은 사내 아이들이 공터에서 배드민턴을 쳤다. 두 개의 라켓 사이를 규칙적으로 오가던 셔틀콕이 바닥으로 떨어지는 순간 레몬을 손에 쥔 아이가 벌떡 일어났다.

194

나는 공터를 가로질러 샛길로 걸어갔다. 좁은 골목은 시장 거리로 이어졌다. 릭샤가 흙먼지를 일으키며 달리고 사람과 동물로 붐비는 거리에서 나는 어제 호텔을 소개해주었던 아즈칸을 입은 남자와 마주쳤다. 남자는 호텔 방이 마음에 들었는지 물었고 나는 깨끗하고 조용한 방이라고 대답했다. 언제까지 머물러 있을 예정이냐고 남자가 다시 물었다. 나는 고개를 갸우뚱거리면서 모르겠다고 대꾸하고 남자에게 손을 흔들었다.

상점과 노점이 이어진 거리를 걷고 있을 때 맨발의 여인이 다가와 손을 내밀었다. 나는 동전을 주지 않았다. 길바닥에 플라스틱 의자를 놓고 머리카락을 노랗게 물들인 여자의 팔에 헤나 문신을 해주는 남자와 라씨*를 파는 가게와 사설 환전소를 지나쳤다. 출입문이 활짝 열린 식당에서 사람들이 스테인리스 식판에 담긴 탈리를 먹고 있었다. 식당을 지나 곧장 걷다 왼편으로 꺾어지면 지하철역이었다. 동전을 내고 지하철을 타면 인디라 간디 국제공항으로 갈 수 있었다.

늙은 남자가 레몬을 가득 실은 수레를 끌고 지나갔다. 나는 목이 말랐지만 레몬을 사지 않았다. 수레에는 내 몫의 레몬이 없었다. 나는 흰 소 한 마리가 느릿느릿 걸어가는 길에서 주위를 두리번거렸다. 3층 건물 옥상은 한글 간판이 걸린 식당이었다. 옥상 가장자리를 따라 놓인 테이블에 남자와 여자가 마주 앉아 음식을 먹고 있었다.

* 라씨: 버터밀크와 우유로 만든 인도의 차가운 요구르트 음료

낡고 허술한 3층 건물과 건물 사이로 난 골목으로 들어갔다. 헤라 게스트하우스 팻말이 걸린 2층 건물 앞으로 가서 섰다. 출입문을 열고 밖으로 나온 남자가 우두커니 선 나를 힐긋거리며 지나갔다. 창문은 빈틈없이 닫혔다. 골목과 거리에서 들려오는 소음을 막아주지 못하는 허술한 창문 안쪽에 이설이 있었다. 기다려도 창문은 열리지 않았다.

미완의 소설은 읽을 문장이 없었다. 이설이 말하지 않아도 나는 미완인 줄 알았다. 소설을 따라왔지만 이설은 모습을 드러내지 않았다. 이설에게 M의 말을 전할 방법을 찾아야 했다. 그녀는 함부로 넘겨짚었거나 오해했거나 잘못 판단해서 실수로 얼룩진 인물과 문장, 플롯으로 고통을 겪는 M의 모습을 직시해야 할 책임이 있었다.

더러운 숄을 머리에 둘러쓴 맨발의 여인이 골목으로 들어왔다. 나는 여인이 다가와 손을 내밀기 전에 성큼성큼 골목을 걸어 나갔다. 릭샤가 내 옆으로 다가와 섰다. 릭샤꾼이 타라고 손짓했다. 고개를 내저었다. 나는 지하철이나 릭샤가 아니라 이설처럼 흰색 쿠르타를 입은 노인이 불러준 택시를 타고 델리를 떠나야 했다.

힘겹고 고통스러운 여행을 마치고 집으로 돌아가야 했다.


짐을 챙겨 로비로 내려갔다. 초록색 비닐 소파에 놓였던 갈색 줄무늬 가방은 사라졌다. 나는 카운터로 가서 체크아웃 하면서 노인에게 공항까지 타고 갈 택시와 커피를 부탁했다.

소년이 웃는 얼굴로 커피를 가져왔다. 언제나 생글생글 웃는 낯꽃인 소년은 사람을 볼 때마다 자동적으로 미소 짓는 인형 같았다. 소년에게 웃음을 거두라고 말하고 싶었지만 나는 잠자코 찻잔을 받았다. 초록색 소파에 젖버듬히 기대앉아 커피를 마셨다. 공터는 비었다. 내가 레몬을 준 아이와 배드민턴을 쳤던 아이들은 나타나지 않았다. 기다란 나무의자 아래로 레몬 껍질이 조각조각 흩어져 있었다.

택시가 도착했다고 노인이 다시 소년을 불렀다. 식당에서 뛰어나온 소년이 배낭을 어깨에 메고 출입문을 활짝 열었다. 나는 공터를 가로질러 걷다 샛길 앞에서 멈춰 서서 낡고 우중충한 호텔 건물을 돌아보았다. '신의 도시'는 화려하지 않지만 누구든 호텔 출입문을 열고 들어가면 겉보기와 달리 깔끔하고 쾌적한 방에 만족할 수 있었다.

택시는 길가에 세워져 있었다. 조수석 문짝에 기대서서 전화통화를 하고 있던 기사가 재빨리 트렁크를 열었다. 나는 지갑에서 루피를 꺼내 소년에게 주고 택시 뒷자리에 올라탔다. 소년이 손을 흔들었다. 택시는 경적을 울리며 사람과 릭샤로 혼잡한 거리를 천천히 빠져나갔다. 내가 뒤돌아보았을 때 소년은 웃고 있지 않았다.

2부

# 1

까마귀 한 마리가 유리창을 부수고 방으로 날아들었다. 천장과 잇닿은 자리에 걸려 있는 창문이 깨지고 유리 파편이 사방으로 쏟아졌다. 루파를 부르고 싶었지만 목소리가 나오지 않았다. 까마귀는 방 안을 빙글빙글 돌면서 시끄럽게 날았다. 날개를 퍼덕거리고 위협적인 소리를 지르며 맴돌았다. 까마귀가 장막처럼 검고 어두운 날개를 접고 내 머리에 가볍게 내려앉아 단단하고 날카로운 부리로 정수리를 쪼아대기 시작했다. 이마를 타고 검은 피가 흘러내렸다. 나는 견딜 수 없는 통증으로 몸부림치면서 비명을 질렀다.

웅성거리는 소음 속에서 눈을 떴을 때 까마귀는 어디론가 날아가고 없었다. 천장에 매달려 있어야 할 실링팬이 보이지 않았다. 나는 파란색 담요를 덮고 누워 있었다. 머리맡 위로 낡은 선풍기가 벽에 걸려 있었다. 선풍기는 멈췄지만 귓가에서 덜덜거리며 실링팬이 돌았다. 물속에 잠긴 양 귓속이 먹먹했다.

링거 줄에 매달린 주삿바늘이 손등에 꽂혀 있었다. 간호사
가 다가와 링거 조절기를 닫고 줄을 뽑았다. 주삿바늘은 빼지
않고 반창고를 붙이면서 간호사가 아침 식사를 하라고 말했
다. 나는 주삿바늘이 꽂힌 왼손으로 오른쪽 어깨를 더듬었다.
통증으로 얼굴을 찌푸리면서 어깨에 둘러진 띠를 만졌다. 띠
가 둘러져 있었다. 나는 파란색 담요를 발로 밀쳐내면서 천천
히 일어나 앉았다. 등에 베개를 받치고 똑바로 앉아 왼손으로
줄무늬 상의 단추 두 개를 풀었다. 양쪽 어깨에 두꺼운 보호대
가 채워져 있었다. 겨드랑이를 지나 등 쪽으로 이어진 보호대
는 가슴을 압박했다. 어깨 띠 아래로 늘어진 젖가슴이 출렁거
렸다.

"매점에서 수저를 사 와야 밥을 먹을 수 있을 것인디……."

맞은편 병상 보조 침대에 앉아 컵라면을 먹고 있던 중년 여
자가 말했다.

"병원생활 하려면 필요한 물건이 한두 가지가 아니라니까."

6인실 병상 환자들은 식판에 담긴 밥을 먹었다. 밥 냄새를
맡자 허기가 몰려왔다. 밥과 반찬에 뚜껑이 덮인 식판을 쳐다
보면서 나는 왼손으로 상의 단추를 채웠다. 내가 왜 병원에 있
는지 무슨 일이 생겼는지 알 길이 없었다.

"사람이 아플수록 잘 먹어야 하는 법이라오. 어젯밤에 함께
왔던 남자가 남편이지요?"

컵라면 용기를 들고 일어나면서 여자가 물었다. 나는 깜짝
놀라 고개를 들었다.

202

"내가 누구와 함께 왔나요?"

"기억이 깜깜한가 보네."

여자가 뚜덜거리면서 밖으로 나갔다.

나는 몸을 옆으로 돌리고 앉아 두 발로 바닥을 짚었다. 운동화를 찾아 발에 꿰어 신고 천천히 일어섰다. 걸음을 떼는 데 아무 불편이 없었다. 병실을 나가 화장실을 찾으려고 복도를 두리번거렸다.

고장 난 선풍기가 지지직거리는 소음이 화장실까지 따라왔다. 나는 링거 거치대를 끌고 온 환자가 세면대에서 손을 씻고 나가기 기다렸다가 화장실 출입문을 잠갔다. 환자복 상의 단추를 전부 풀고 거울에 비친, 어깨 보호대를 찬 앙상하게 야윈 몸을 찬찬히 살폈다. 오른쪽 어깨 주위로 보랏빛 멍이 얼룩졌고 오른쪽 뺨에도 번졌다. 팔을 움직일 때마다 통증이 밀려왔다. 거울 속에 낯선 내가 나를 바라보고 있었다.

회진을 나온 외과 과장이 간호사와 함께 병상 앞으로 다가왔다. 나는 컨디션이 어떤지 묻는 의사에게 어깨와 머리가 아프다고 말했다. 내 몸에 무슨 일이 생겼는지 묻고 싶었지만 입을 다물었다.

의사는 부러진 쇄골이 붙을 때까지 오른손을 사용하지 말라고 주의를 주었다. 진통제를 처방하고 두부 MRI 촬영 스케줄을 잡으라고 간호사에게 지시한 뒤 의사는 내 옆 병상 중년 여자 쪽으로 몸을 돌렸다. 컨디션을 묻는 질문에 허리와 등이 아프다고 여자가 답하자 의사는 물리치료를 잘 받으라는 의례적인 말을 남기고 간호사와 함께 병실을 나갔다.

아침 식사로 나온 밥이 보조침대 위에 그대로 놓여 있었다. 노인 환자를 간병하는 여자의 말처럼 수저를 사 오지 않으면 병원을 나가는 날까지 내내 굶어야 했다. 문병을 와줄 사람이 없었다.

개인 수납장 옷걸이에 고동색 잠바가 걸려 있었다. 청바지와 체크무늬 셔츠는 수납장 바닥에 개켜 있고 양말 한 켤레와 검은색 브래지어가 둘둘 말려 있었다. 내 것이 분명한 옷들이 공중목욕탕 옷장처럼 좁고 길쭉한 병실 수납장에 가지런히 정리되어 있었다. 잠바 주머니 안에 손을 넣자 지갑이 손에 잡혔다. 나는 지갑을 꺼내 들고 지하 매점으로 가서 수저와 물병과 세면용품을 샀다.

병실로 돌아왔을 때 식판이 치워지고 없었다. 빈속에 약을 먹고 물을 마시다 문득 수납장에 잠바를 걸고 바지와 셔츠를 개킨 사람이 나일 거라고 짐작했다. 지워지고 달아난 기억을 찾아야 했다. 브래지어와 양말을 둘둘 말아 수납장에 넣는 내 모습은 사라진 퍼즐 조각마냥 좀처럼 떠오르지 않았다. 나는 응급실에서 보호대가 채워지고 병실로 올라가 간호사의 도움을 받으며 환자복을 입었다. 무슨 일이 벌어졌는지 모르지만 나는 쇄골이 부러지고 멍이 든 채 병실에 갇혀 있었다.

점심 식사가 나왔다. 나는 매점에서 사 온 수저와 플라스틱 물병을 꺼냈다. 엉덩이에 맞은 주사와 약 때문인지 속이 울렁거렸다. 앞 병상 간병인 여자가 보았다는 남자가 누구인지 알

길이 없었다. 여자에게 묻고 싶었지만 고개를 숙이고 잠자코 밥을 삼켰다. 여자가 알 리 없었다.

끼니때마다 알약을 삼켰다. 두통은 가라앉지 않았다. 통증이 심하면 언제라도 주사를 놓아주겠다고 간호사는 친절하게 말했다. 나는 하루 대부분의 시간을 병상에 누워 있었다. 진통제가 어깨 통증을 무디게 해주었다. 밀려드는 잠을 주체하기 어려웠다. 무기력한 느낌에서 벗어날 수 없었다. 하루는 대부분 잠으로 채워지고 시간이 뭉텅뭉텅 잘려나갔다.

아침밥을 먹으라는 여자의 목소리를 듣고 눈을 떴다. 흰색 모자를 쓰고 흰 가운을 입은 여자가 보조침대에 식판을 놓고 갔다. 왼손으로 미역국에 밥을 말아 먹는 나를 앞 병상 간병인 여자가 힐끔 쳐다보았다. 여자는 찬합에 담긴 식은 밥을 먹었다. 플라스틱 그릇에 담긴 김치와 밑반찬은 여자가 만들었거나 사 온 음식 같았다. 여자는 아무 말도 하지 않았다.

나는 식판을 복도에 내놓고 양치질을 하려고 화장실로 갔다. 의사는 8주 동안 오른팔을 쓸 수 없을 거라고 말했다. 두 달이 지나면 부러진 쇄골이 붙고 예전과 같은 생활로 돌아갈 수 있다고 했다. 나는 예전과 같은 생활이 어떤 것인지 의사에게 묻고 싶었다. 칫솔을 입에 물고 거울 앞으로 가까이 다가섰다. 오른쪽 뺨에 얼룩진 멍이 조금 더 선명해졌다.

간호사가 내 병상 옆에 서 있었다. 내가 침대에 눕자 왼쪽 환자복 소매를 걷어 올리고 혈압 측정계 커프를 팔에 감았다. 간호사는 귀에 청진기를 꽂고 고무 펌프를 빠르게 눌러 공기를 주입했다 뺐넸다.

"정상 혈압이네요."

간호사가 커프를 풀면서 말했다.

"오늘 오후 3시에 MRI 검사실로 가세요. 검사실은 지하 1층
입니다. 보호자와 동행하세요."

병상 주위로 커튼을 드리우고 엉덩이에 주삿바늘을 찔러 넣
으면서 간호사가 말했다.

나는 고개를 끄덕였다. 병실까지 따라왔다는 남자가 누구인
지 궁금했다.

검사실 간호사가 보호자 없이 혼자 왔냐고 물었다. 내가 혼
자라고 대답하자 간호사는 잠자코 문진표를 내밀었다. 문진
표를 읽고 체크해서 돌려주자 간호사는 혈관을 찾아 왼쪽 팔
에 관이 삽입된 주삿바늘을 찔러 넣었다. 검사 중 조영제를 투
입할 때 사용할 관이라고 간호사가 알려주었다. 나는 환자복
을 입은 사람들이 앉아 있는 대기실 의자로 가서 차례를 기다
렸다. 검사실 문이 열리고 흰 가운을 입은 남자가 밖으로 나와
내 이름을 불렀다.

내가 원통형 검사대에 올라가서 다리를 뻗고 앉자 남자는
30분쯤 시간이 소요되고 검사가 진행되는 동안 소음이 크게
들려도 놀라지 말라고 주의를 주었다. 남자는 주황색 귀마개
를 가져와 내 양쪽 귀에 밀어 넣고 헤드폰을 씌어주었다. 내가
지시대로 자리에 눕자 쇠살대가 듬성듬성 박혀 있는 보호 기
구가 얼굴 위로 채워졌다. 얼굴과 머리는 보호 기구에 갇혀버

려서 꼼짝할 수 없었다. 호흡이 거칠어지고 심장이 빠르게 뛰었다. 남자가 검사를 시작해도 괜찮겠느냐고 물었다. 나는 남자의 눈을 똑바로 바라보면서 왼손을 조금 움직여 시작해도 좋다고 의사표현을 했다. 남자는 검사가 끝날 때까지 몸을 움직이면 안 된다고 다시 주의를 주었다.

검사대가 천천히 움직이면서 상반신이 기다란 자석 통 안으로 빨려 들어갔다. 기계 돌아가는 소리가 천둥처럼 울렸다. 손을 뻗어 귀를 막고 싶었다. 얼굴 위로 채워 놓은 보호 기구를 벗고 싶어서 버둥거렸다. 감았던 눈을 번쩍 떴다. 둥글고 매끈한 천장이 금방이라도 주저앉을 듯 요란하게 흔들렸다. 식은땀이 흘렀다. 몸이 딱딱하게 굳었다. 나는 산 채로 매장당하고 있었다. 눈을 뜨고 있을 수 없었다. 기계 돌아가는 소리가 점점 더 커졌다.

흰 가운을 입은 남자가 나를 부축해서 대기실 의자로 데려다주었다. 의자에 앉아 있던 노인이 괜찮으냐고 물었다. 내가 괜찮은지 알 수 없었다.

벽에 걸린 둥근 시계가 4시 정각을 가리켰다. 나는 자리에서 일어났다. 다리가 휘청거려 복도 벽을 따라 붙어 있는 안전봉을 잡고 천천히 걸었다. 머릿속으로 어둠이 깔린 도로 한복판에 쓰러진 내 모습이 흐릿하게 떠올랐다. 나는 횡단보도를 건너려고 했다. 정신이 들었을 때 나는 병원 응급실에 있었다. 간호사의 지시대로 속옷을 벗고 환자복으로 갈아입었다. 어깨를 짓누르는 강렬한 통증을 느끼면서 CT 촬영을 했고 오른쪽 쇄골이 부러졌다는 진단을 받았다. 응급실 당직 의사가 어깨 보호대를 둘러주면서 오른팔을 사용하지 말라고 주의를 주었다.

나는 간호사를 따라 병실로 올라갔다. 간호사는 비어 있는 병상에 시트를 깔고 베개와 담요를 가져왔고 수납장에 옷가지를 넣는 나를 도와주었다. 내가 침대에 눕자 파란색 담요를 덮어주고 간호사는 불을 끈 뒤 병실을 나갔다.

자동차 한 대가 빠른 속도로 달려왔다. 나는 도로 한가운데 쓰러졌다. 빛과 소음이 사라졌다. 어떻게 병원 응급실로 옮겨졌는지 기억나지 않았다. 횡단보도를 건너 어디로 가려고 했는지 생각나지 않았다. 간병인 여자가 본 남자가 누구인지 알 수 없었다.

감색 양복을 입은 남자가 내 침대에 걸터앉아 있었다. 나는 침대에 함부로 앉아 있는 낯선 남자가 짜증스럽고 불쾌해서 얼굴을 찌푸렸다. 앞 병상 간병인 여자가 나와 남자를 번갈아가며 쳐다보았다. 남자가 일어나 자리를 비켜주었다. 내가 침대에 앉자 남자는 양복 주머니에서 명함을 꺼내 내밀었다. 보험회사 보상과 직원이었다.

남자는 내가 사고를 당해 쇄골이 부러진 줄 알고 있었다. 8주 진단이 나왔고 두통을 호소해서 MRI를 찍은 것도 알고 있었다. 사고가 난 도로 위치와 가해 차량이 흰색 소나타라고 일러주었지만 그날 저녁 내가 횡단보도를 건너 어디로 가려고 했는지 남자 역시 알지 못했다.

남자가 내 직업을 물었다.

"소설을 씁니다."

입에서 튀어나온 말이 사실이 아닐지 모른다고 의심하면서 나는 남자를 바라보았다.

"아, 소설가 선생이시군요."

입가에 미소를 빼물고 남자가 말했다. 조롱하는 웃음이 불쾌해서 나는 고개를 옆으로 돌렸다.

남자는 병문안차 왔다고 했다. 거동이 크게 불편하지 않으면 병원에 오래 입원해 있기보다 서둘러 합의하고 통원 치료 받는 편이 낫다고 남자가 말했다.

"합의금으로 얼마를 받고 싶으신가요? 최대한 선생님이 원하는 액수에 맞춰 드리겠습니다. 다만 선생님은 소설가시니까, 뚜렷한 직장을 가진 사람들에 비하면 보상 액수에 차이가 난다는 점을 알고 계셔야 합니다."

나는 느물거리는 남자의 태도와 말투가 불쾌해서 잠자코 있었다.

남자는 더 이상 치근덕거리지 않고 병실을 나갔다. 나는 왼손으로 입술을 닦았다. 분명 내 입에서 나온 말이지만 남자가 묻기 전까지 소설에 대해서, 내가 소설을 썼다는 사실마저 까맣게 잊고 있었다. 왼쪽 귓가에서 지지직거리는 소음이 들렸다. 귓가에 울리던 소리가 귓속을 파고들면서 두통이 몰려왔다.

"소설가 양반이셨구먼."

앞 병상 간병인 여자가 과자를 우물거리며 혼잣말처럼 중얼거렸다.

간병인 여자는 보험회사 직원과 한통속이 되어 함부로 나를 비웃고 조롱했다.

두통은 사라지지 않았다. 간호사가 가져온 진통제를 입에 넣고 물을 삼키는 순간 내 방 책상 위에 놓인 아스피린 상자가 떠올랐다. 나는 날마다 아스피린을 먹고 잠들었다. 아스피린을 먹으면 귓전에서 울려대는 소음이 견딜 만했고 두통이 가라앉았다. 나는 이명과 두통이 교통사고 탓이 아니라고 번뜩 기억해냈다.


나는 예약 시간 5분 전쯤 신경외과 병동에 도착했다. 접수를 하고 대기실 의자에 앉았다. 내 이름 석 자 중 가운데 글자가 ＊표시로 대체되어 대기 순서를 알려주는 전광판에 떠 있었다.

간호사가 내 이름을 불렀다. 진료실 문이 열렸다. 나는 27인치 컴퓨터 모니터 두 대가 놓여 있는 책상 앞으로 걸어가서 등받이 없는 둥근 의자에 앉았다. 중년 남자 의사가 보호자와 함께 왔는지 물었다. 나는 혼자라고 대답했다.

"왼쪽 청력이 많이 떨어질 거예요."

의사는 모니터에 시선을 두고 말했다.

그렇다고 대답하면서 어쩌면 신경외과 의사는 내가 모르는 나를 알고 있을 거라고 넘겨짚었다.

"머리에 문제가 있어요. 많이 심각하지는 않습니다. 이건 교

통사고와 상관없어요. 사고를 당해 알게 되었으니까 불행 중
다행이라고 해야겠네요. 보호자와 함께 왔으면 좋았을 텐
데……."

의사는 무언가 망설이는 눈치였다. 나에게 닥친 문제를 존재
하지 않는 보호자에게 말하고 싶어 했다.

나는 언제부터인지 확실히 기억할 수 없지만 왼쪽 귀에서 지
지직거리는 이명이 들리고 두통이 심해 날마다 아스피린을 먹
었다고 말했다.

"그랬을 겁니다."

의사가 고개를 끄덕이면서 내 머릿속을 촬영한 영상이 담긴
컴퓨터 모니터를 지시봉으로 가리켰다.

이명과 난청이 청신경을 압박하는 종양 때문이라고 의사는
말했다. 청신경 가까이 자리 잡은 종양은 지름 1센티미터 정도
크기였다. 종양이 자라는 속도가 빠르지 않아 당장은 염려하지
않아도 괜찮지만 점점 더 커지면 손을 쓸 수 없을 거라고 했다.
의사는 두개골을 열지 않는 방사선 시술을 받으라고 권했다.

"우리 병원은 방사선 시술을 하지 않습니다. 하지만 병원을
소개해줄 수 있어요."

의사는 보호자와 이야기를 하고 싶은 듯 문가 쪽을 바라보
다가 모니터로 시선을 돌렸다. 그는 환자에게 직접 병명을 말
하고 치료 방법을 설명해야 하는 상황에 곤혹스러워했다. 나는
불편을 느끼는 의사의 태도에 동정심이 일었다.

의사는 잠시 망설이다 전화기를 집어 들고 어디론가 전화를

걸었다. 몇 사람을 거쳐 통화가 연결되자 상대에게 내 병증을 설명하고 진료 날짜를 예약해주었다.

"유능한 전문의에게 최대한 빨리 진료를 받으세요. 사실 방사선 시술은 후유증이 생길 수 있습니다. 하지만 두개골 절제술에 비하면 환자의 부담이 덜하죠. 행운을 빌어요."

의사는 친절했다. 최대한 베풀고 행운까지 빌어주었다.

나를 규칙적으로 찾아오는 사람은 보험회사 보상과 직원 한 사람뿐이었다. 보상과 직원이 주스와 두유 따위를 사 들고 병실에 들어서면 나는 고개를 외로 틀었다. 남자의 입에서 소설가 선생이라는 말이 튀어나올 때마다 욕지기가 치밀었다. 내 입으로 순순히 털어놓은 말을 주워 삼키고 싶은 심정이었다.

간병인 여자는 사고가 났던 날 밤 나를 따라 병실에 왔다는 남자 이야기를 다시 꺼내지 않았다. 의사와 간호사들은 보호자에 대해 묻지 않았다.

나는 그날 밤 어디로 가려고 했는지 기억해내지 못했다. 아스피린 상자가 놓인 책상에서 어떤 소설을 썼는지 알 수 없었다. 머릿속에 떠오른 장면은 소설을 썼던 방이 아니라 좁은 골목과 골목으로 이어진 미로 같은 길이었다. 골목은 시장으로 통하는 길로 이어졌다. 수많은 골목이 강으로 길이 나 있었다. 사람들은 소똥과 쓰레기가 널린 골목길을 맨발로 걸었다. 공기 중에 향신료 냄새가 떠돌았다.

앞 병상 노인은 의식 없이 연명하는 환자였다. 여자는 규칙적으로 환자의 기저귀를 갈아주고 때가 되면 끼니를 챙겨 먹었다. 보호자와 문병객이 찾아오지 않는 환자는 나와 노인뿐이었다.

나는 수납장에서 옷을 꺼냈다. 병상 주위로 커튼을 치고 환자복을 벗었다. 어깨 보호대 때문에 브래지어를 할 수 없었다. 셔츠와 바지를 입고 잠바를 걸쳤다. 간병인 여자가 퇴원하냐고 물었다. 나는 고개를 젓고 브래지어를 수납장에 넣었다.

2호선 전동차는 빈자리가 없었다. 나는 손잡이를 잡기 불편해서 출입구 쪽 기둥에 등을 기대섰다. 전동차가 멈추고 출발할 때마다 팔과 어깨에 통증이 몰려왔다. 전동차 문이 활짝 열리자 누군가 내 오른쪽 어깨를 밀치고 내렸다. 사람들은 아무렇지도 않게 내 팔과 어깨를 툭툭 치고 지나갔다.

전동차는 그날 밤 내가 건너려고 했던 도로를 재빨리 지나쳤다. 수많은 사람들이 내가 건너지 못한 횡단보도를 오갔다. 나는 자정 무렵이면 신호등이 작동하지 않는 횡단보도 앞에 서 있는 내 모습을 응시했다. 초저녁 어둠 속에 서 있는 나는 기억나지 않는 기억을 떠올리려 애쓰는 나를 따돌리고 멀어졌다.

잠바를 입은 사람은 나 혼자였다. 전동차는 에어컨이 나오지 않았다. 숨이 차고 땀이 흘렀다. 잠바 지퍼를 채웠지만 브래지어를 하지 않아 나도 모르게 몸이 움츠러들었다.

나는 입원한 병원에서 가져온 MRI 영상이 담긴 시디를 영상과에 내고 신경외과로 갔다. 접수대에 앉은 여자가 나를 진찰할 의사의 이름을 알려주면서 예약 시간보다 많이 지체되고 있다고 말했다. 담당 의사의 이름이 적힌 여섯 개의 전광판이 대기실 벽을 따라 걸려 있었다.

나는 예약 시간보다 40분 늦게 담당 간호사와 함께 진료실로 들어갔다. 머리카락이 듬성듬성한 중년 남자 의사가 기역자로 놓인 컴퓨터 모니터 세 대 중 하나에 시선을 두고 회전의자에 앉아 있었다.

"상태가 나쁘지 않아요."

의사가 흑백으로 찍힌 영상 한쪽 귀퉁이를 지시봉으로 가리키면서 말했다. 완두콩 크기의 검은 덩어리가 종양이라고 했다.

나는 시술을 받으면 왼쪽 귀의 청력을 회복할 수 있는지 물었다.

"그럴 가능성은 전혀 없어요. 오히려 더 나빠질 겁니다."

의사는 모니터에서 눈을 떼고 나를 똑바로 바라보았다.

시술은 3주 후에 진행할 수 있다고 했다. 마취와 절개 없는 방사선 시술은 하루 입원으로 충분하다고 의사가 말했다. 의사는 보호자와 함께 왔는지 묻지 않았다.

나는 진료실을 나가 대기실 한쪽에 있는 간호사 부스로 걸어갔다. 간호사는 수술 날짜와 시간을 적은 종이를 건네주면서 수술 당일 아침 금식해야 한다고 주의를 주었다. 수술비가 얼마나 나올지 묻자 정확한 액수는 알 수 없지만 대략 300만 원 전후라고 알려주었다. 나는 종이를 접어 잠바 주머니에 넣고 대기실을 지나 병원 로비로 걸어 나갔다.

자정 이후에 신호등이 작동을 멈추는 횡단보도 앞에 내가 서 있었다. 신호등이 파란불로 바뀌자 나는 도로 쪽으로 걸음을 내디뎠다. 나는 청바지 위에 체크무늬 셔츠를 입고 고동색 잠바를 걸쳤다. 어깨 보호대 대신 셔츠 안쪽에 브래지어를 했다. 왼쪽 귓전에서 규칙적으로 들리는 소리와 두통 때문에 아침저녁으로 아스피린을 먹고 머릿속에 자라는 종양은 알지 못했다.

　나를 따라 병실에 왔다는 남자가 누구인지 여전히 알 수 없었다. 누군가 손바닥으로 얼굴을 때리면서 이름을 말해보라고 했다. 내가 이름을 말하자 다시 나이를 물었다. 눈을 뜨라고 말했다. 나는 목소리가 시키는 대로 눈을 떴다. 눈앞이 뿌예서 아무것도 볼 수 없었다. 지금 구급차를 타고 병원 응급실로 가고 있습니다. 눈을 뜨고 계세요. 잠들면 안 됩니다. 얼굴 없는 목소리가 큰 소리로 말했다. 어디가 불편하세요? 다른 목소리가 물었다. 흔들리는 구급차가 아니라 병원이었다. 흰 가운을 입은 젊은 남자 의사가 이동식 침대에 누운 나를 내려다보았다. 나는 왼손을 뻗어 오른쪽 어깨를 감쌌다. 걸을 수 있겠어요? 두 다리를 움직여보았다. 의사는 내가 일어날 수 있도록 도와주었다.

　보호자에게 연락하세요. 휴대전화 가지고 있지요? 내가 고개를 가로젓자 간호사는 누군가의 휴대전화를 가져와 내밀었다. 나는 다시 고개를 가로저었다. 의식이 또렷하지 않지만, 한밤중에 전화를 걸어 병원 응급실로 달려와 달라고 부탁할 만큼 가까운 사람이 없는 내 처지를 기억해냈다.

병상 아래쪽 보조침대에 오렌지주스 박스가 놓여 있었다. 나는 수납장 서랍에서 명함을 꺼냈다. 보험회사 직원은 내가 침묵할 수 없는 상황에 놓인 줄 알아채고 느긋한 마음으로 돌아갔을 게 분명했다. 청신경을 압박하며 자라는 종양 때문에 다른 병원으로 가서 시술 날짜를 잡고, 왼쪽 청력을 완전히 잃을지 모르는 방사선 시술이 교통사고와 상관없음을 그가 모를 리 없었다.

나는 밥을 먹고 침대에 누웠다. 병실은 들락거리는 사람들과 텔레비전 소리로 소란했다. 간병인 여자는 창가 시멘트 벽 높은 자리에 걸린 텔레비전을 향해 앉아 있었다. 6인실 텔레비전과 형광등은 환자와 간병인이 모두 잠들기 전까지 결코 꺼지지 않았다.

눈을 감고 가슴 위로 두 손을 얹었다. 침대가 물결을 따라 출렁거렸다. 나는 병상에 앉거나 누운 사람들과 함께 어디론가 떠밀려갔다. 강 건너편으로 푸른색 줄무늬 옷을 입은 사람들이 서 있었다. 줄무늬 옷을 입은 사람들 속에서 나는 흰옷을 입고 레몬 광주리를 머리에 인 여인을 찾아냈다. 나를 태운 쪽배가 강기슭에 닿자 여인이 광주리에 든 레몬을 하나 꺼내 내밀었다. 시고 향긋한 레몬을 먹고 고개를 들었을 때 여인은 벌써 강둑 너머로 사라지고 보이지 않았다.

여인의 집은 강둑 너머에 있었다. 나는 여인의 비나 연주를 들으며 깊이 잠들었다. 여인이 나누어준 음식을 먹고 달고 맛

있는 차이를 마셨다. 여인의 집에는 내가 읽을 수 없는 언어로 쓰인 수많은 책이 있었다. 이튿날 아침 여인은 레몬 광주리를 머리에 이고 집을 나갔고 나는 코끼리 머리를 가진 신 가네샤가 필기한 브야사의 서사시를 찾으려고 책장을 뒤졌다.

나는 왼손을 들어 목 언저리를 더듬었다. 아무것도 걸지 않은 목 주위를 어루만지다 눈을 떴다. 창문 밖이 어두웠다. 6인실은 종착역을 향해 달려가는 완행열차처럼 소란했다. 기차는 덜컹거리며 어둠 속을 달렸다. 누군가는 잠이 들고 누군가는 배를 채우고 누군가는 아무것도 보이지 않는 차창 너머를 응시했다.

어둠이 물러가고 창밖이 환해질 때까지 나는 잠들지 못했다. 아침밥을 먹고 방사선과로 가서 엑스레이 촬영을 했다. 정형외과 의사는 쇄골이 틀어지지 않고 잘 붙고 있다면서 뼈가 완전히 붙을 때까지 최대한 오른팔은 사용하지 말라고 주의를 주었다. 나는 진료실을 나가 화장실로 갔다. 어깨 보호대 주위로 번진 보라색 멍 자국은 그대로였다. 오른쪽 뺨의 멍은 희미해져 있었다.

보험회사 보상과 직원은 오지 않았다. 간병인 여자는 찬합에 담긴 밥과 컵라면을 번갈아가며 먹었다. 6인실 환자들이 모두 잠들면 여자는 텔레비전과 병실 형광등을 껐다. 내가 기다리는 사람이 보험회사 직원인지 사고가 난 밤 병실로 따라온 남자인지 알 수 없었다. 소음이 사라지고 고른 숨소리가 들렸다. 왼쪽 귓전에서 지지직거리던 소리가 귓속으로 아프게 파고들었다. 날카로운 쇠붙이로 찔린 양 머리가 쑤시고 아팠다. 나는 이제 막 잠든 간병인 여자를 소리쳐 깨울 뻔했다.

    탈의실이 없어 샤워장 입구 안쪽에 서서 환자복을 벗었다. 벽을 따라 샤워꼭지가 붙어 있고 플라스틱 대야가 널린 샤워장 한가운데 누군가 앉아 머리를 감고 있었다. 수도꼭지를 올리자 물이 쏟아졌다. 왼손으로 굼뜨게 머리를 감는 동안 땀과 때에 전 어깨 보호대가 물에 흠뻑 젖었다. 어깨를 조이고 등을 압박하는 어깨 보호대가 불편했다. 귓속을 울려대는 소음에 진저리가 났다.

    나는 이명을 들은 날부터 글을 쓰지 못했으리라 짐작했다. 글을 쓰지 못해 이명이 들렸을지도 몰랐다. 아스피린 상자가 놓인 책상 어딘가에 소음으로 어지러운 문장이 있었다. 문장을 지우면 머릿속에서 자라고 있는 종양 덩어리가 사라질지 몰랐다. 방으로 돌아가야 했다. 나는 건너지 못한 길을 건너고 소음에서 벗어나려고 조바심쳤다.

    젖은 머리가 마르기 전에 보험회사 직원에게 전화를 걸었다. 합의 하겠다고 말하자 남자가 액수를 말하라고 했다. 나는 최소한 300만 원은 받아야 한다고 대답했다. 남자가 다시 내 직업을 들먹이며 비웃어댈까 봐 불안하고 불편했다. 좋습니다. 그 액수로 합의합시다. 남자는 흔쾌히 동의했다.

    간호사가 보호자 없이 혼자 왔느냐고 물었다. 그렇다고 대답하자 간호사는 등받이 달린 회전의자와 침대, 탁자와 휠체어가 있는 방으로 나를 데리고 갔다. 탁자 위에 형틀처럼 보이는 쇠로 된 둥근 방사선 시술용 틀이 놓여 있었다. 간호사가 의자에 앉으라고 말했다. 이걸 머리에 씌우고 고정쇠의 나사를 조일 거예요. 많이 불편하실 겁니다. 시술이 끝날 때까지 쓰고 계셔야 합니다. 불편하고 힘들다고 말씀하시면 벗겨 드릴 수 있지만 모든 과정을 처음부터 다시 해야 합니다.

알았다고 대답하자 간호사는 두 손으로 틀을 집어 내 머리에 씌웠다. 이제 고정쇠의 나사를 조입니다. 많이 아프고 불편하실 거예요.

틀에 매달린 쇠살대가 시야를 가렸다. 나는 틀의 무게에 눌려 꼼짝할 수 없었다. 호흡이 빨라지고 심장이 세차게 뛰었다. 간호사는 탁자에 놓인 나사를 집어 차례차례 내 머릿속으로 밀어 넣고 단단하게 조여 틀을 고정시켰다.

이제 MRI를 찍고 시술장으로 올라가실 거예요. 간호사는 나를 부축해서 휠체어에 앉혔다. 시술이 시작되면 끝날 때까지 머리를 조이는 틀을 벗을 수 없다고 간호사가 경고하는 목소리로 말하면서 나를 휠체어와 함께 검사실 안으로 밀어 넣었다.

틀이 씌워진 머리와 얼굴 위로 다시 보호대가 덮였다. 흰 가운을 입은 남자가 내 몸 위에 파란색 담요를 덮어주었다. 시작합니다. 남자는 부드러운 목소리로 말했다. 검사대가 기다란 자석통 안으로 천천히 밀려들어 갔다. 요란한 소음이 들리기 시작했다. 두 겹의 창살에 갇혀 꼼짝할 수 없었다. 나는 금방이라도 주저앉을 것 같은 자석통의 매끄러운 흰색 천장이 두려워 눈을 감았다.

숨 막히는 공포가 몸을 짓눌렀다. 몸이 금세 흠뻑 젖었다. 몇 차례 고비가 지나면 흰 가운을 입은 남자의 부드러운 목소리를 들을 수 있다고 생각해도 공포는 사라지지 않았다. 요란하게 울려대던 기계 돌아가는 소리가 멈추었다. 지지직거리는 이명이 들리지 않았다. 얼굴 위로 드리워진 쇠살대가 사라지고 낮게 내려온 천장이 멀어졌다. 둥근 자석통과 검사대가 온데간데없었다. 무거운 틀을 머리에 쓰고 누운 내 몸이 사라졌다.

귓속으로 덜덜거리며 선풍기가 돌았다. 내가 무사하다고 확인시켜주는 소음이었다. 무거운 틀에 벗어나서 마음이 놓였다. 흰 가운을 입은 의사는 시술장으로 들어오지 않았다. 닫힌 유리문 밖에 있었다. 시술대에 누워 둥근 통속으로 몸이 빨려들어 가는 순간 나는 유리문 바깥에 서 있는 흰 가운을 입은 사람들을 보았다.


정형외과 의사는 어깨 보호대를 풀어도 된다고 말했다. 뷰 박스에는 내 오른쪽 쇄골을 찍은 엑스레이 필름이 걸려 있었다. 의사는 쇄골이 틀어지지 않고 자리를 잡아 정상적인 생활이 가능하다고 알려주었다. 앞으로 6개월 동안 적어도 일주일에 1회 이상 꾸준히 물리치료를 받으면 사고가 나기 전과 같은 생활을 할 수 있다면서 오른손을 위로 높이 올려보라고 했다.

나는 의사의 지시대로 오른손을 번쩍 들어올렸다. 조금 불편했지만 통증은 없었다.

나는 병실로 따라온 남자가 누구인지 모른 채 퇴원했다. 플라스틱 물병과 수건, 치약 등속을 비닐봉지에 담아 보험회사 직원 외에 아무도 찾아오지 않은 병실을 나갔다.

나는 저물녘에 방을 나갔다. 도로를 건너려고 횡단보도 앞에서 신호등 불빛이 바뀌기를 기다렸다. 길 건너편 상가 거리는 유난히 환하게 반짝거렸다. 차도를 사이에 두고 골목으로 이어진 주택가와 한밤중에도 불빛이 꺼지지 않는 상가 거리가 마주 보고 있었다. 나는 종종 상가 거리 편의점에서 간단하게 끼니를 해결했었다. 자그마한 공원을 낀 거리는 밤이나 낮이나 젊은 사람들로 붐볐다. 주말이면 화구며 기타며 바이올린을 들고 벼룩시장이 열리는 공원 주변을 오가는 사람들 모습을 볼 수 있었다. 주말 저녁에는 공원에서 인디 밴드 공연이 열렸다. 나는 공원 가장자리를 따라 둘러서 있는 사람들의 뒷모습을 흘깃거리며 편의점에서 컵라면을 먹곤 했다. 공원에서 멀지 않은 곳에 금요일 밤이면 무료로 입장할 수 있는 클럽이 있지만 한 번도 가지 않았다. 나는 춤과 음악을 즐기지 않았다. 편의점 유리창 너머로 길거리 밴드 공연 구경이 고작이었다.

횡단보도를 건널 때 해가 완전히 저물었다. 나는 불빛이 모여 있는 거리 쪽으로 걸어가면서 주위를 기웃거렸다. 공원은 비어 있었다. 노점과 사람들이 눈에 띄지 않았다. 편의점을 지나 내처 걸었다. 인적이 드문 거리가 낯설었다. 익숙한 거리에서 두려움을 느끼는 내가 나를 앞질러 걸어갔다.

Shiva Cafe

허공에 걸린 흰색 아크릴 간판이 시선을 잡아끈 순간 앞서 걷던 내가 카페 출입문을 밀고 안으로 들어갔다. 나는 카페 출입문 밖에 서서 불 켜진 간판을 바라보았다.

테이블 몇 개가 놓인 어두운 실내에 라가 음악이 흘렀다. 바 안쪽에서 마른 행주로 유리잔을 닦고 있던 꽁지머리 사내가 반갑게 인사했다. 갈색 셔츠를 입은 남자 혼자 바에서 맥주를 마시고 있었다. 나는 남자 옆자리에 앉아 기네스 한 병을 주문하고 카페를 둘러보았다. 나를 흘끔거리는 남자의 시선을 느꼈다.

나는 목을 어루만지면서 남자를 곁눈질했다. 꽁지머리 사내가 남자의 잔에 술을 따랐다. 잔이 빌 때마다 꽁지머리 사내는 맥주를 채웠다.

"기다리는 사람이 있습니까?"

내가 기네스 한 병을 비웠을 때 남자는 불쑥 물었다.

남자는 조금 취해 있었다. 꽁지머리 사내가 빈 잔에 다시 술을 부었다. 내 얼굴을 물끄러미 쳐다보면서 남자가 눈빛으로 대답을 재촉했다.

나는 기다리는 사람도 만나야 할 사람도 없다고 대꾸했다.

남자는 잠자코 잔을 들어 맥주를 마셨다. 꽁지머리 사내의 입가에 알 수 없는 미소가 떠올랐다. 아무것도 걸지 않은 남자의 목 언저리를 바라보다가 내 방 어딘가에 있을 붉은 얼굴의 가네샤를 기억해냈다.

나는 꽁지머리 사내에게 기네스 한 병을 추가로 주문했다. 남자는 취기가 오르는지 손가락 끝으로 관자놀이를 누르고 손바닥을 펼쳐 마른세수를 했다.

"라가 음악 좋아하세요?"

내가 큰 소리로 묻자 바 테이블에 팔꿈치를 얹고 손바닥으로 턱을 괸 남자가 천천히 고개를 들었다. 남자는 머리를 끄덕이면서 꽁지머리 사내가 채워준 잔을 집으려다 맥주를 엎질렀다. 꽁지머리 사내는 재빨리 술잔을 집어 들고 마른 행주로 테이블에 쏟아진 맥주를 닦았다.

출입문이 벌컥 열렸다. 담배를 입에 문 양복 차림의 남자들이 바를 지나 둥근 테이블이 놓인 자리로 가서 앉았다. 꽁지머리 사내는 행주를 놓고 남자들 쪽으로 걸어갔다.

바 테이블 가장자리를 따라 맥주가 흘러내렸다. 고개를 숙인 남자의 몸이 좌우로 흔들렸다. 황갈색 면바지가 축축하게 젖었지만 남자는 자리에서 일어나지 않았다. 꽁지머리 사내는 남자들 테이블에 기네스 네 병과 팝콘 바구니를 가져다주고 사과와 오렌지, 망고, 바나나를 썰어 크고 둥근 접시에 가지런히 담았다.

나는 기네스 두 병을 마시고 자리에서 일어났다.

거리는 어둡고 사람들은 눈에 띄지 않았다. 나는 텅 빈 상가 거리와 노점 불빛이 보이지 않는 공원을 지나 자동차가 달리는 차도로 걸어 나갔다. 도로 건너편에 걸린 신호등 불빛이 바뀌기 기다렸다 서둘러 길을 건너고 가로등이 서 있는 골목길에서부터 연립주택 옥탑방까지 한달음에 달렸다.

나는 옥탑방 어딘가에 처박아둔 배낭을 찾으려고 두리번거렸다. 옷장을 열고 책상 주위를 둘러보다 주방으로 가서 싱크대 찬장을 열었다. 배낭은 눈에 띄지 않았다. 나는 다시 방으로 들어가서 바닥에 주저앉아 고개를 숙이고 침대 밑을 뒤졌다. 낡은 배낭 하나가 버림받고 잊힌 사람처럼 먼지를 뒤집어쓰고 널브러져 있었다. 배낭과 함께 먼지 뭉치가 딸려 나왔다. 나는 창문을 열고 배낭에 쌓인 먼지를 털었다. 볼품없이 찌그러진 배낭끈을 풀고 거꾸로 세워 흔들자 바짝 마른 꽃잎 몇 장이 쏟아졌다. 손으로 만지면 바스러질 부겐빌레아 이파리였다. 분홍빛 이파리가 깔린 붉은 길을 맨발로 걷는 여인들의 아름다운 얼굴이 떠올랐다. 덧창 밖으로 펼쳐진 파파야 밭과 모닥불 주위를 돌며 춤추는 사람들 모습이 보였다. 음악 소리를 따라 박수 치고 모닥불 주위를 빙글빙글 도는 사람들을 바라보고 앉아 꽃 냄새 날리는 담배를 피우고 붉은 포도주를 마시는 내가 거기에 있었다.

나는 배낭 안쪽 지퍼를 열고 둘둘 말려 납작하게 눌린 8절지 도화지를 꺼냈다. 당신은 글을 쓰는 사람입니까? 도화지에 그런 여자의 초상 너머로 어깨에 붉은 숄을 두른 이시다가 물었다.

횡단보도를 건너자 음악 소리가 들렸다. 노점의 칸델라르 불빛이 반짝거리는 공원 주위로 웅기중기 모여 선 사람들이 밴드 음악에 맞춰 박수를 치고 노래를 따라 불렀다. 공원 맞은편 편의점 간이 테이블에서 이설이 컵라면을 먹고 있었다. 박수를 치고 노래 부르는 사람들과 노점을 기웃거리는 사람들을 무심한 얼굴로 바라보다가 이설은 나무젓가락으로 라면 가닥을 집어 입에 넣었다. 이설이 빈 용기를 들고 일어났을 때 나는 편의점 앞을 지나 시바 카페 쪽으로 걸음을 내디뎠다. 나는 흰색 아크릴 간판이 허공에 걸려 있는 카페 앞을 지나쳐 걸었다. 음악 소리는 조금씩 멀어졌다. 음악 소리가 완전히 사라졌을 때 나는 이설의 방 앞에 도착했다.

소설가의 아내는 M의 작업을 방해하지 않으려고 울며 보채는 아이에게 수면제 넣은 우유를 먹일 만큼 냉정하고 모질었다. 돈벌이를 해 가족을 부양하려는 M의 뜻을 단호하고 야멸치게 거부했다. 오직 소설만 쓸 것. 여자는 돈벌이에 신경 쓰지 말고 소설 쓰기에 매진하라고 M에게 간청하고 매달리고 협박했다.

소설가의 아내는 선병질적으로 예민한 데다 터무니없이 거만했다. 헌신하는 삶에 도취되었던 여자는 위대한 작품을 창작하는 작가에게 영향력을 행사하며 희열을 느꼈다. 여자는 수동적인 독자로 만족할 수 없었다. 위대한 작가는 저절로 탄생하지 않았다. 가난한 소설가에게 영감을 주고 창작을 돕는 조력자의 역할은 누구라도 쉽게 수행할 수 있는 일이 아니었다. 고통이 깊을수록 M이 더 좋은 소설을 생산할 수 있다고 믿었다. 위대한 작가라면 마땅히 감내해야 할 고난이었다. 여자는 볕이 환하게 드는 별장 같은 작업실 안락의자에 앉아 소설을 쓰는 작가들을 함부로 비웃고 조롱했다. 위대한 작품은 독자에게 불편함을 주고 작가는 시련 속에서 좋은 소설을 쓸 수 있다고 확신했다. 여자는 창작자의 고통과 성취를 함께 나누는 소설가 아내의 삶이 더할 나위 없이 만족스러웠다.

M은 소설을 쓸 수 없어 떠돌고 소설가 이설은 종적을 감추었다. 허구의 인물에게 자신의 고통을 고스란히 투영한 결과가 가져올 파국을 알지 못한 이설이 가엽고 안타까웠다.

지상을 향해 뚫린 이설의 방 창문이 반쯤 열렸다. 좁은 부엌이 딸린 반지하 셋방은 이설이 머물러 글을 쓴 수많은 방 중 하나였다. 걸음을 내디딜 때마다 이설의 방이 조금씩 멀어졌다. 나는 더 이상 이설을 좇아야 할 까닭이 없었다. 이설은 이미 모든 것을 알고 있었다. 자동차가 쌩쌩 달리는 차도가 나타났을 때 나는 이설의 방으로 가는 길을 기억에서 전부 지웠다.

야전점퍼 차림에 어깨가 구부정한 사내가 횡단보도를 건너고 있었다. 초록색 신호등이 명멸하는 순간 나는 사내가 M인

줄 알아차렸다. 나는 허둥거리며 횡단보도를 건너고 모퉁이를 돌아 골목으로 사라진 M을 뒤쫓았다. M은 무거운 배낭을 짊어진 사람처럼 상체를 앞쪽으로 기울이고 가로등이 서 있는 골목길을 뚜벅뚜벅 걸어갔다.

골목 막다른 자리 칠이 벗겨진 철제 대문 앞에 멈춰 선 M은 고개를 돌려 걸어온 길을 흘낏 한 번 쳐다보면서 쪽문을 열고 안으로 들어갔다. 대문 안쪽으로 시멘트를 바른 바닥이 고르지 않은 마당 한가운데 펌프가 있었다. 펌프 주위로 세숫대야와 양동이가 널리고 낮은 담을 따라 시든 대파와 토마토가 심긴 크고 작은 화분이 늘어서 있었다. M은 마당을 가로질러 매달린 빨랫줄에서 바지며 셔츠를 걷어 손에 들고 쪽방 외짝 문 앞으로 걸어갔다. M은 야전점퍼 주머니에서 열쇠를 꺼내 문을 열었다. 방 하나와 입식 부엌이 딸린 공간이 썰렁했다. M은 댓돌 위에 신을 벗고 방으로 들어갔다. 비닐 옷장 옆으로 책이 몇 권 쌓이고 못 박힌 벽에 옷가지가 포개 걸린 방 한가운데에 앉은뱅이책상이 있었다.

M은 마당에서 걷은 셔츠와 바지를 접어 옷장에 넣고 야전점퍼를 벗어 벽에 걸었다. 바람이 불고 창문이 덜컹거렸다. 이제 곧 눈이 내리고 추워질 거라고 M은 생각했다. 바닥에 깔아놓은 이불을 집어 어깨에 둘러쓰고 M은 두꺼운 공책과 볼펜 한 자루와 넷북이 놓인 앉은뱅이책상 앞에 앉았다. M은 넷북을 켜고 호흡을 가다듬었다. 온종일 벽돌을 지고 나르느라 고단하지만 M은 자정이 될 때까지 문장을 쓸 수 있었다. 소설은

중반을 향해 달려갔다. M은 날마다 첫 문장을 조심스럽게 기다렸다. 소설을 탈고하는 날까지 날마다 첫 문장과 줄타기를 했다.

　남자는 소똥과 쓰레기가 널린 좁은 골목길을 걸었다. 사리를 입은 맨발의 여인들이 남자와 엇갈려 걸어갔다. 아내와 아이를 두고 집을 떠나온 남자는 벼룩과 빈대가 들끓는 좁고 더러운 방에서 쪽잠을 자고 여인과 아이들의 도시를 떠돌았다. 빈 젖병을 손에 든 여인이 오가는 사람들을 향해 손을 내밀었다. 등잔 바구니를 든 아이들이 손님을 찾아 뛰어다녔다.
　낯선 여자가 다가와 손을 내밀자 남자는 오믈렛 두 개를 사서 나누어 먹었다. 오랫동안 굶주렸는지 허겁지겁 오믈렛을 씹어 삼키면서 여자가 물었다. 당신은 글을 쓰는 사람인가요?
　남자는 부정도 긍정도 하지 않았다. 오래전에 소설을 썼지만 무엇을 썼는지 기억하지 못했다. 낯선 여자의 예상하지 못한 질문은 남자를 혼란에 빠뜨렸다. 소설을 쓰지 못해 떠도는지 쓰려고 낯선 곳을 헤매는지 종잡을 수 없었다. 남자가 우물쭈물하는 사이 낯선 여자의 모습은 인파 속으로 사라졌다.
　남자는 펜과 공책을 사 처음 글을 쓴 날을 떠올렸다. 잃을 것이 없는 남자는 두려움이나 갈망 없이 첫 문장을 썼다. 오랜 시간이 지나고 한 편의 소설을 완성했을 때 남자는 자신을 닮은 사내의 목소리를 들었다. 목소리를 준 사람은 남자였지만 사내는 남자의 의도대로 말하지 않았다. 어느 날 사내가 꿈속으로 찾아왔을 때 남자는 두려움에 사로잡혀 뒷걸음질쳤다. 먼 길을 걸어왔는지 남루한 옷을 걸친 사내는 지치고 고단한 낯빛이었다. 사내가 얼굴을 일그러뜨리며 하는 말을 남자는 알아듣지 못했다. 돌아서서 절룩거리며 멀어져 가는 사내의 뒷모습을 바라보면서 남자는 잃을 것이 없다는 판단이 얼마나 오만하고 위험했는지 깨우쳤다. 사내는 남자를 원망하고 질책했다. 두려움 없이 글을 쓰지 말라고 충고했다. 결함 없는 서사를 향한 갈망이 없다면 문장을 쓰지 말아야 한다고 목소리를 높였다.

흙먼지 날리는 무더운 거리를 걸으면서 남자는 다시 글을 쓰지 못해도 펜과 공책을 사 문장을 썼던 시간 이전으로 돌아갈 수 없다고 깨달았다. 두려움 때문에 쓰지 못하는 나약하고 어리석은 자신을 참을 수 없었다. 용기 내서 두려움의 정체를 마주 보지 않으면 영영 쓰지 못했다. 두려움에 빠지지 않고 두려움을 끌어안아야 소설을 쓸 수 있었다.

남자는 싸구려 방을 나와 노숙을 했다. 구걸해서 얻은 돈으로 빵을 사 먹고 담요 한 장을 덮고 길에서 잠들었다. 문장을 잃었다고 누군가를 탓할 수 없었다. 아는 이 하나 없는 낯선 도시에서 남자는 더듬거리며 언어를 찾아다녔다. 마살라 향기 가득한 도시에서 건져올린 언어가 누구의 목소리가 될지 남자는 아직 알지 못했다.


한 자루의 펜과 노트가 있다. 날이 더 추워지고 바깥세상이

꽁꽁 얼어도 남자는 저녁이 되면 책상 앞에 앉아 쓸 수 있었다. 남자는 그것으로 충분했다.

창문이 요란한 소리를 내면서 덜컹거렸다. M이 고개를 들었다. 잠깐 창문을 응시하다 M은 열 개의 손가락으로 키보드를 두드려 문장을 쓰기 시작했다. 나는 고통과 불안의 그늘에서 빠져나와 편안해진 M의 얼굴을 보고 안심했다.

## 2

나는 금요일 오후에 병원으로 가서 물리치료를 받았다. 물리치료사는 보호자를 동반했는지 묻지 않았다. 뜨거운 찜질팩을 어깨에 두르고 침상에 누우면 깜빡 잠이 들었다. 내 몸은 덜컹거리는 3등칸 열차에 실려 갔다.

물리치료사가 찜질팩을 거둬 가고 치료기와 연결된 둥근 패드 두 장을 어깨에 얹었다. 나는 눈을 감고 여러 개의 침상 주변을 부지런히 오가는 치료사의 발걸음 소리를 들었다. 삐 소리가 울리면서 치료기가 작동을 멈추자 치료사가 다가와 전원 버튼을 눌렀다. 열차는 목적지에 닿고 나는 짐을 꾸려 내려야 했다.

물리치료사는 수건으로 할 수 있는 어깨 스트레칭 동작을 알려주었고 굳은 근육을 풀려면 병원에 오지 않는 날에도 집에서 꾸준히 스트레칭을 하라고 조언했다. 단순한 동작이지만 따라 하기 쉽지 않았다. 나는 이제 막 걸음마를 시작한 아이처럼 서툴고 조심스럽게 팔을 뻗었다.

나는 물리치료실 침상 주위로 커튼을 드리우고 옷을 갈아입었다. 어깨의 멍 자국이 사라졌다. 오른쪽 뺨은 흉터가 남지 않았다. 담당 의사는 내 머릿속 종양이 수년을 두고 조금씩 쭈그러들다 괴사할 거라고 말했다. 1년에 한 번씩 검사대에 누워 MRI 기계 속으로 들어가 머릿속 종양의 상태를 살펴야 했다. 이명은 사라지지 않을 거라고 했다. 왼쪽 귓속을 꽉 채운 소음은 전보다 더 또렷하게 들렸다. 소음은 귀가 아니라 머릿속으로 차올랐다. 문장을 쓰라고 독촉하는 소리였다. 나는 소음의 시작과 끝을 알지 못했다. 소음 때문에 소설을 쓰지 못했는지 소설을 쓸 수 없어 소음이 들리기 시작했는지 알 수 없었다. 나는 기억하지 못하는 기억을 떠올리지 못했다.

타악기 소리를 따라 공원 쪽으로 걸어갔다. 저물녘 상점 거리는 사람들로 혼잡했다. 나는 공원 가장자리를 따라 웅기중기 둘러선 사람들 틈에서 검은색 셔츠와 청바지를 입고 긴 머리칼을 하나로 올려 묶은 남자의 타블라 연주를 구경했다. 눈을 감고 회교도 기도 깔개 같은 두툼한 방석에 앉은 남자의 두 손이 타블라 위에서 가볍고 리드미컬하게 움직였다. 노점의 칸델라르 불이 하나둘 켜졌다. 사람들이 어둠이 깔린 거리를 웃고 떠들며 지나갔다. 젊은 여자가 누군가를 소리쳐서 불렀다.

연주가 끝나자 남자는 눈을 떴다. 박수 소리는 크지 않았다. 남자의 얼굴이 땀으로 흠뻑 젖었다. 사람들은 종종거리며 어둠 속으로 흩어졌다. 나는 방석과 타블라를 챙겨 일어난 남자 앞으로 다가갔다. 남자는 자신의 연주가 흡족했는지 행복한 미소를 지었다. 남자와 한 걸음 떨어진 자리에 서서 나는 내내 움켜쥐고 있던 손가락을 폈다. 남자가 나와 내 손바닥에 놓인 붉은 코끼리를 번갈아 쳐다보았다. 나는 남자의 목에 코끼리 목걸이를 걸어주었다. 금요일 저녁 시바 카페에서 타블라 연주를 한다고 남자가 말했다. 나는 연주를 보러 가겠다고 말하지 않았다. 남자는 타블라를 그대로 두고 편의점으로 뛰어가 컵라면과 소주를 사 왔다.

남자는 컵라면 하나와 소주 한 병, 나무젓가락 두 개와 종이컵 두 개를 공원 나무벤치에 늘어놓고 두 개의 종이컵에 소주를 채웠다. 라면이 익기 기다렸다 남자가 나무젓가락을 두 쪽으로 갈랐다. 컵라면은 남자의 저녁 식사였다. 나는 소주가 담긴 종이컵을 손에 들고 남자의 목에 걸린 황금 왕관을 쓴 붉은 코끼리 머리를 바라보았다. 가네샤가 누구인지 남자가 알아야 할 까닭이 없었다. 나는 검게 그을린 남자의 목에 걸려 미소 짓는 코끼리를 진의 방에서 훔쳐 왔는지 누런 강물이 흐르는 도시에서 샀는지 기억나지 않았다.


열어놓은 창으로 눈발이 날아들었다. 상점 거리는 불빛이 환했다. 나는 그날 밤 어디로 가려 했는지 기억해내려고 애

쓰지 않았다. 알 수 없는 남자가 궁금하지 않았다. 냄비에 물을 받아 가스 불에 올리고 찬장에서 국수를 꺼냈다. 물이 팔팔 끓자 냄비에 국수를 넣고 삶았다. 찬물에 헹구고 체에 밭쳐 물기를 뺀 국수를 국그릇에 담고 간장과 찐 마늘로 양념했다. 채소가 없어 볶음국수를 만들지 못해 아쉽지만 알맞게 삶아진 국수는 충분히 맛이 있었다. 나는 출입문을 등지고 국수를 먹으면서 창문이 덜컹거리는 방에 앉아 소설을 쓰는 M의 등을 응시했다.

흙먼지가 날리는 후텁지근한 거리에 향신료 냄새가 떠돌았다.

마살라.

세 음절 단어가 입 밖으로 흘러나왔다.

정향과 육계피, 후추와 커민과 회향이 어우러진 마살라 냄새가 날렸다. 랄리타는 양푼에서 부풀어 오른 반죽을 떼어 밀대로 밀었다. 달궈진 팬에 둥글게 편 반죽 하나를 얹고 맨 손으로 빙글빙글 돌려 뒤집었다. 노릇노릇 익은 난이 차곡차곡 접시에 쌓였다. 라지브 씨의 주방에서 키치리가 끓었다. 붉은 사리를 입고 두파타를 쓴 여인 앞에 따뜻한 키치리를 담은 둥근 접시가 놓였다. 콧수염을 기른 사내가 목수건을 집어 땀이 뚝뚝 떨어지는 이마를 훔치면서 사모사를 튀겼다. 기름이 끓는 커다란 무쇠 솥 주변으로 사람들이 사모사를 사려고 둘러서 있었다. 내가 루피를 내밀자 사내는 봉지 가득 사모사를 담아 건네주었다.

이야기는 첫 문장을 받아쓰기 전 마음속에서 완성되었다. 나는 바닥으로 흘러내리는 문장을 주워 쓰기 시작했다. 멈추지 않고 받아 적어줄 가네샤는 필요하지 않았다. 나는 천천히 쉬지 않고 쓸 테고 먼지 날리는 거리를 헤맬 일이 없었다. 선하거나 악한 신에게 자비를 구할 까닭이 없었다.

귓속을 파고들던 소음이 들리지 않았다.

더럽고 시끄러운 거리에 흙먼지가 날렸다. 나는 수많은 골목과 샛길로 이어진 미로 같은 거리에서 길을 잃지 않았다. 맨발의 여인들이 쓰레기가 널린 골목을 걸어갔다. 골목은 강어귀쪽으로 이어져 있었다. 아이들이 바구니를 들고 강기슭을 따라 뛰어갔다. 여인들을 가득 태운 쪽배가 강기슭 가까이 다가왔다. 머리 위에 레몬 광주리를 인 여인이 강 건너편 쪽에 서 있었다.

분홍색 스카프를 두른 소년이 다가와 등잔을 내밀었다. 내가 두 손으로 등잔을 받아 들자 소년이 라이터를 켜 심지에 불을 붙였다. 나는 불을 환하게 밝힌 등잔을 꽃과 나뭇가지가 떠다니는 강물에 띄웠다.

배가 기슭에 닿자 여인들이 차례차례 땅 위로 내려섰다. 밝게 웃는 여인들 주위로 마살라 향기가 짙게 퍼졌다.

나는 흰색 쿠르타를 입은 소년에게 커피를 주문했다. 유리창 너머로 골목길에서 배드민턴을 치는 아이들이 보였다. 머리에 숄을 둘러쓴 노파가 담벼락에 기대앉아 콩을 까고 칠이 벗겨진 나무 대문 안쪽에서 여인이 화덕에 차파티를 구웠다. 얇고 둥글게 구워진 차파티가 쟁반에 차곡차곡 쌓였다.

색이 바랜 커다란 배낭을 짊어진 그녀가 공터를 가로질러 알라하바드 호텔로 걸어왔다. 신의 도시라는 뜻과 어울리지 않게 외관이 낡고 우중충한 호텔을 향해 그녀는 곧장 걸어왔고 망설임 없이 출입문을 열었다. 소년이 뛰어나와 그녀의 낡은 배낭을 받았다. 그녀는 쿠르타를 입은 노인이 카운터에서 내준 열쇠를 들고 소년을 따라 3층으로 올라갔다. 내일 아침에 커피와 샌드위치를 가져다줄게요. 객실 문 앞에서 소년이 말했다. 그녀가 알고 있다고 대답하자 소년이 웃었다. 객실 바닥에 배낭을 부려 놓고 그녀는 공터 쪽으로 난 창을 열었다. 배드민턴 치는 아이들과 콩을 까던 노파는 어디론가 가고 없었다. 칠이 벗겨진 대문이 활짝 열렸고 마살라 냄새가 향긋하게 풍겼다. 그녀는 운동화를 벗고 침대에 올라갔다. 오랫동안 떠돌다 돌아온 집처럼 아늑하고 편해서 그녀는 눈을 감자 곧 잠들었다.

나는 종이를 펼치고 글을 쓰기 시작했다. 가네샤의 도움을 받지 않아도 멈추지 않고 쓸 수 있었다. 소설의 처음과 끝을 알고 있었다. 펜을 쥐고 첫 문장을 쓰는 순간 이야기가 완성되었다.

그 남자를 처음 만난 곳은 시바 카페였다.

처음은 아니었다.

작가의 말

　마살라는 지혜의 신 가네샤로부터 시작된 소설이다. 인도 뱅
갈로르 상감하우스에서 파파야를 한 입 깨물어 먹다 쓰기 시
작한 소설이다. 흙먼지 날리는 붉은 길을 걷다 멈춰 서서 걸어
온 자리를 눈으로 더듬으면서 썼다. 인도 사람들로 꽉 찬 바라
나시행 기차에서 눈을 감고 썼다. 처음과 끝이 맞물리는 소설
을 쓰고 싶었다. 마살라는 첫 문장을 쓴 순간 완성되었다.
　나는 아직 아이였을 때 언니들의 책상이 있는 방에서 소설을
썼다. 왼손으로 글을 쓰다 들키면 할머니가 내 왼손을 노끈으
로 묶었던 방. 스무 살 나는 사람들로 어수선한 다방에서 소설
을 썼다. 주위가 아무리 시끄러워도 탁자와 의자가 있으면 쓸
수 있었다. 누군가 지나가다 발을 밟아도 종업원이 차를 나르
다가 찻잔을 떨어뜨려도 방해받지 않았다.
　원고지와 펜이 있으면 쓸 수 있었다. 커피 한 잔을 사 마실
돈이 있으면 온종일 쓸 수 있었다. 소설은 많은 돈이 없어도 누
구라도 쓸 수 있다.
　소설책을 한 권 두 권 내놓을 때마다 나는 지금보다 조금 더
조용한 장소와 집중해서 오랫동안 쓸 수 있는 방을 기웃거렸
다. 한겨울이면 추워서 이가 덜덜 떨리는 방, 여름에는 더위로

숨이 턱턱 막히는 방을 벗어나고 싶어 두리번거렸다. 소설이 팔리면 보일러를 돌리고 에어컨을 켜야겠다고 마음먹었지만 그런 일은 생기지 않았다.

소설을 쓰지 못하는 이유, 쓸 수 없는 이유를 나열하자면 한 도 끝도 없다. 핑계만으로 한 권의 소설이 만들어질 지경이다. 이 소설은 바라나시의 말도 못하게 비좁고 더러운 게스트하우스에서 시작되었다. 오믈렛 하나를 사달라고 손을 내밀었던 걸인과 맨발의 아이들이 첫 문장을 쓰게 했다.

『마살라』는 연희문학 창작촌과 원주 토지문화관에 머물면서 퇴고했다. 인도의 대서사시『라마야나』와『마하바라타』, 인도 신화는 소설 마지막 문장에 마침표를 찍을 때까지 등불이 돼주었다. 인도신화는 청아 출판사,『라마야나』와『마하바라타』는 아시아 출판사 책을 참고했다. 이 소설에 등장하는 도비왈라 출신 소설가 암베드카르는 허구의 인물이고 그가 썼다는 『마살라』역시 글쓴이의 상상이다.

# 마살라

초판 1쇄 발행  2019년 2월 28일

지은이  서성란
펴낸이  강수걸
편집장  권경옥
편집  강나래 윤은미 이은주
디자인  권문경 조은비
펴낸곳  산지니
등록  2005년 2월 7일 제333-3370000251002005000001호
주소  부산시 해운대구 수영강변대로 140 BCC 613호
전화  051-504-7070 | 팩스  051-507-7543
홈페이지  www.sanzinibook.com
전자우편  sanzini@sanzinibook.com
블로그  http://sanzinibook.tistory.com

ISBN  978-89-6545-582-0 03810

＊이 책은 2018년 경기문화재단(북부)의 지원을 받아 발행되었습니다.